文化慢光丛书
读好书 光阴慢

在一颗名叫哈姆莱特的星下

王家新 著

中国人民大学出版社
·北京·

目录

诗人与他的时代

诗人与他的时代

近日，读到意大利思想家阿甘本（1942——　）的《何谓同时代》（王立秋译）。阿甘本的诗学文集《诗歌的结束》以及他讨论诗歌"见证"的文章《奥斯威辛的残余》，我早就注意到了，在该文中，阿甘本提出的，也是一个一下子就抓住了我的问题："同时代意味着什么？"

一口气读完之后，我抬起头来望向北京冬日的窗外。我不禁想起了早年旅居伦敦的那个冬天我所写下的一则题为《对话》的诗片断：

"你生活在我们这个时代，却呼吸着另外的空气"

"问题是我只能这样，虽然我可能比任何人更属于这个时代"

"但是，这……"

——在初冬，窗玻璃蒙上了一层白霜。

这则诗片断后来收入《另一种风景》发表后，曾被有人指责为"脱离时代"。在前些年的诗歌论争中，某诗人在言说自己"在场"，而别的诗人大都"生活在别处"时，也曾拿它来做证据。

那么，我们为什么就不能"呼吸另外的空气"呢？不能呼吸到另外的空气，我们能否生活在这个时代？当然，我已无意于争辩；要争辩，也只能是同自己——正如以上这则诗片断所显示。

回到阿甘本这篇文章，他在提出他的问题后，首先引出的是罗兰·巴特的一句话："同时代就是不合时宜（The contemporary is the untimely）。"

这真是一个让人精神一振的回答。而罗兰·巴特的话也是有出处的，1874 年，年轻的哲学家尼采继《悲剧的诞生》后，又出版了《不合时宜的沉思》，他之所以以此为书名，是因为"这沉思本身就是不合时宜的"，"因为它试图把这个时代所引以为傲的东西，也即，这个时代的历史文化理解为一种疾病、无能和缺陷，因为我相信，我们都为历史的热病所损耗，而我们至少应该对它有所意识"。

在阿甘本看来，真正属于其时代的人，恰恰是像尼采这样的"不合时宜"或看上去与时代"错位"的人。正因为如此，他们才比其他人更有能力去感知和把握他们自己的时代，因此，"同时代性也就是一种与自己时代的奇异联系，同时代性既附着于时代，同时又与时代保持距离。更确切地说，同时代是通过脱节或时代错误而附着于时代的那种联系。与时代过分契合的人……并非同时代人——这恰恰是因为他们（由于与时代的关系过分紧密而）无法看见时代；他们不能把自己的凝视紧紧保持在时代之上"。

因为"时代"，也因为"凝视"这个词，阿甘本接着举出了曼德尔施塔姆 1923 年写下的一首诗《世纪》：

我的世纪，我的野兽，谁能

看进你的眼

并用他自己的血，弥合

两个世纪的脊骨？

这里的"弥合"，最好能译为"黏合"（glue together）。我相信许多中国诗人和读者都熟悉这样一个诗的开头，并为它的悲剧性音调所震撼。是的，从曼德尔施塔姆，到我们这个世纪，我们谁不曾感到了历史这头"野兽"凶猛的力量？我们本能地躲避着它。我们自幼就从大人讲的故事中记住了这样一条训诫：当一匹狼从后面跟上来的时候，千万不要回头！

可是，如果你不回头，你又如何能够与那野兽对视并一直看进它的眼瞳中呢？

也许，这就是从曼德尔施塔姆到后来的中国诗人所面临的巨大困境。"必须把自己的凝视紧紧锁定在其世纪野兽的双眼之上"，可是，他能做到吗？

在阿赫玛托娃的《安魂曲》中，我记住了这样一句："在令人睁不开眼的红墙下"。

这就是说，真实有时是一种让人目盲的东西，甚至，是一种当你被卷到巨轮下才能体验到的东西。

纵然如此，她又必须走向前去。是的，必须。

我不知道一个意大利人是否真正体会到这里面的巨大冲动和困境。不过，他挑出了曼德尔施塔姆的这首诗，就足以说明他"呼吸"到了同样的东西。是的，我们都曾目睹过时代的疯狂的面容。

不过，我感兴趣的，还在于这位杰出的思想家所提出的另一种与时代发生关联的方式。的确，问题并不在于要不要与时代发生关系（你不同它发生关系，它还会找上门来呢），而是"怎样"与时代发生关系。在阿甘本看来，除了那种面对面的"凝视"，还有一种以"征引历史"来

"回归当下"的方式，"我们可以说，当下的进入点必然以考古学的形式出现；然而，这种考古学不向历史的过去退却，而是向当下我们绝对无力经历的那个部分的回归。"

在这个意义上说，成为同时代人也就意味着能够以人们意料之外的方式阅读历史，并以此向我们未曾在场的当下回归，"就好像作为当下的黑暗的那不可见的光把自己的影子投向过去，结果，为此阴影所触及的过去，也就获得了回应现在之黑暗的能力。"

我知道阿甘本很关注策兰的诗歌。他的《奥斯威辛的残余》，主要讨论的就是策兰的诗歌和诗的"见证"问题。我不知道他是否读过策兰的一首诗《波城，更晚》，这首诗，在我看来，正是一个以一种我们意料不到的方式"征引历史"从而把自己铭写在当下之中的例证：

波城，更晚

在你的眼角
里，异乡人
有阿尔比教派之影——

在
滑铁卢广场之后，
向着孤儿般的

椰韧鞋，向着

那同样被出卖的阿门，

我唱着你进入

永恒的

房舍入口：

而巴鲁赫，那永不

哭泣的人

或许已磨好了镜片

那所有围绕你的

玻璃棱角，

那不可理喻的，直视的

泪水。

　　策兰这首诗，写于法国西南部城市波城（Pau）。但这座城市之于他，只是让他瞥见了"异乡人"眼里的投影——而那是一个起源于 11 世纪法国阿尔比、后来被视为异端遭到教皇和法王残酷镇压的基督教教派的投影。在多少个世纪后，它又投在了一个异教徒的眼角里。

　　接下来依然同波城"不相关"，或者说"脱节"，因为诗人的目光投向了他的阿姆斯特丹之旅，他所经过的滑铁卢广场，他所向着的"孤儿般的椰韧鞋"，并最终投向了那位"永不哭泣者"巴鲁赫——荷兰犹太裔哲学家斯宾诺莎（1632—1677）。"巴鲁赫"，这是斯宾诺莎后来为自己起的名字，在他 24 岁时，他被犹太教团以异端罪逐出教门，后来移居到阿姆斯特丹，改名换姓，以磨制镜片为生，同时在艰难的条件下从事哲学和科学研究。

一位坚持独立思想的思想者对镜片的磨制，不仅因为策兰这首诗而成为一个令人难忘的隐喻，更重要的是，用阿甘本的术语讲，一首诗因此而找到了"当下的进入点"。"当下的搏动"开始在这首诗中跳动（并且是永久地跳动着!）——就在那围绕着的玻璃棱角的闪光中，在那"不可理喻的，直视的泪水"中!

也可以说，就在这样的诗句中，我们的命运"发生"了!

这首策兰的诗，有一种策兰式的"奇特关联"，而又时时立足于自身的言辞之根；它不断跳跃，脱轨似的跳跃，同时它又在不断地"聚焦"——聚焦于那些独立思想的人在黑暗历史中的孤独。它以这种方式，建立了一种对时代言说的"有效性"。

既然策兰爱在诗中运用"插入语"，我们甚至可以说：策兰的诗，就是他那个时代的"插入语"! 它来去无迹，猝不及防，而又准确无误地"介入"了现实。

它不断跳跃，脱轨似的跳跃，同时它又在不断地"聚焦"——聚焦于那些独立思想的人在黑暗历史中的孤独。

正因为如此，策兰会不断地返回，成为我们的"同时代人"："成为同时代人也就意味着向我们未曾在场的当下的回归"。

还是阿甘本说得好："那些试图思考同时代性的人只能通过使同时代性破裂为数种时间，通过把本质上的非同质性引进时间来对它进行思考。那些言说'我的时代'的人事实上也在分割时间——他们把某种停顿和中断写进时间。但确切地说，正是通过这种停顿，通过把当下插入线性时间惰性的同质性，同时代人才使得不同时间之间的特殊关系开始运作。如果说，正如我们已经看到的那样，打破时代脊骨（或至少在其中发现断层线和断裂点）的，恰恰就是同时代人的话，那么，他也在此断裂中造成时代与世代的会场或遭遇。"

相形之下，那些充斥在我们这里的"时代"话语以及对于诗的要求是多么僵化和肤浅！那既是对时代的简化，更是一种对诗的贬损。

一个意大利的思者，就这样深刻地同时是富有想象力地揭示了诗与思同时代的关系。这里，我们还要留意到阿甘本这段话中所运用的"停顿"一词，这恰好是策兰爱用的一个词（"我从两个杯子喝酒/并耕耘于/国王诗中的停顿"，《我从两个杯子喝酒》）。的确，他就是那位"把某种停顿和中断写进时间"的诗人！他不仅"在划分和插入时间的同时，有能力改变时间并把它置入与其他时间的联系"，他还要以牺牲者的泪与血，以一个诗人的语言炼金术，黏合起生命的破裂的脊骨！

或者他根本就没有想这么多。他只是要在他的"停顿"中呼吸，或者用他自己话来说："换气"。

还要去问"同时代意味着什么"吗？这又是"北京的十二月的冬天"（《帕斯捷尔纳克》，1990），在我的窗玻璃上，再次蒙上了白霜。

2010.12.21

又及：

关于策兰与时代的关系，我已在一些文章中有所触及，这里还要谈一下他的"记忆码"、"尖音符"、"自身存在的倾斜度"这几个关键词。1960 年，策兰获得德国最重要的文学奖毕希纳奖，同年 10 月 22 日，策兰在授奖仪式上发表了题为《子午线》①的获奖演说。这篇演说极其重要，整个话题都围绕着当今艺术自身的时空定位问题。他这样对他的德语听众讲道：

① Paul Celan, *Collected Prose*, translated by Rosemarie Waldrop, Manchester, Carcanet Press，2003.

　　也许，我们可以说，每首诗都标下了它自己的"1 月 20 日"？

　　是不是我们每个人都是从这样的日期出发写作，并朝向这样的日期？还有别的什么可以作为我们（写作）的起源？

显然，这样来强调，就赋予了"1月20日"这个"日期"以某种重要的特殊的意味。它首先让台下的德国听众想到的，是策兰演讲中提到的毕希纳以歌德时代的诗人棱茨为原型的小说《棱茨》的开头："1月20日这天，棱茨走在山中……让他苦恼的是，他不能用头倒立着走路。"策兰由此发挥说："女士们、先生们，无论谁以他的头倒立着走，就会看到天空是在他下面的一个深渊。"

◇德国艺术家基弗"献给保罗·策兰"艺术展上的油画作品

"以他的头倒立着走"，对一个诗人来说会是一个决定性的时刻。但是，策兰真正想表达的还不止这些。他一再提到"1月20日"这一天，正如沃夫冈·埃默里希在其《策兰传》（梁晶晶译，倾向出版社）的导言中所说"这里有试探的意思"，看看台下的这些德国听众，是否还会联想到德国20世纪上半期黑暗历史上一个标志性的日子，那就是1942年1月20日——正是在这一天，纳粹头子在柏林附近万湖边开会（史称"Wannsee Conference"），提出并通过了对欧洲各国犹太人的"最终解决"方案。因此可以说，1942年1月20

日这一天，决定了欧洲犹太人的命运。策兰父母就是在 1942 年 6 月 27 日晚上从家中被带往集中营并惨死在那里的。

在演说《子午线》中，策兰当然没有明说这一点，正像"奥斯威辛"这个词从未出现在他的诗中一样。这还需要明说吗？不必，因为到了 1960 年，他的《死亡赋格》和他本人的生平在德国几乎已家喻户晓，更重要的是，他的"每首诗"，现在看来，"都标下了它自己的'1 月 20 日'"！

另外，值得探讨的是"日期"，策兰用的德语词是"Daten"，为"Datum"的复数形式，既指日期、日子，又指数据、资料、信息的存储。这样，策兰所说的"Daten"，就具有了历史的、个人的密码性质。德里达在其长篇演讲《"示播列"——为了保罗·策兰》中虽然没有具体提及"万湖会议"，但他同样是在 20 世纪的历史和时间记忆这个背景下来不断追问、"揭封""1 月 20 日"这个"暗语"的。他引用了策兰《大提琴进入》中的诗句"每一样事物比它自己/更少，/每一样事物更多"，承认"我们为这样的暗语疯了"。不过，他同时指出策兰的"日期"正是"灰烬的日期"，在策兰的诗中，"灰烬在等待着我们"①。

对于策兰所说的"Daten"，埃默里希在其策兰传中称之为"资讯码"，而我更倾向于法国哲学家拉巴尔特在其论述策兰的演讲集《作为经验的诗》②中所提出的"记忆码"（Remembering Dates）。我想，"记忆码"这种读解更切合于

① Jacques Derrida, *Sovereignties in Question*, *The Poetics of Paul Celan*, ed. by Thomas Dutoit and Outi Pasanen, New York, Fordham University Press, 2005.

② Philippe Lacoue-Labarthe, *Poetry as Experience*, translated by Andrea Tarnowski, PaloAlto, Stanford University Press, 1999.

策兰的本意。对策兰的"Daten",当然可以有多种解读,但它却有其特定的核心内涵,那就是决定了一个德语犹太诗人命运的历史事件和记忆。可以说,在象征的意义上,正是从那一天起,对策兰来说,"牛奶"就完全变黑了!

的确,棱茨式的"1月20日"和万湖边的"1月20日"的重叠,构成了策兰一生写作的基础和起源。他受雇于这样的记忆——一种永远无法化解的记忆。这成为他的"情结",成为他内在的绞痛。这就是策兰为什么会在演说中这样说他的写作——"从这样的日期出发,并朝向这样的日期","我从'1月20日'、从我自己的'1月20日'开始写作了。/我与……我自己相遇"。

那么,在我们这里,是不是"对这样的日期(也)有很清醒的关切"?在我们的写作中,是不是也一直隐现着这样的"记忆码"?我们能绕过我们自己的历史吗?是不是从某种意义上,这样的"记忆码"也构成了我们自己的永久的未来?

作为一个具有高度历史自觉的诗人,策兰在《子午线》演说中还提出了"尖音符"、"自身存在的倾斜度"这类与他的"记忆码"有关的说法。他的这篇演说词,不断指向德国人对历史的遗忘,也不断伴随着对艺术自身的重新审视。正因为历史的记忆和良知的目睹,他要使自己的写作与那些所谓"美文学"或"绝对诗"区别开来,他这样宣称:在"历史的沉音符"与"文学的长音符——延长

他受雇于这样的记忆——一种永远无法化解的记忆。这成为他的"情结",成为他内在的绞痛。

号——属于永恒"之间，"我标上——我别无选择——，
我标上尖音符"。

至此，虽然用的是音乐术语，但策兰已把一切说得很
清楚了。这一切，正如作家库切在论述策兰诗歌的文章
《在丧失之中》所说："他不超越他的时代，他不想超越那
个时代，只是为他们最害怕的放电充当避雷针。"

当然，要做到这一切，不仅需要一种罕见的勇气和良
知，还需要一种耐力，一种艰辛的、深入的写作。策兰对
诗歌在现时代的困境和危机有着清醒的认识，在《子午
线》演说中他这样说：

> 诗歌在一个边缘上把握着它的立身之地。为了忍
> 受住，它不住地召唤，把它自己从"已然不再"拽回
> 到"还在这里"（still-here）。

"已然不再"与"还在这里"——请想想这其间的巨大
难度与张力！因此，策兰在演说中会接着这样说："诗歌的
这个'还在这里'，只有从那些坚持从自身存在的倾斜度、
从自身生物的倾斜度下言说的诗人的作品中才能发现。"

事实证明，策兰一生的写作都处在"他自身存在的倾
斜度下"。他正是以这样"潜行"的姿态与他的命运相守
在一起，"从这样的日期出发，并朝向这样的日期"。

还需要再多说些什么吗？这里，是 1970 年策兰死后出版的诗集《光之逼迫》中的一首诗《橙街 1 号》，请读——

锡长进我的手掌里，

我不知道

该怎么办：

我无意于模型，

它也无意于我——

如果现在

奥西埃茨基最后喝水的

杯子被发现，

我要让锡

向它学习，

而朝圣之杖的

主人

通过沉默，忍受着时间。

每个了解德国 20 世纪上半期黑暗历史的人都知道奥西埃茨基是谁，纵然这看上去又像是一个"密码"。

2010.12.31，大风夜

越界的诗歌与灵魂的在场

——答美国汉学家江克平①

①江克平，John A. Crespi，美国柯盖特大学东亚系教授。

江克平：你去过很多国家，通过你的诗歌和文章我了解到，每当你身在欧洲或者美国，访问一些已故诗人的故居总是必不可少的。能否请你解释一下，是什么驱使你朝向这种诗歌的朝圣？譬如，前几年在马萨诸塞州的阿默斯特，你就造访了艾米莉·狄金森的故居，这对你来说意味着什么？

王家新：我希望有时候能够出国，借用保罗·策兰的一个说法，是为了"换气"。我想，我们每个人都需要这种"换气"，为了我们的写作，也为了"呼吸"。在国外时，我访问过一些我所热爱的诗人、艺术家或思想家的故居，但这和一般的游览，甚至和人们所说的"朝圣"都不大一样。这里面有一种深刻的自我辨认、自我对话的性质。如艾米莉·狄金森，为什么我要去访问她在阿默斯特的故居？因为她的写作，扎根于她个人的存在，高度简练、独特而又有深度。在她的诗中，有我们自己心灵的"密码"，也有我自己作为一个诗人的命运。因此我一定要去看她的故居。我甚至认为她在等着我去。我一去就看到了花园里那棵古老的橡树，它在诗人死后多年仍在生长，我想，它也在等着我。在纽约，我还去寻访过奥登在《1939年9月1日》中写到的"第五十二街一家下等酒吧"。1939年9月1日是德国进攻波兰、第二次世界大战全面爆发的日子。就是在那里，奥登写下了这首名诗。当然，是否找到了这家酒吧并不重要，重要的是这种寻访本身会激发我自己对"诗与时代"这些问题的感受和思考。我想我们到了今天，可能仍在写他们没有完成的那首诗。

◇艾米莉·狄金森故居花园里的古老橡树（王家新摄）

随着阅历的增多，我愈来愈感到天下的诗人其实都出自同一个心灵。如果叶芝生在中国晚唐，他很可能就是李商隐；如果我自己生在19世纪美国的新英格兰地区，而且恰好是一位孤独的女性，那么我就很可能是另一位艾米莉·狄金森。的确，我不成为"艾米莉·狄金森"，谁会去成为她呢？"艾米莉·狄金森"，这就是我要成为的人！我以这些伟大诗人为例，没有抬高自己的意思，我的意思是说，我们的一生，虽然会分属于不同的语言和文化，但又都是进入这"同一个心灵"的过程。这就如同我这些年对策兰的翻译，我最初是从英译来翻译策兰，后来更多地参照了德文，现在我明白了——也许从一开始就知道了，我既不是从英文也不是从德文，而是从我自身来翻译策兰。如果在我们自身中没有这样一个策兰，那就最好趁早放弃这种翻译。顺带说一下，策兰恰好也翻译过艾米莉·狄金森的诗。那么多英语诗人，为什么选中了她呢？这就是心灵的奥秘。这些忠实于自己心灵认知的诗人，就这样创造了他们自己的"精神家族"。

江克平：我很好奇，你说你对策兰的翻译既不是从英语也不是从德语，而是从你自身来翻译，这具体指的是什么？我猜想这种非常个人的翻译并不简单发生于任何一位外国诗人身上，一定是策兰或其他你所翻译的诗人以这种方式在对你说话，是这样吗？另外，当中国读者阅读你所

也许从一开始就知道了，我既不是从英文也不是从德文，而是从我自身来翻译策兰。

翻译的策兰时，他们还是在阅读策兰吗？

  王家新：我那样讲，只是一个说法。翻译，不同于创作，当然要依据于原文，不可能脱离原文。但这种翻译同样有赖于我们对自身的发掘和认知。我举一个例子，前不久，有一位长期遭受磨难的诗人离开了我们，他的离去使我深感悲痛。为悼念这位亡友，我特意翻译了策兰的一首诗《安息日》。我们知道，策兰是犹太民族苦难的见证者和哀悼者，他的这首诗，就是哀悼、纪念那些大屠杀的受难者的。以下是我对策兰这首诗的翻译：

> 在一条线上，在
>
> 那唯一的
>
> 线上，在那上面
>
> 你纺着——被它
>
> 绕着纺进
>
> 自由，绕着
>
> 纺进束缚。
>
>
> 巨硕的
>
> 纺锤站立
>
> 进入荒地，树林：来自于
>
> 地下，一道光

编入空气的

垫席，而你摆出餐具，为那些

空椅子，和它们

安息日的光辉——

在屈身之中。

　　对策兰的翻译，我其实一直是很严谨的，我要求自己
尽量做到忠实原文。但对这首诗，尤其是它的结尾，我翻
译得很大胆。这首诗的结尾一句德文原诗为"zu Ehren"，
美国费尔斯蒂纳的英译为"in honor"，在汉语中本来应译
为"在尊敬之中"或"在荣耀之中"。我琢磨再三，最后，
几乎是在突然间，把它译成了"在屈身之中"。这样来
"改写"，连我自己当时也很惊异，但又感到再好不过。我
甚至这样想：策兰会同意这
样译吗？他会的。因为这是
另一种忠实。这样来译，不
仅是为了一种语言的质地和
张力，为了汉语的表达效果，
也为了更深刻地表达原诗中
的和我自己的那种哀悼之情。
的确，我们只有"在屈身之

◇莱比锡犹太纪念教堂
（王家新摄）

中"，才对得起那些受难者的在天之灵。并且，我们只有"在屈身之中"，才能进入到策兰所说的"我们自身存在的倾斜度"中。

说来也是，这首诗好像一直在等待着我似的。我已译过策兰两三百首诗（策兰一生写有七百多首诗），但以前我并未留意到这首诗，在我想到要为亡友的"头七"（按照中国的习惯，死者去世的第七天被称为"头七"，要举行悼念）做点什么时，它出现了，它就这样出现了。博尔赫斯在谈论英国诗人菲茨杰拉尔德对《鲁拜集》的翻译时曾这样感叹："一切合作都带有神秘性。英国人和波斯人的合作更加如此，因为两人截然不同，如生在同一个时代也许会视同陌路，但是死亡、变迁和时间促使一个了解另一个，使两人合成一个诗人。"

诗的翻译，我想，在根本上，正是为了"使两人合成一个诗人"。而翻译之所以有可能达到这种"契合"，是因为这样一个策兰就存在于我们自身之中。翻译的过程，就是这样一种发掘和显露的过程。这里借用诗人布罗茨基的一个比喻：照片的底片冲洗出来了，你发现"他"就具有你自己的眼睛！

借用诗人布罗茨基的一个比喻：照片的底片冲洗出来了，你发现"他"就具有你自己的眼睛！

至于中文读者读到的策兰，肯定不是"德语中的策兰"，而是"汉语中的策兰"。在我看来，一个称职的策兰译者不是什么"翻译机器"，他的译文必得带着他的创造力，带着他自己的精神气息和独特印记，带着原著与译文之间的那种"必要的张力"。我永远不会满足于一般的语言转换，而是要求自己从自身艰辛的语言劳作中"分娩"出一首诗，或者说，要求自己不仅忠实于原作，还要无愧于原作，甚至还要用汉语来"照亮"原作。

我想，这就是这些年来我所做的工作：不仅要使策兰在汉语中存在，还要把他变成一个"我们这个时代"的诗人。是的，使这样一个诗歌的灵魂在汉语中"复活"，并开口对中国读者讲话，这就是我要做的一切。

江克平：现在你给我出了一个难题，就是如何把你汉译里面的"屈身"再回译到英文之中！那就是我的事了。而在我看来，你所谈到的对策兰的翻译似乎在某种程度上呼应了你 2007 年访美期间写下的诗。一种暗示性的悲剧的埋葬，拒绝，或者广大的遗忘，却依然存在于当下。其中还有那种对某种原初力量的敏锐辨认，诗人必须与之角力。每当我阅读你在 2007 年间创作的那些诗，我会觉得那是你身在美国的写作，而不是关于美国的写作，它们体现了那种你作为一个诗人无论身在何处的持久的关注，是这样吗？

王家新：你的感觉很对，在我的翻译和创作之间的确有一种共鸣。我也在一个地方讲过了，我不是一个文类意义上的写作者，而是存在意义上的写作者。我全部的写作，无论写诗、写文章或从事翻译，都是立足于我自身的存在的，或者说，都是围绕着同一个"内核"的。我全部的写作就是这样一个整体。说到 2007 年冬我在美国汉密尔顿，也就是在你们柯盖特大学做驻校诗人期间写的诗，我在中国的朋友、大学同事余虹教授的自杀（他是从他家的楼顶上跳下来的），对我产生了很强烈很深的影响。借用策兰的隐喻，"牛奶"就在那一刻为我变黑了！我记得那是 12 月初的一个晚上，我带着家人从纽约坐长途大巴冒雪回到汉密尔顿，回到家里一打开电脑查收邮件，便是那令人震惊的消息……一连好几天，我都悲痛得说不出话来，于是我写了《悼亡友》那首诗，在那首诗的结尾，不是我拖着行李箱，而是"我的行李箱拖着我/轰隆隆地走在异国十二月结冰的路上"了。

我这一生中已经历了太多的死亡和磨难。孔子说他"三十而立，四十不惑，五十而知天命"，我想我们不可能拥有那样明智的、线性演进的人生。不管怎么说，我这种"饱经沧桑"和困惑的人生在要求着一种与之相称的诗。许多读者和诗人朋友对我那首《和儿子一起喝酒》的结尾——"然后，什么也不说/当儿子起身去要另一杯/父亲，则呆呆地看着杯沿的泡沫/流下杯底"——印象很深刻，问我是怎么写出来的。我回答说就那样写出来的，甚至可以说不是我写的，而是我所经历的时间和岁月本身在通过一个诗人讲话。你知道我以及我在美国读书的儿子的经历，似乎一个人全部的生活，都在啤酒杯的泡沫沿着杯沿"流下杯底"的那一瞬间，对不对？请想想那样一种凝视，那样一个缓缓流下的瞬间！我想，也许这就是你在我的那些诗中感到了某种"在场"的原因。你的感觉是对的，尽力确定出一种"现场感"，这也正是我写作的目标。我那首《晚来的献诗：给艾米莉·狄金森》，在书写一个诗人永恒的孤独后，结尾一句是"黑暗的某处，传来摇滚的咚咚声"，这不仅与艾米莉·狄金森的世界形成一种反讽性对照，也想传达出一种当下的现场感。诗歌经由想象，经由词语的探测和引导，又回到哲学家们所说的"我们未曾在场的当下"。这个"当下"，正是我们存在的立足点。我的那首《在纽约州上部》也是这样：

　　在纽约州上部，

　　在一个叫汉密尔顿的小镇，

　　在门前这条雪泥迸溅、堆积的街上，

　　在下午四点，雪落下时带来的那一阵光，

　　一刹那间，隐身于黑暗。

　　这首只有五行的短诗，就是对"当下"的一步步确立，就像摄影的聚焦一样，但我想这比摄影的聚焦要困难得多，我想写出冰雪的力量（雪泥在门前"迸溅、堆积"，就像刀锋一样！），写出对雪落下时带来的那一阵光的艰辛辨认，写出我们自己究竟身在何处，因此这会是一种对自身全部感受力的聚焦。艾略特在《四个四重奏》的最后一章这样宣称："在一个冬日的下午，在天色变暗之时，在一座僻静的教堂，历史就是现在和英格兰。"我写《在纽约州上部》时并没有想到艾略特的诗，但现在我也可以说：我自己的全部历史、全部存在也就在诗最后的那样一个瞬间——而那正是一个"永恒的当下"。

我想，讲这些，也就回答了你最后的问题，那就是我在美国写的诗似乎并不是关于美国的，而是体现了我的另外一些持续的关注。似乎很多中国诗人都是这样，比如欧阳江河说一场成都的雨等他到了威尼斯才下。我想，诗歌并不是报道（我写的长篇随笔《驻校诗人札记》，你知道，其中很多地方就写到美国，包括在你们柯盖特大学时的感受）。诗歌总是关切到个人最受困扰的内在现实。它可能会带上美国背景（比如说那一场场在中国很罕见的雪，古老的橡树，坐"灰狗"旅行，等等），也可能会带上中国背景，但它们仍不是关于美国或中国的，而是关于我们自身的存在的。诗在那一刻找到我们，我们就为她而工作，如果幸运，我们还会因此进入到我们自身存在的深处，如此而已。现在，我在精神上也更自由了。我没有那种民族或国家的观念。我不想给自己挂上"中国诗人"之类的标签，正像我不想给自己挂上任何别的标签一样。我当然关心世界上和中国发生的很多事情，但作为一个诗人，一些别人没想到的事物或细节，似乎更能触发我的诗兴。比如离开汉密尔顿回国的前夜，我收拾我们的房间，在那燃烧过后的壁炉前，我停了下来（那炉膛里还燃烧过你给我们送来的劈柴呢）。在那清凉的壁炉前，我又一个人坐了好一会儿。这就是我对"美国"、对我们在这里度过的一段生命时光的告别吗？不管怎么说，只要生起火，就总有面对余烬的时候。正是这样的时刻，让我进入了一种"存在之诗"。

我的八十年代

　　布罗茨基的回忆是从他和他父母在列宁格勒分享的那一间半屋子开始的：父母一间，他自己半间，一个书架为他挡住了一切。而这个"小于一"（less than one）的所在，正是他作为一个诗人成长的世界，甚至书架上摆放的威尼斯小船和奥登的肖像，都奇迹般地预示了他的未来。

　　而我们"这一代人"或我自己呢？命运却没有给予这样一个位置。我们没有那样幸运，当然，我们或许也不具备那种惊人的才赋。我自己在成为一个诗人的路上付出了太多的代价。现在，当我回顾过去，也不得不付出更艰难的努力，以从事一种自我辨认。

　　在接到一个杂志的约稿后，我首先想到的就是这些。

现在，既然约稿的主题是 20 世纪 80 年代"北京的诗歌地理"，那我就从我来到北京谈起。1985 年 5 月，我从湖北一个山区师专借调到北京《诗刊》工作（我是 1982 年大学毕业那年被发配到那里的）。其实，在这之前我和我的大学女友已在北京成了家并有了孩子。在武汉上学期间，我也来过北京两次，我至今还留有那时在长城和圆明园废墟间的留影。对于我们这些经历过"文革"的人来说，来北京必上长城（我记得我和我的一些同学在那时都会背诵江河这样的诗句："我把长城放在北方的山峦／像晃动着几千年沉重的锁链……"），也必到圆明园的残墙断柱间去凭吊一番。这在今天看来也许有点过于悲壮，但我们这一代人在那时的精神状况就是这样。

具体到在北京的生活，那时我每天从新街口马相胡同的家中骑车到虎坊桥诗刊社上班，虽然我对官方诗刊的那一套并不怎么认同，但这份工作可以解决我的"两地分居"问题，也使我有机会为诗歌做一些事情，这就行了。对于北京的市民文化尤其是那种拿腔拿调的"皇民文化"，我这个外地人也很难适应，常常有一种"被改造"之感，但北方在地理和气候上的广阔、贫瘠、寒冷、苍茫，却和我生命更深处的东西发生了呼应，也和我身体中的南方构成了一种张力。北方干燥，多风沙，而一旦下雨，胡同里那些老槐树散发的清香，便成了我记忆中最美丽、动情的

北方在地理和气候上的广阔、贫瘠、寒冷、苍茫，却和我生命更深处的东西发生了呼应，也和我身体中的南方构成了一种张力。

时刻。

更重要的是，在北京这个政治文化中心，在这个"文革"后期地下诗歌和"今天派"诗歌的发源地，我能"呼吸"到我渴望的东西。1979 年早春，当我还是大二学生时，从北京回来的同学带回了北岛、芒克他们刚创办的蓝色封面的《今天》，且不说它发出的人性的呐喊是怎样震动人心，它在诗艺探索上的异端姿态和挑战性，也深深地搅动了我的血液。在当时"思想解放运动"的氛围下，我们武汉大学和全国十多家高校的文学社团也创办了一份刊物《这一代》，我是它的诗歌编辑和文学评论编辑，也是其中最激进的一员。我们在办刊过程中和《今天》有了更多的联系，也准备在第二期上转载《今天》的诗歌。我们中有几位来自北京的同学，如张桦、张安东等，也在《今天》与《这一代》之间来回穿梭，一时间颇有一种"南北呼应"之势。

由于过于激进，《这一代》只办了一期就夭折了。不过，夭折也有着它的意义，使它获得了我们都没预料到的强烈而广泛的反响。回看我们办的这份刊物包括我那首发在上面的惹起很大麻烦的《桥》，我现在肯定会感觉幼稚（其实，在《桥》写出后没多久，我自己就不再提它了），但我依然感到庆幸，那就是我们正好赶上了"文革"结束后那个奋力冲破重重禁锢的时代！正是那个年代赋予了我

◇《这一代》封面

们那样一份诗歌冲动和精神诉求。诗，被禁锢的诗，地火般涌现的诗，如雷霆般在一个乍暖还寒的年代隆隆滚动的诗，它对我们的唤醒和激励，真如帕斯捷尔纳克那首著名的诗《二月》（荀红军译）所写的那样：

> 二月。墨水足够用来痛哭！
>
> 大放悲声抒写二月，
>
> 一直到轰响的泥泞
>
> 燃起黑色的春天。

到北京后，这一切慢慢沉淀下来，我和"今天派"诗人们也有了更多的实际上的接触。在大学时代，我和北岛、舒婷、顾城、杨炼等就有联系，记得有一次在顾城情绪低落期间我给他回了一封十多页的长信，极力肯定他和其他"今天派"诗人对中国诗歌的意义，他在回信中这样说："你知道我爸是怎么评价你的吗？他说你是中国的别林斯基！"顾城的父亲即是老诗人顾工。不过当时我对此并不怎么在意，因为我那时的兴趣已转向了现代主义，一册新出版的袁可嘉主编的《外国现代派作品选》，尤其是那上面艾略特、叶芝、里尔克的诗，不知被我读了多少遍！

因此，初到北京后的那些日子，我主要是和江河、顾城、杨炼、林莽、田晓青、雪迪、一平以及北大"五四"文学社的老木等人交往。杨炼住在中央党校,我那时很喜欢他的诗,也和他一样相信"太阳每天都是新的"。那时我们几乎每周都要见面,在他家里,他爱给我们展示他当年一次次穿着长风衣从党校图书馆里"顺"来的"战利品"(书),还慷慨地借给了我他珍藏的台湾出版的叶维廉的译诗集《众树歌唱:欧洲、拉丁美洲现代诗选》的复印本,并叮嘱我几天后一定要还。顾城则爱给我们讲他童年的故事,有一次还诡秘地告诉我他的名诗《一代人》乃为梦中所得(这句话刚出口,他又让我不要告诉任何人),说那两句诗本来放在一首长诗中,后来他单挑出来,并加上了"一代人"这个题目。江河则住在西四白塔寺的一个胡同里,离我们家较近,我和沈睿每次去都要带上两个大苹果,有一点朝拜大师的感觉。在江河那里我的确学到了不少,不仅了解了他们那一拨人的经历,他对艺术的见解也使我颇为受益。只不过江河人很精明,谈事论人也比较刻薄,这和他的诗风有很大反差。不过对此他也无所谓,那时他最爱对我们谈的就是艾略特的"非个人化诗学原则"!

在北京这拨诗人中,因为种种原因,北岛要难以接近一些。还在上大三时,我来北京,听北大的黄子平讲到北岛的中篇小说《波动》发表屡遭挫折的事情,我听说后,就把它带给湖北的《长江》丛刊,并极力给他们做工作,后来《波动》的未删节本包括马德升的配画全部在该刊上刊出。因此我来北京后，北岛在他位于前门西打磨厂胡同的家中请客，那晚他本来要和他的画家妻子一起参加一个聚会，他让黄锐陪着去，他自己则亲自掌勺，并叫来杨炼、顾城作陪，这让我很感动。北岛在这方面没说的，可以说他总能给人一种"老大哥"的感觉。他在那些年也的确顶住了、承担了很多东西。只不过处在这样一个位置上，他也时不时流露出一种"美学上级"的感觉。记得第二次见面，他骑车到新街口马相胡同我家，送我一本油印诗集，那时正好杨炼也在，北岛便谈到了他前不久同艾青在电话中"绝交"一事，艾青说"别忘了你在我家吃过饭"，北岛说"那我把粮票给你寄回去！"后来不知怎的又谈到了江河，那时杨炼还有点和稀泥的意思，"朋友嘛"，他嘻嘻一笑，没想到北岛这样回了一句："这样的朋友，多一个不如少一个！"

冷冷的一句，听得我不寒而栗。

我要说的是，在那样一个年代，北岛"肩扛黑暗的闸门"，对中国诗歌所起的作用无人可以取代；他们那一代人，作为诗人和叛逆者，也是历史上光辉的不复再现的一代。但是，这只是就诗和他们曾体现的"诗歌精神"而言。作为"毛泽东时代的抒情诗人"（这里借用诗人柏桦的一个说法），权力和权力斗争，还有"唯我独革"那些

权力和权力斗争，还有"唯我独革"那些东西，是不是也像毒素一样渗透到他们（或者说"我们"）的血液中了？

东西，是不是也像毒素一样渗透到他们（或者说"我们"）的血液中了？人们与他们所反抗或厌恶的东西究竟拉开了多大的距离？对于这些，当然不会有回答，有的是北岛自己在那时的一句诗："大伙都是烂鱼"（《青年诗人的肖像》）。他比我们更清楚这一点。

话再回到 80 年代中期，正当"朦胧诗"在与诗坛"保守势力"的角力中刚刚站稳脚跟时，"第三代诗歌运动"已是烽火四起了。我在诗刊社（那时我在作品组，具体分管华东片诗稿和外国诗），经常收到这类刊物或宣言，似乎空气中也充斥着一种莫名的兴奋。那时"圆明园诗派"的大仙经常到我家来"侃诗"（我家那台 14 时牡丹牌黑白电视机就是通过他那《北京青年报》体育记者的身份才买到的），一次他刚参加完一个聚会到我家，一见面就兴奋地谈到北岛在上面讲话，下面有人突然喊"打倒北岛"，并说把北岛"吓了一跳"。我问是谁喊的，他说是刑天。刑天也是"圆明园诗派"的一员。这一次可谓是刑天舞干戚了。

接着，徐敬亚他们的"中国现代主义诗歌大展"的约稿也来了，虽然我支持这种倾向，但我本人没有参与。说实话，我对这种"集体兴奋"有点兴奋不起来。"文革"时期因为父母出身不好，我连"红小兵"也当不了，这倒也好，从此形成了我内向的性格。记得我从小还在小本子上抄有"小动物成群结队，狮子独往独来"这类"外国格言"，看来它对我毒害甚深。我虽然不是狮子，但我却渐渐认定了诗歌是孤独的果实，是一项个人的秘密的精神事业。在中国现代诗人中，我感到最亲近的是冯至，他翻译的里尔克的一句诗，多少年来一直是我的座右铭：

> ……他们要开花，
>
> 开花是灿烂的，可是我们要成熟，
>
> 这叫做居于幽暗而自己努力。

因此，一次黄翔带了六七个人闹哄哄地到了虎坊桥诗刊社，像"红卫兵"大串联似的，我给他们递上了水，但说实话，我和他们没有什么话要说。还有一次廖亦武和他的崇拜者一起到我家来，嚷嚷着要吃回锅肉，好，我带他们去买，但对于这路豪杰，我只是以礼相待罢了。我既不"结党"，更不想"入伙"。后来见到有些诗选或论述也把我的诗划入什么"第三代"，对不起，如果说起"代"，用欧阳江河的话来说，我也只能属于"二点五代"。更确切地讲，我什么"派"

◇"我的80年代"，1986年

或"代"都不是。

80 年代属于我的"练习期"或"成长期",我知道我还有更远、更艰巨的路要走。因此我希望自己更沉潜一些。如果要做什么事,我也只是想为一些年轻而优秀的、不被更多的人认识或"认可"的诗人和诗歌做一些事情。平心而论,80 年代的《诗刊》是它办得最好、最开放的一个时期,担任过主编、副主编的邹荻帆、张志民、邵燕祥、刘湛秋以及王燕生、康志强(她是严文井的夫人,他们两口子一直支持青年诗人的探索)、雷霆、李小雨、唐晓渡、宗鄂以及后来调入的邹静之等编辑,都为诗歌做了很多事情。只不过对一个"主旋律"的刊物来说,它受到的牵制太多,很多事情做起来都比较难,而且那时人们对诗的认识也在那个"份"上,比如我曾在《诗刊》送审过无数次海子的诗,我记得只通过了一首。还有一次《诗刊》作品组为 1986 年度"青春诗会"提名人选,我提了韩东、翟永明等,在场的另一位资深女编辑拿腔拿调地问:"这个翟永明是谁——呀——"

但有眼光和勇气的人总是有的,1986 年秋,沈阳春风文艺出版社的资深编辑邓荫柯来信,约我编选一个青年诗人诗选或先锋诗选,这正是我想做的事情,于是我约《诗刊》评论组的晓渡一起来编。我们一起确定了名单和编选体例,并分了工,经过一两个月的工作,最后在我新搬入的家——前门西河沿街196号那座有着上百年历史的老楼里定了稿，并确定了"中国当代实验诗选"这个集名。记得在定稿时，我和晓渡对欧阳江河的《肖斯塔科维奇：等待枪杀》一诗还有些担心，担心它能否在出版社通过，但我们还是决定不抽下这首诗。因为晓渡主要从事批评，我提出把他的名字放在前面比较合适，他最后也就同意了。顺带说一下，在这本后来产生广泛影响的诗选中，我们并没有编入自己的诗。

这里还有一件事是，1987年这本诗选出版后，可能是听到什么风声，当时的《诗刊》常务副主编刘湛秋特意把晓渡和我叫到他的办公室里，要我们注意"倾向问题"。这个自由派副主编说得并不是那么认真，而我们依然是这个"倾向"。

这就是那个召唤我们、让我们为之献身的诗歌年代。难忘的是1987年夏在山海关举办的"青春诗会"。这不仅是历届"青春诗会"中比较有影响的一次，更重要的，是我在那里切身感受到一种能够提升我们、激发我们的精神事物的存在。与会的诗人有西川、欧阳江河、陈东东、简宁、力虹、杨克、程宝林、张子选等。不过，会前也有一段小插曲，我们的邀请刚发出去几天，有关部门就找到诗刊社，说拟参会的人"不止一位不适合参加这样的活动"。刘湛秋急得从诗刊社的四楼上咚咚地跑下三楼来找我，要我马上提供一份与会者名单，并介绍每位的情况，我一边列名单，一边说"我保证他们会没事！"但他哪里在用心听，"上面"还在等着他呢。

好在一切又"没事了"。诗会按原计划进行，我随同《诗刊》作品组组长王燕生一同前往山海关组织诗会。荒凉而开阔的山海关，以满山坡蓬勃的玉米和苹果树迎向整个大海的山海关。记得一次我们在山坡上散步时，有人随口就说出了一句"把玉米地一直种向大海边"！但我已记不清是谁说的了，是西川？也许谁说的并不重要，重要的是它体现了那个年代蓬勃的诗歌精神和诗歌想象力。我至今仍清晰地记得我们在暴雨中冲向海里游泳的情景，一张张灌满雨水的嘴中发出"啊——""啊——"的声音，欧阳江河还站在雨中的海滩上即兴作诗："满天都是墨水！"

正是在山海关，欧阳江河写下了他的名诗《玻璃工厂》。那一天的白天我们参观了秦皇岛市玻璃厂，晚上我和他去彻夜看护一个生病住院的女诗人。夜已深，我们仍守坐在医院走廊的长椅上，我已困得不行了，欧阳江河灵感来了，但是没有纸，我就把我的香烟盒掏空给了他，他就在那上面写下了诗的初稿。这里还有一个细节，他的这首诗本来叫《在玻璃工厂》，我认为"在"字有点多余，他就把它去掉了。那时欧阳江河嘴快笔也快，最爱讲的玄学话题是"蛇的腰在哪里"（讲完就是他自己的一阵哈哈

大笑），最爱谈论的是庞德、艾略特、斯蒂文斯，因为不
愿意听他"布道"，郭力家拒绝开会，整天穿着喇叭裤和
尖头皮鞋在外面溜达，我看他满脑子转悠的就是怎样和欧
阳江河打一架，好在此事并没有发生。

　　现在看来，山海关的相遇和相聚，的确预示了诗歌后
来在 90 年代的某种发展趋势。我想正是因为在那里的交
流，陈东东后来有了创办《倾向》的想法。而"知识分子
写作"或"知识分子精神"这种与"第三代诗歌"有所区
别的说法，在这之后也在西川等人的文章中出现了。

　　也正是在山海关期间，我抽空去沈阳春风文艺出版社
取回了刚出版的《中国当代实验诗选》样书，记得欧阳江
河拿到这本书后就读里面张枣的诗，边读边赞叹"天才！
天才！"在这本诗选中我们选了张枣的《何人斯》、《镜
中》、《十月之水》等四首诗，在编选过程中我还写了篇读
张枣诗的随感《朝向诗的纯粹》（后来收入我的第一本诗
歌随笔集《人与世界的相遇》，1989），很可能，这是关于
张枣诗的第一篇评论。张枣很高兴，到处给人看，包括给
北岛看（这是北岛后来告诉我的）。那时张枣已出国，我
时常收到他那写着一手绢秀字体的信，落款是"你的枣"。
有一次他回国（应该是 1987 年冬），来到前门西河沿街二
楼我家昏暗的屋里，一进门，我放上了音乐磁带，他一听
"啊，柴可夫斯基！"然后就坐在那里久久不说话了。我可

39

诗人与他的时代

现在看来，山海关的相遇
和相聚，的确预示了诗歌
后来在 90 年代的某种发展
趋势。

以体会到他内心里的那种感情。说实话，我也真喜欢那时的面目清秀、裹着一条长围巾的张枣。但后来因为我回绝了在一件在我看来很严肃的、我的道德准则不允许我去做的事情上给他帮忙，我们的关系从此疏远了。

就在从山海关回来后，我还收到了骆一禾寄来的诗学自述《美神》，它一开始就抓住了我："我在辽阔的中国燃烧，河流像两朵白花穿过我的耳朵，它们张开在宽敞的黑夜当中……"这种诗性想象力是多么动人啊。那个年代常提到的"诗歌精神"，我以为在一禾的身上体现得最为充分。的确，这是一位立志"修远"、有着宏伟壮烈的诗歌抱负的诗人，虽然在我看来这种追求还需要相应的艺术限度意识，也还需要时间的磨炼。第二年夏天在北京十里堡举办"青春诗会"，诗刊社安排我和新调入的编辑李英主持，我们请骆一禾、萧开愚、南野、林雪、海男、袁安、童蔚等人参加，一禾本来要到西藏远游（我想很可能是和海子等人一起），他慨然留下来了。记得在会上我对他讲"为什么你要写'我伸出我亚洲的胳膊'呢？""不行，胳膊必得是亚洲的胳膊"，我无法说服一禾。这正如谁在那时都无法说服写作《太阳·七部书》的海子。在今天看来，这种对"大诗"的狂热，这种要创建一个终极世界的抱负会多少显得有些虚妄，但这就是那个年代。那是一个燃烧的向着诗歌所有的尺度敞开的年代。欧阳江河在那时

在今天看来，这种对"大诗"的狂热，这种要创建一个终极世界的抱负会多少显得有些虚妄，但这就是那个年代。那是一个燃烧的向着诗歌所有的尺度敞开的年代。

就宣称"除了伟大别无选择"！而"伟大的诗人"，在他看来就是那种"在百万个钻石中总结我们"的人！

谁是这样一个伟大的可以"总结我们"的诗人？是时间，是那发生在中国大地上的把我们每个人都卷入其中的历史，是骤然"闯入"我们生活中的命运。"闯入"，这正是西川90年代后用过的一个词。西川在80年代也曾写下《远游》那样的长诗，但我记得在1990年秋的一天，在时隔数月不见之后，在那依然荒凉的时代氛围中，他来到西单白庙胡同我的家，并带来一首他新写的《夕光中的蝙蝠》。我一读，便深感喜悦。那时我还读到开愚、孙文波、孟浪、王寅、莫非、张曙光以及在北大上作家班的非默的一批作品。我不仅从中感到了历史的重创所留下的压力和裂痕，我想，中国的诗人可以重新发出他们的声音了！

而这就是命运对一代人的造就。叶芝在他的后期诗中曾这样写道："既然我的梯子移开了／我必须躺在所有梯子开始的地方，／在内心那破烂的杂货店里"。我想，这也正是90年代以后发生在许多中国诗人那里的"故事"。历史之手移开了他们在早年所借助的梯子，使他们不得不从自身的惨痛中重新开始，虽然这并不意味着他们对"高度"的放弃。

回想起来，结识诗人多多，不仅是80年代后期，也是我这一生中最重要的一件事情。我大概是在1987年冬

历史之手移开了他们在早年所借助的梯子，使他们不得不从自身的惨痛中重新开始，虽然这并不意味着他们对"高度"的放弃。

才认识多多的。那时我家刚搬入西单白庙胡同一个有着三重院落的大杂院里,多多住在新街口柳巷胡同,他经常到木樨地看完他母亲后一个人骑车到我家来,而且往往是晚上九点半以后,我们一谈就谈到很晚,然后我推开门日送他推上停靠在院子里那棵大枣树下的自行车,像个地下党人似的离去。在那时北京的诗歌圈子里,虽然对多多的诗歌天才人们已有所认识,也不能不服,然而对于他的那种傲气、"不讲情理"和"偏激",许多人都受不了。他的一些老朋友也因此离他而去。然而很怪,对于他的这种脾性,我却能理解。那时我和莫非来往也很多,一次我们去莫非位于双秀公园家的一个聚会,多多一来神就亮起了他的男高音歌喉,来了一段多明戈,然后还意犹未尽地念了一句曼德尔施塔姆的诗"黄金在天上舞蹈,命令我歌唱"!接着又对满屋子正要鼓掌的人说:"瞧瞧人家,这才叫诗人!哪里像咱们中国的这些土鳖!"

"黄金在天上舞蹈,命令我歌唱",可以说这就是让我们走到一起的东西!虽然我亮不起他那样的歌喉。我们在一起时也只是谈诗,不谈那些"乱七八糟的东西"。他对诗的那种全身心投入的爱和动物般的敏锐直觉,也一次次使我受到触动。多多还有个习惯,那就是遇到好诗必抄在他的本子里,光看不行,他一定要把它抄下来。那时我和沈睿正在组织编译《当代欧美诗选》,许多诗未出版前就给他看了。他也一再催着我们多译些诗（1991年秋冬我开始译策兰，我想就是为我自己和多多这样的读者译的，后来一到伦敦，我就把译稿寄给他看了）。当然，更令人惊异的是他的语言天赋，是他那神秘而强劲的创造力，1992年初到伦敦后我读到他的新作《我始终欣喜有一道光在黑夜里》，我惊叹我们的汉语诗歌达到了一个怎样的境界！可是有人却不以为然，在伦敦时我对赵毅衡和虹影谈起这首诗怎么好时，赵博士说他"看不出来"（虽然他和多多也是朋友），他找来这首在《今天》上发表的诗要我一句一句为他解释。这样的诗能解释吗？算了吧。

话再回到1988年，那一年秋天北岛回国，他做了两件很有意义的事情，一是设立"今天诗歌奖"，一是召开多多诗歌研讨会，其实这两件事是同一件事情。多多诗歌研讨会在王府井的一个地方举行，去了很多人，屋子里满满的，许多都是"今天"同仁和"文革"时期的"过来人"，我去得稍晚一点，坐在靠近门口的一个桌子边。过了一会，廖亦武、李亚伟也来了，因为已没有了座位，也无人理会，廖大侠就在那里要"闹出一点动静来"，于是北岛赶快从里面出来制止。研讨会结束时北岛找到我，说我的发言不错，问我能否把这个发言和其他人的发言一起整理出来给他，我当即推掉了。我自己的可以，但别人的发言我整理不了。后来《天涯》杂志准备出一个"多多专辑"，多多本人请我写一篇，我则好好写了一篇，但这个专辑后来因故未出，我们的稿子也全被弄丢了。

也就在这一年年底吧，在岁末的阴郁天气下，在团结湖一带一个仓库一样的活动场所里，北岛主持了首届"今天诗歌奖"授奖仪式。授奖仪式庄重、肃穆，北岛亲自撰写了给多多的授奖词。这个授奖词在今天看来仍然很经典，我认为这是北岛本人写下的最重要、最激动人心的文字之一，它不仅抓住了多多诗歌的特质，它对于在那样一种环境下坚持和延续由"今天"所开创的独立的诗歌传统也十分重要。在宣读这篇授奖词之前，北岛还明确声明设立"今天诗歌奖"就是为了和一切官方的文学奖"相抗衡"。我去参加了，去的人依然很多，有中国人，也有许多老外。我和人们一起站立着听着这声音（那里没有坐椅），我又感到了那种能够召唤和激励我们上路的东西了！

然而，落实到具体人世的层面上，有些事情就超出了我的理解。在犹豫再三后，我在这里也不得不把它说出来——为了那历史的真实，也为了让后人看看我们这一代人是怎样"与时间达成悲剧性协议"的。就在这个授奖仪式举行后不久，应该是临近春节吧，我在已搬入农展馆南路文联大厦的《诗刊》办公室里上班，忽然过道里传来了说话声和走动声，我出来一看，北岛出现在那里，原来他是来"领奖"的！因为那一年中国作协设立了十部优秀诗集奖，不知出于什么原因，他们也给了北岛。该奖由作协委托诗刊社具体办理，早在好几个月前已宣布了结果。北岛当然知道这个奖的性质，但他终于还是来了，在刘湛秋的带领下去诗刊社徐会计那里领那 2 000 元的奖金。在过道里遇到我时北岛多少有点尴尬："唉，快过年了，没钱花了。"我则回到我的办公室里，像挨了重重一击似的坐在那里发愣。北岛离去时，我也没有力气出去跟他打招呼。我只是感到深深的沮丧和悲哀。当然，我知道我无权指责任何人或要求任何人，我也知道我们这些人还不能和我们所读到的那些俄罗斯知识分子和诗人相比。然而，在我"亲爱的祖国"（这里借用舒婷当年的诗句），还有什么是可以指望的呢？一时间，似乎什么都没有了……

而接下来的一年，不用多说，它对我们每一个人的震撼，更是言辞难以形容的了。要回忆它，也远远超出了我们个人的能力。这里只说一个细节：那一年早春，一禾匆匆地来到我在西单白庙胡同的家，这也是我最后一次见到他，我问他喝什么，他答道"酒"，我拿出一瓶烈酒（汾酒），他倒满一大杯，一仰首就全下去了，壮烈啊。

接着不久，就是海子在山海关卧轨自杀的消息！对此，我当时一点也不相信，甚至拒绝相信。那一年 3 月初，也就是在他自杀前的大半个月，他在安庆老家过完春节回京上班后还来文联大楼找过老木和我，他一如既往地和我一起在办公室里谈诗，我们甚至还一起上楼去文联出版公司买书（因为是中午，那里没人上班，他顺手从过道的书柜里抽出两本书，其中一本是塞林格的《九故事》，他给了我）。没有任何征兆！也许，唯一的迹象是他那篇诗学绝笔《我热爱的诗人——荷尔德林》。头年 10 月底，应《世界文学》编辑刘长缨之邀，我为他们的"中国诗人与外国诗"栏目组稿，我首先约了西川和海子，西川寄来了《庞德点滴》，海子也很快从昌平给我寄来了他这篇文章（写作时间是 1988 年 11 月 16 日），我一看，文中充满了语言破裂的迹象，如"这个活着的，抖动的，心脏的，人形的，流血的，琴"，如"诗，和，开花，风吹过来，火向上升起，一样"，等等。我当时就有些诧异，但我特意告诉刘长缨这不是语法错误，这是诗人有意这样写的，请一定照原文发。刘长缨听了我的话，该文后来一字不动发表于《世界文学》（双月刊）1989 年第 2 期。在这之前，我也告诉了海子这个消息，但他没有再回信，很可能那时他已将一切置之度外了。他在他精神的黑夜里"流着泪迎接朝霞"，他要做的，是以他的身体本身来对他心目中的"伟大诗歌"进行最后一次冲刺！

这里还有一事，也就在海子自杀前不久，芒克等人开始筹划一个大型"幸存者"朗诵会活动。"幸存者"是 1988 年由芒克、唐晓渡、杨炼等人发起的一个北京诗人俱乐部，我是它的首批成员（"幸存者"是分期分批"发展"的）。我当然很尊重芒克，也知道他的诗歌贡献包括他在《今天》历史上所起的重要作用并没有得到应有的认识。不过，第一次在芒克位于劲松的家里开会时，我心里就有些打鼓，因为芒克宣布了"组织纪律"，如果缺席三次，就要被除名。会上，我对"幸存者"这个名字也提出了异议，多多也接着插话，说他从来就不是一个什么"幸存者"，"嗨，你都这样了，怎么不是呢"，芒克赶快出来打断了我们的"异议"。纵然有所保留，后来我还是很认真地参加了"幸存者"的活动，也曾在我家举行过两周一次轮流的聚会（那次聚会的情况可参见我七八年前写的《火车站，小姐姐……》一文），我和沈睿甚至冒着风险托人在一个印刷厂偷偷免费印了一期"幸存者"杂志。到了4月份，朗诵名单定下来了，我一看，有点惊讶，因为上面没有我，也没有西川、莫非、童蔚等（我想海子如活着，也肯定不会有），我在《诗刊》办公室找到晓渡，晓渡解释说"可能是因为你有口音，芒克没安排吧"，"那么西川呢，他也有口音？"我回到家后，一时性起，就给芒克去了一封信，以傲然的口气（当然现在看来也有点可笑）宣布从此退出"幸存者"。据说芒克接到信后，气得他老兄够呛，拿着信跑到同样住在劲松的晓渡家的二楼下，嚷嚷着喊他下来，要问他这是怎么一回事。

就是这么一回事。我想我没有必要再和这些事情搅和在一起了，那就让我们各自走自己的路吧。我只知道那次芒克组织的朗诵会很成功，据说多多在台上一度声音哽咽，说出了他对海子之死的自责和愧疚。我知道他会这样，每个活着的人也应该这样。到了5月初，我和西川等人则参加了另一场纪念"五四"的大型诗歌朗诵会，当时一位著名话剧演员朗诵了我的《诗歌——谨以此诗给海子》，这首诗本来是我在海子死前的前两天写下的，它是我在那些日子里内心危机的产物，海子自杀的消息传来后，我忍着泪加上了这样一个副标题，把它献给了我死去的诗歌亲人："诗歌，我的地狱/我的贫困/我的远方的风声/我从来没有走近你/我的从山上滚下的巨石……"朗诵会上，当这声音传来，我已不能听下去，我一个人来到礼堂外面那昏暗的过道里。我自己已不能承受那声音……

而接下来的一切，都在一禾整理海子遗稿期间忍痛写下的这句诗里了："今年的雷霆不会把我们放过"。写下这话的诗人果然没有被放过：他死于脑溢血。他定格于永远的28岁（"韵律护住了他们的躯体"）。而那雷火仍在高空驶过，仍

◇ 重回初中时代的教室，2003年夏，湖北丹江口寨河学校（胡敏摄）

在无情地、更无情地寻找着我们……

难忘的，还有那一年那些荒凉的冬日夜晚。朋友们都四散了。曾经磨得滚烫的钢轨已渐渐生锈，我也没有了工作，但还有"一张松木桌子"，桌子上还有索尔仁尼琴的《古拉格群岛》，帕斯捷尔纳克的《日瓦戈医生》、《安全通行证》，米沃什的诗及诗歌自传《诗的见证》，等等。在西单白庙胡同那座有着低矮屋顶的老房子里，一夜夜，妻子和六岁多的儿子已在里屋入睡，而我彻夜读着这些书。有时我不得不停顿下来，听着屋外那棵大枣树在寒风中呼啸的声音，有时读着读着又无言泪涌。我感到了那些不灭的诗魂在黑暗中对我的"目睹"了。我在深深的愧疚中意识到了我们那被赋予的生命。我写下了我那首《瓦雷金诺叙事曲——给帕斯捷尔纳克》：

> 闪闪运转的星空，
> 一个相信艺术高于一切的诗人，
> 请让他抹去悲剧的乐音！
> 当他睡去的时候，
> 松木桌子上，应有一首诗落成，
> 精美如一件素洁绣品……

但问题是，我们的那些苍白文字能否抹去这悲剧的乐音？我们能否绕过这其实永远也无法绕过去的一切？我们又能否忍受住我们那内在的绞痛而在中国继续去做一个所谓的诗人？

1992 年元月初的一天，家人借来一辆车送我去首都国际机场。在几乎无望地折腾了一年半之久后，我终于拿到了护照和去英国的签证。车从西单白庙胡同（它现在已永远从北京市区地图上消失了）里出来，沿着冬日的长安街越过西单路口，越过高高的电报大楼，越过故宫的红墙……而当我在心里和它们一一道别时也知道了，正如我在去伦敦后所写下的，无论我去了哪里，"静默下来，中国北方的那些树，高出于宫墙，仍在刻画着我们的命运"。

2011.7，于北京

我们能否绕过这其实永远也无法绕过去的一切？我们又能否忍受住我们那内在的绞痛而在中国继续去做一个所谓的诗人？

首届『苏曼殊诗歌奖』获奖致辞

珠海市"苏曼殊诗歌奖"评委会、组委会，

尊敬的各位评委：

感谢你们将首届"苏曼殊诗歌奖"授予我，我感到了它的分量，也由此感到了一个诗人的责任。

写诗这么多年，这还是我第一次走向授奖台发表获奖致辞。多少年来，我一直对世俗的虚荣保持着警惕，视它为对一个诗人的伤害。我宁愿与语言独处，等待语言对我讲话，而不愿混迹于人世和这个所谓的文坛。我也不认为我是一个可以接受一切的人。我属于这个时代吗？当然属于，但作为一个诗人，恕我在这里直言，我更属于虚无。

但在今天，我接受了这个奖，不仅因为你们这座美丽的城市——珠海，也不仅因为早年我所心仪的一代奇才和志士苏曼殊，也是为了一种"未完成的诗"。我相信，正是这种"未完成的诗"使我来到这里，不仅是接受一份荣誉，更像是接受一份嘱托。

是的，这是一份诗的嘱托。因此我要感谢你们。

朋友们、诗人们，因为这个奖，我们也再次有机会相聚在美丽的珠海，我又感到海风的吹拂了。来到这里，仿佛一种存在之诗对我敞开。这存在之诗带着它的诗意，也带着它背后的沉默和艰辛。那么，如何来看待这次诗会的主题"诗意栖居"？恰恰是在这临海的空旷之地，我想起了诗人多多的一首诗：

        台球桌对着残破的雕像，无人

        巨型渔网架在断墙上，无人

        自行车锁在石柱上，无人

        柱上的天使已被射倒三个，无人

        柏油大海很快涌到这里，无人

        沙滩上还有一匹马，但是无人

        你站到那里就被多了出来，无人

        无人，无人把看守当家园——

                     ——《白沙门》

短短一首诗，一个时代的写照。它让我感到了一种痛彻，而又到了寂静无声的地步。是的，我们几乎不敢面对词语背后的那种荒凉和寂静，因为那是一片终极性的寂静。你还需要走到那里吗？你站到那里就被多了出来！

而诗的结尾，因为这一层层的转换和递进，不仅更沉痛，也更耐人寻味了。当我们以某种痛苦的视力面对这片大地，还有一个家园，一个可以"诗意地栖居"的家园吗？有，依然有——那只能是诗的看守本身！

这不正提示着你与我的责任吗？做一个诗人，在这个时代，即意味着把看守本身当作家园。看守住我们残破的雕像，看守住这些珍珠般的城市，看守住我们语言的家园。我们，诗人们，已被永久地托付给了这种看守，因为——

无人。

谢谢。

2010.12.4，于珠海

从古老的词源学来看，汉字的"诗"由两部分构成："言"与"寺"。

言，语言，词语，说话；寺，寺院，寺庙——神灵照临之所，心灵修炼之地。

言加寺，即"诗"。因此，这可以说就是诗的一个基本定义：语言和心灵的相互结合，相互属于。

这个定义——它当然不是简单的公式，在我看来，构成了诗的内核，构成了古往今来所有人类诗歌的标准和秘密。

在那些伟大诗人的身上，都体现了这种语言和心灵的相互寻找、相互属于。

在中国，杜甫。

在德国，荷尔德林。

在他们那里，这种语言和心灵的相互寻找，构成了诗之命运。

在今天，也正是这种相互寻找，使我们有可能重新拥有诗歌。

1997 年初秋至 1998 年早春，我在斯图加特郊外的"孤堡艺术中心"（Akademie Schloss Solitude）住了半年，这在我的一生中都是一次难忘的经历。我在那个山上的古堡经历了夏、秋、冬、春四季，那也是心灵的四季、艰难的四季。

◇ 斯图加特郊外山上的孤堡艺术中心

在那里生活了一段时间后，有一天我忽然意识到，这里不正是托马斯·曼的"魔山"吗？的确，那不仅是一个特殊的空间，在那里我们也生活在一种特殊的时间里。对于这样的"魔山"，中国有句古话：山中一日，世上千年。

这样的"魔山"，离尘世远一些，离神明近一些。但要真正接近神明，还必得经由内心的孤独和艰苦的修炼。

在那样的山上生活，当然孤独，那甚至是一种使人想要发疯的孤独。然而，能逃到哪里呢？这正是一个诗人的命运为他所准备的孤独。请想想里尔克的这句诗吧："我是孤独的但我孤独得还不够，为了来到你的面前"。

而这里的"你"是谁？这张在黑暗中显现的脸究竟是谁？

从那时我写下的一些诗作中，就可见出这种内在的经历。下面是《孤堡札记》的一些片断：

一

森林的缄默迫使我们

从一条羊肠小路上退回来，

（练骑术的人从花园一侧无声地驶过）

正午的黑暗加深。

在这里你是时间的囚徒，

同时你又取消了时间。

早上的德式面包，中午的中式面条，

晚上的梦把你带回到北京——

在那里骑者消失，

你恍然来到一个不再认识的国度，

言词的黑暗太深。

十一

在起风的日子里我又想起你

杜甫！仍在万里悲秋里做客，登高望北

或独自飘摇在一只乌篷船里……

起风了，我的诗人！你身体中的

那匹老马是否正发出呜咽？你的李白

和岑参又到哪里去了？

茅屋破了，你索性投身于天地的无穷里。

你把汉语带入了一个永久的暮年。

你所到之处，把所有诗人变成你的孩子。

你到我这里来吧——酒与烛火备下，

我将不与你争执，也不与你谈论

砍头的利斧或桂冠。

你已漂泊了千年，你到我这里来吧——

你的梦中山河和老妻

都已在荒草下安歇……

十二

渐渐地，在大理石台阶上眺望星空

与在古堡的地窖里出没的，

已不是同一个人。在这里转身

向西或向东

经历着飞雪与日落的人，

已知道怎样化恐惧为平静。

黑暗的中世纪，仍拥有它不朽的兵器。

爱神，被削去脸和双乳

仍被供奉在那里，为人类的绝望作证。

而你，在结束与一位金发女孩的罗曼史后发现，

原来她是从一幅画中向你走来。

哦渐渐地，夏天转向了另外的国度，

而橡树在雪后显出黑色。

十五

这是无数个冬天中的一个，

这是冬天中的冬天。

你写到雪，雪就要落下，

你迎接什么，什么就会到来。

这是滞留者的歌，一会儿就要响起，

这些是词，已充分吸收了降雪前的黑暗；

这是在楼梯上嗡嗡作响的吸尘器，一会儿

就会移入你昏暗的室内，

这将是另一首诗：伐木者在死后醒来。

这已是我分辨不清的马厩，正从古堡那边

的草地向我靠近，

这些是无辜的过冬的畜生，

在聚来的昏暗中，在我的内心里

它们已紧紧地偎在了一起……

的确，在个人的孤独中，在秋天的大气流或严冬的飞雪中，有某种东西前来找你了。它，就是"心灵"。它有时是杜甫的心灵，有时是里尔克的或策兰的心灵（我曾在那里翻译过策兰的诗）。但无论是谁的心灵，无论它讲的是德语或是汉语，在我看来，它们最终都出自同一个心灵。

它来自我们生命本身的黑暗，来自人类诗歌和文明的光辉过去，而又不时地出现在我们眼前。而一个诗人的写作，在我看来，在根本上就是为了与这个"心灵"结合在一起，并与它建立一种如马丁·布伯所说的"我与你"这种最亲密、内在的关系。

当这样一位"你"出现、到来，当你自己不无惊异地发现他"具有你自己的眼睛"——在那一瞬，两个诗人化为了同一个诗人。

在斯图加特郊外山上古堡的那些日子里，当我忘记一切不分昼夜地写作或翻译，当我在词语中跋涉，在某种意

它来自我们生命本身的黑暗，来自人类诗歌和文明的光辉过去，而又不时地出现在我们眼前。

义上，就是"为了来到你的面前"。

而在今天，当我回到这个世界上来，我从这个大众媒体、大众文化消费的时代，从我们日常的物质生活中，甚至是从当今的众多"诗歌"中，我更多看到的，却是语言与心灵的分离。这种加速度的相互分离，我想，正是导致所谓"诗歌之死"的根本原因。

很多时候，我们不得不生活在一种致命的"缺席"中。这成为我们痛苦的根源。

那么，为什么还要写诗？这里也就有了一个答案：为了不使自己的心灵荒凉，为了那"不在者之在"……

是的，想到了"诗"这个汉字，想到在那个遥远古堡里度过的日子，我就再次听到了这种呼唤。

最后，我还要提到以上诗中写到的"爱神，被削去脸和双乳……"这个细节，这并非我的虚构，在古堡寂静、清凉的门廊过道里，就有这么一尊被削去了半边脸和双乳的大理石雕像。去年 2 月，我在德国期间重访了那座古堡，我看见它仍摆在那里。

我想，它会被永远供奉在那里，为人类的渴望和绝望作证。

2010.5，于北京

『永远里有……』

——读蓝蓝诗歌

　　我认识蓝蓝已有很多年了，但真正进入她的诗歌还是近些年的事。

　　同一些诗人朋友一样，以前我印象中的蓝蓝，是那个爱在诗人们聚会时唱《蓝花花》、《三十里堡》等陕北民歌的蓝蓝。她唱得是那样真切、动情，唱得差一点使我们泪流满面。我猜，那时我们中的一些人，甚至包括我自己，很可能都曾希望蓝蓝自己的诗也能一直如此。

　　但是，读了她写于 2003 年的《我知道》，在惊讶之余，我对她有了新的、不同于以往的期待了：

　　　　我知道树叶如何瑟瑟发抖。

知道小麦如何拔节。我知道

种子在泥土下挣破厚壳就像

从女人的双腿间生出。

我看到过炊烟袅袅升起，在二郎庙的山脚

树林和庄稼迅速变换着颜色。

山谷的溪水从石滩上流走

淙淙潺潺，水声比夜更辽远。

这一切把我引向对你的无知的痛苦。

我知道。

    这里有一种说不出的、动物般的对痛苦的敏锐感知。诗一开始的"我知道"，为全诗确定了音质，接下来小麦、种子和女人生育的类比，令人惊异而又再好不过（仅仅由于这个新奇、大胆的隐喻，我想，在艺术上她就可以有一个新的开始了）。第三节又回到了"日常"，但也日常得有些异样，以至于"二郎庙"这个土里土气的地名也别具一种意味；就在这样一个日常起居之地，炊烟升起，树林和庄稼"迅速变换着颜色"，水声远去，这里面似乎有一种令人猜不透的魅惑力，这一切也在诱引着诗人迈出对她来说更重要的一步："这一切把我引向对你的无知的痛苦。"

诗不仅显示了知与无知之间的微妙张力，也最终显出了它谜一样的性质。这里的"你"，或许就是诗人所要面对的生活的总称。

正是这样的诗使我有些惊异。有了这首诗，我知道，蓝蓝就会不同于过去的那个蓝蓝了。实际上也正是如此。此后她的写作，正如人们看到的那样，不仅进入了一个新的境地，也愈来愈令人欣喜和敬重了。

而在我看来，这还不单是一个她个人愈写愈好的问题。她这近十年的写作，不仅展现了她的创作潜力，体现了她作为一个诗人"经验的成长"，她所发出的声音，所体现的艺术勇气、品格和感受力，还有她在诗艺上艰辛卓越的努力，对整个中国当代诗歌都产生了某种意义。对此，我们来看她于 2004 年间写下的《矿工》一诗：

一切过于耀眼的，都源于黑暗。
井口边你羞涩的笑洁净、克制
你礼貌，手躲开我从都市带来的寒冷。

藏满煤屑的指甲，额头上的灰尘
你的黑减弱了黑的幽暗；

作为剩余，你却发出真正的光芒

在命运升降不停的罐笼和潮湿的掌子面

钢索嗡嗡地绷紧了。我猜测
你匍匐的身体像地下水正流过黑暗的河床……

此时,是我悲哀于从没有扑进你的视线
在词语的废墟和熄灭矿灯的纸页间,是我

既没有触碰到麦穗的绿色火焰
也无法把一座矸石山安置在沉沉笔尖。

　　这首书写矿工的诗篇(请记住蓝蓝的家乡河南这些年来不断"涌现"的矿难),让我受到一种真正的震动,因为那不是一般的对社会底层的同情,而是诗歌的良知在词语间颤抖!而且它也不单是一首哀歌,在它的语言中有一种错综的、逼人的光芒!在它那极富张力的诗行之间穿行,我们读者的心,也如同那钢索"嗡嗡地绷紧了"……

　　正是这首诗,让我对蓝蓝进一步"刮目相看"。我不仅从中感到了一种难得的社会关怀,一种真实感人的内省的姿态,也惊异于她在这首诗中所显现的语言功力(比如"作为剩余"所显现的那种抽象隐喻能力)。我想,正是这种从诗歌本身出发的"担当",使我们可以对她有更为深远的期待了。

不用说，此后我对蓝蓝的创作有了更多的关注。我不断从她那里读到一些让我深受感动和惊异的诗篇或句子，如"呼吸，靠近有风的瓶口"（《我说不出道理》），如"有时候我忽然不懂我的馒头/我的米和书架上的灰尘。//我跪下。我的自大弯曲"（《几粒沙子》）。在关于写作的一些根本问题上，我感到我们彼此之间也有了更深的认同。可以说，在一个如此混乱、眼看着许多人愈来愈"离谱"的年代，她的写作却愈来愈值得信赖了。

◇ 蓝蓝诗歌朗诵会前与多
多、蓝蓝合影，2011 年 4
月（胡敏摄）

从这个意义上来看，蓝蓝并没有变，她仍忠实于她最初的那一阵"瑟瑟发抖"，或者借用策兰的一句话说，她就一直处在她"自身存在的倾斜度、自身生物存在的倾斜度"下言说和讲述。但她变得更敏锐，也更有勇气和力量了。作为一个诗人，她早年的诗带有一种令很多读者喜爱的乡村气息和朴素之美，但她知道，出于本能地知道"野葵花到了秋天就要被/砍下头颅"（《野葵花》）。随着步入人生之秋，她也更多地知道了，她的诗神为她准备的并不是一个甜美的童话（虽然她自己曾为孩子们写过不少童话），而是苦涩的、矛盾的、不断超出了她理解的"生活本身"。这也就是为什么在她诗中会多次出现"居然"这个词。一次是在《活着的夜》（2005）的开头："居然，居然依旧美丽……这/眼前的夜……"，另一次是出现在一首诗的最后，这首诗的诗题就叫《震惊》：

　　仇恨是酸的，腐蚀自己的独腿

　　恶是地狱，装着恶的身躯。

　　眼珠在黑白中转动

　　犹如人在善恶里运行：

　　——我用它看见枝头的白霜

　　美在低处慢慢结冰

　　居然。

这一次"居然"的出现更强烈，也更恰到好处（它对全诗所起的作用，正如"压舱石"一样）。它令人震动，并产生了远远超出这个词本身的效果。我想，这里面有技艺，比如它在各种不同意象之间的奇妙"转动"和"运行"，但并不仅仅是技巧的产物。这是诗人在爱与恨、善与恶、美与严酷之间全部矛盾经验的一个结果。这是终于涌到她嘴边的一个词。

而这个词之所以不同寻常，是因为诗人不仅通过它说出了她的"震惊"，也使我们感到了命运在一个诗人背后"猛击一掌"的那种力量！

的确，要想了解在一个诗人那里究竟发生了什么，就得留意到这样的词。可以说，正是这样的词伴随着蓝蓝后来的创作中某种"去童话化"甚至"去诗意化"（那种浪漫的、老套的"诗意"）的过程。这里，我们不妨借用诗人布莱克的说法来表述，正是经由这样的词，蓝蓝从她的"天真之歌"进入到她的"经验之歌"。

那种"蓝花花"般的诗意当然是美好的。蓝蓝作为一个诗人的良知和勇气，却在于她对真实的诉求。而要"活在真实中"，那就必须得对我们所生活的这个世界有更深刻、更彻底的洞察："死人知道我们的谎言。在清晨/林间的鸟知道风""喉咙间的石头意味着亡灵在场/喝下它！猛兽的车轮需要它的润滑——"（《真实》，2007）。这样的诗语言在这里已触及我们生活中最灼热的秘密。多少年来，我们不是一直在满怀战栗地等待着这样的语言对我们讲话吗？

句真是令人惊异和战栗！语言在这里已触及我们生活中最灼热的秘密。多少年来，我们不是一直在满怀战栗地等待着这样的语言对我们讲话吗？因而，蓝蓝的写作，不仅写出了一种至深疼感，写出了涌到她喉头的那一阵哽咽，也不仅给我们带来一阵来自良知之火的鞭打和嘲讽，它还是一种如诗人西穆斯·希尼所说的"诗歌的纠正"，对我们其他人的写作都有了意义。这里，我尤其要提到蓝蓝于2007年前后写下的《火车，火车》一诗：

黄昏把白昼运走。窗口从首都
摇落到华北的沉沉暮色中

……从这里，到这里。

道路击穿大地的白杨林
闪电，会跟随着雷
但我们的嘴已装上安全的消声器。

火车越过田野，这页删掉粗重脚印的纸。
我们晃动。我们也不再用言词
帮助低头的羊群，砖窑的滚滚浓烟……

这是该诗的前半部分。蓝蓝因为她生活的变化，近些年来经常在北京与郑州之间奔波。而我自己因为回湖北老家探亲，也经常乘坐这条线的火车从北京南下，一路穿过北中国的原野，在时而河北梆子时而河南豫剧的伴奏下，回到我们的"乡土中国"……

但这样讲仍过于"浪漫"了一点，实际上呢？那却是一次次艰辛的也往往让人心酸的行旅！尤其是在早些年，我们有许多次都是一路站着回家的（根本就买不到坐票！），当火车拉着满车超载的人们，当你和那些扛着大包小包、与其说是回家过年不如说像是逃难的人们挤在一起时，当你目睹着这个社会的巨大差异和种种问题时，那从车窗外闪过的，就不可能是什么"风景"了——很可能，蓝蓝写过的那些坟头上经幡飞扬的艾滋病村就掩映在远方的绿树那边！

这样的行旅在给我们"上课"。而蓝蓝的这首诗，不仅把我们再次带到那列火车上，而且它更能给我们带来一种诗的现场感："我们晃动。我们也不再用言词/帮助低头的羊群，砖窑的滚滚浓烟"，这真是使我异常悲哀。这样的诗，不仅写出了一种无言的悲哀，不仅深入到我们"内在的绞痛"，还有一种对谎言的愤慨和尖锐嘲讽。它不仅把火车运行时车厢内那种物理的寂静转化为一种生存的隐喻（"我们的嘴已装上安全的消声器"），诗的最后一节，还出现了一种在中国当下男女诗人们的诗中都难得一现的犀利：

> 火车。火车。离开报纸的新闻版
>
> 驶进乡村木然的冷噤：
>
> 一个倒悬在夜空中
>
> 垂死之人的看。

读到这里，我们不禁也打了一个冷噤，并惊讶于诗人的"厉害"！这个"倒悬在夜空中"的"垂死之人的看"是一种怎样的看呢，我们一时说不清楚，我们甚至不敢去正视它，但从此它就倒悬在我们一路行驶的"车窗"外了。

还需要注意的，是这首诗的写作对于蓝蓝整个写作的重要意义。如果我们这样来看，它所叙述的，就不仅仅是大地上的一段旅程了，这还是一种从语言到现实永不终结、循环往复的艰难行旅。对此，蓝蓝本人其实有着高度的诗性自觉，去年她新出的一本诗集就叫《从这里，到这里》，显然，这个集名就出自《火车，火车》这首诗。当诗人穿越这片她所生活的土地（"头顶不灭的星星／一直跟随"），她喃喃地重复着这句话——它在该诗中出现了两次，一次比一次深刻地体现了她对自己作为一个诗人的命运的认知。的确，这种"从这里，到这里"，已远远不同于那种曾在我们这里常见的"从这里，到远方"式的青春写作或乌托邦写作了。诗人已完全知道了她作为一个诗人的责任，她要"从这里"出发，经由诗的创造，经由痛苦战栗的词语，再回到"这里"，回到一种如哲人阿甘本所说的"我们未曾在场的当下"，回到一种诗的现场。

我认为，蓝蓝近些年的诗学努力就体现在这里，写作的真正"难度"也体现在这里。这些年来，一些人不断跳出来指责当代诗歌"脱离现实"，然而，什么是"现实"呢？仅仅是指那些"重大的"社会题材？或是指那些生活的表象？这里，我想起了诗人策兰的一句话："现实并不是简单地摆在那里，它需要被寻求和赢回"，还想起了一位学者在谈论一位东欧作家时所说的："那些文章不是'理论'，是深深扎根于捷克民族社会生活经验之中，是他所处社会中人人每天吸进与排出的污浊空气，是外人看不出来，里面人说不出来的那些。"①

我们所看到的蓝蓝，也正扎根于她作为一个中国诗人的那些难言的"经验"之中。在她的写作中，很少有语言的空转。她也有力地与当下那些时尚性、炫技性的写作拉开了距离。她坚持从一个中国人艰难求生的基本感受出发（这也就是朋友们在一起时所说的，她没有"忘本"!），坚持从她"自身存在的特定角度"出发，坚持从对一切生命

诗人已完全知道了她作为一个诗人的责任，她要"从这里"出发，经由诗的创造，经由痛苦战栗的词语，再回到"这里"，回到一种如哲人阿甘本所说的"我们未曾在场的当下"，回到一种诗的现场。

①崔卫平：《思想与乡愁》，8页，北京，北京航空航天大学出版社，2010。

的关爱出发，通过艰辛而又富有创造性的语言劳作（如"我们晃动。我们也不再用言词/帮助低头的羊群……"，一个"帮助"，还有一个"低头"，词语运用得多么卓越！）来确立一种诗的现实感。她的语言，真正深入到我们现实经验的血肉之中了。

我想，正是在这个艰巨而又复杂的过程中，在词语与心灵之间，在美学与伦理之间，蓝蓝形成了她的富有张力的诗学。她达到了她的坚定。她在众声喧哗中发出了她那不可混淆的声音。

说到这里，我不能不提到当代诗歌批评中那些简单化的而且不负责任的做法。在最近的一个研讨会上，就有人对当代诗歌写作做了"知识分子道德：'良知—批判'叙事"与"自我之歌：'认知—潜能'"这样的划分。这种划分也许是出于梳理的方便，但我要问的是，是否有一种可以脱离自身真实存在的"'良知—批判'叙事"？而在中国这样一种语境下，从不体现一个诗人良知的自我之歌又会是一种怎样的"自我之歌"？也许人们已习惯于贴标签，但像下面蓝蓝的这首《抑郁症》又该怎样划分呢——

疾病是不想死去的良知的消毒室，失眠是
长夜被簇簇摇曳着的苏醒。呼吸
在你麻木的肩胛骨砸进

长长的钢钉。

而你有一个带着高压电的悲伤脖子。

没有比伤痛更完整的人，你被
田野和诗行的抽搐找到。哭喊用它最后弯曲的微笑
献给了窗外未被祝福的夏天。

只有寒冷在后背抓紧了你的滚烫。
这片大地的沉默
几乎装不下那样的生命。

　　诗本身就是更有分量的回答。如果我们的写作不能在
"麻木的肩胛骨砸进/长长的钢钉"，如果我们空谈自我而
不是去深入那内在的"伤痛"，也就很难找到那个"更完
整的人"。我们既不会有"批判"，也不会有对"自我"的
真正发掘，同样，我们也不可能抓住词语的那一阵真实的
滚烫。

　　而蓝蓝的写作之所以值得信赖，就在于它是一种真实
而"完整"的写作，是一种立足于自身的存在而又向诗歌
的所有精神维度和艺术可能性敞开的写作。正像诗人自己
在谈诗时所说，它充满"语言的意外"，而又"不超出心

灵"！同样，这也是一种不可简化的写作。正如耿占春指
出的那样，即使是她的"批判"，也是一种"从爱出发的
批判"。因而她会超越那种二元对立式的叙事，在她的写
作中把批判与反讽、哀歌与赞歌、崇高与卑微等，熔铸为
一个相互作用、不可分割的艺术整体。也正因为如此，她
会写下像《永远里有……》（2006）这样的既无限悲苦而
又具有诗的超越性的诗作：

> 永远里有几场雨。一阵阵微风；
> 永远里有无助的悲苦，黄昏落日时
> 茫然的愣神；
>
> 有苹果花在死者的墓地纷纷飘落；
> 有歌声，有万家灯火的凄凉；
>
> 有两株麦穗，一朵云
>
> 将它们放进你的蔚蓝。

诗最后的一个词"蔚蓝"，不禁让我们联想到诗人给
自己起的"蓝蓝"这个笔名。的确，诗中不无感伤，但它
却和自伤自恋无关。它和一个诗人的永恒仰望有关。可以

说，这里的"蔚蓝"是一个元词，是一切的总汇和提升。它指向一种永恒的谜、永恒的纯净和"永远"的美。而写这首诗的诗人已知道她不可能从纯净中获得纯净，正如她不可能从美中获得美，她要做的，就是把那几场雨、一阵阵微风、无助的悲苦、黄昏时的愣神、死者墓地飘落的苹果花、万家灯火的凄凉……一并带入这种"蔚蓝"，她要赋予她心目中的美以真实的内涵、以真实的伤痕和质地，否则它就不可能"永远"！

诗人对得起她所付出的这种努力，如用《抑郁症》中的诗句来表述，她已被语言的真切抽搐所找到。她不仅发出了她勇敢、真实的声音，也使她的写作获得了一种坚实、深刻的质地和超越性的力量。

◇ 哥特兰岛的黄昏，2010年8月（王家新摄）

的确，她已来到了"这里"，她穿越了艰辛的岁月而又带着它对一个诗人的滋养和丰厚馈赠。去年夏末，我和蓝蓝等中国诗人到瑞典朗诵，我们来到了位于波罗的海的哥特兰岛上，那里的黄昏美得让人绝望，也美得让一个中国人难以置信。我想我们都要为此写诗了，果然，后来我读到蓝蓝的《哥特兰岛的黄昏》：

"啊！一切都完美无缺！"

我在草地坐下，辛酸如脚下的潮水

涌进眼眶。

远处是年迈的波浪，近处是年轻的波浪。

海鸥站在礁石上就像

脚下是教堂的尖顶。

当它们在暮色里消失，星星便出现在

我们的头顶。

· · · · · · · · · · · ·

读到这首诗，我首先是感动，是一下子被击中的感觉：诗一开始，无需描写，一句"在草地坐下"，辛酸便如潮水一样涌来。为什么一个中国诗人会忍不住她的辛酸和眼中的苦涩？这里已用不着解释了。接着读，然后就是惊讶了，是的，我再一次惊讶了，"远处是年迈的波浪，近处是年轻的波浪"，写得多好！而且这绝不同于一般的好，我要毫不犹豫地说，仅仅这一句，一个像阿赫玛托娃那样的阅尽人间沧桑的诗人便出现在了我们的面前。

我想，正因为这种穿越而又超越了时间的视野，才使得在这首诗的字里行间，容纳进了人们所说的"宇宙深沉的无名"①。

还需要再说些什么吗？在一首《从你——我祝福我自己》的最后，诗人给我们留下了这句谜一样的诗句："时间迎接我"。

是的，时间就这样迎接着它的诗人。

2011.7

①此语出自王东东 2011 年 6 月 2 日在中国人民大学"蓝蓝诗歌读诗会"上的发言。

在两个爱之间

在两个爱之间

——序顾彬诗集《白女神，黑女神》①

① ［德］顾彬著，张依苹译：《白女神，黑女神》，台北，秀威出版公司，2011。

顾彬先生有很多身份：汉学家、教授、翻译家、批评家、一位经常在媒体上出现的人物，等等，但对我来说更重要的是，这是一位可以坐在一起"把酒论诗"的诗人和朋友——实际上我们也经常这样做。在德国，他请我喝啤酒，而且使我知道了北德啤酒和南德啤酒在口味上的区别；在中国，我则请他喝二锅头，偶尔也会来点五粮液，后来这两种酒都成了他关于中国现当代文学的著名比喻。"把酒论诗"之时，他的话并不多，往往是在认真地倾听，但有时——这往往是在人多嘴杂的场合，他听着听着就打瞌睡了。他太累了吗？是的（他习惯于很早就起来写诗，在中国，他往往一天还要做两个报告）。而在这样的时刻，我就不禁想起了他自己的一句诗："疲倦的诗人，在走向诗的路上"。

的确，他就一直这样疲倦而又不倦地走在通向诗的路上。我最早读到他的翻译过来的诗，是他和北岛合译的《新离骚》、《中国晚餐》等；去年，又读到他签名送我的《顾彬诗选》（莫光华、贺骥、林克译，四川文艺出版社），这是他作品的第一个中译本，我有了更多的发现的喜悦，"二十四曾是件衣裳/里面光亮/外面夜"，作为一个熟悉的老朋友，他多少让我也有点惊异了。

◇ 2004 年 2 月，和顾彬一起在德国

现在，我又很高兴地读到张依苹女士翻译的他的一本新诗集《白女神，黑女神》。我不仅佩服他的多产，更惊叹于他那丰富的灵感和变幻莫测的语言能力：

……米是白的，米是黑的。

她用一把刀分析这些。

分界是最亮的镜子。

它切开白，它切开黑。

山上的太阳太强，

飞龙捉不着她。

白女神走来脚步太轻快，

在通道之上她变成黑女神。

她在那儿久久寻找梳子。

这样的诗，我一读再读，并深受魅惑。这样的诗，无论把它放在什么样的范围里看，我相信，它都是"一流"的。

当然，全面评价顾彬的诗歌不是我所能做的事。我在这里只谈感触最深的几点。首先我要说的是，顾彬先生有一颗极其敏感的诗心。读他的诗，我不断惊异的就是这一点，比如"现在我们走向无尽的蓝/且学习，杯子也可以带出去散步"（《Yale》），据说这是他在美国的经验（而欧洲人大都是坐着享受他们的咖啡的）。几年前在纽约，看到街上匆匆行走的人们手中握着一纸杯咖啡，我也曾很好奇，但我怎么从来没有想到把它写入诗中呢？——这就怪我自己的迟钝了。

由此我也明白了为什么顾彬总是随身带一个小本子，并随时在上面记下一些什么——也许，缪斯就在那一刻光临。我还想起了他随身背的那种年轻人才背的背包。这样一位著名的学者、教授背这种背包，似乎与其身份不协调，但这就是顾彬。出席学术会议时，他会坚持穿上西装。背上这种背包，他就是一个世界的旅游者、发现者和诗人了。他把它变成了一个诗的行囊。

回到上面的诗"杯子也可以带出去散步"，我不禁要问：这是一只什么样的杯子？是诗人带着它出去散步？还是它带着一个诗人出去散步？

读顾彬的诗，让我深感兴趣的，还在于他那特殊的不同于一般诗人的吸收能力和转化能力，我想，这不仅是诗意上的，还是语言文化意义上的。作为一个汉学家，同时作为一个诗人，他穿越于不同的语言文化之间，"我们喜欢冰水，/不喜欢热汤，/我们喜欢明亮鱼缸，/不喜欢黑锅"，一顿中国晚餐，竟让他产生了如此奇妙的灵感！而一句中国歌词"花儿为什么这样红"和一些中国语境中的词汇如"表扬"之类，也被他别具匠心地引入诗中。这种挪用、改写和"陌生化"手法，已成为他诗中惯用的语言策略了。

这不禁使我想起了策兰的诗"我从两个杯子喝酒"，顾彬也恰好是这样一位诗人。在作为译者时，他是一位诗人（这就是为什么他翻译的中国诗会获得成功），作为诗人时，他同时又是一位译者——这正如他自己所说，他"从葡萄酒杯喝出杜松子酒"（《Yale》）。我甚至猜想在他那里也潜在着某种"双语写作"，当然，他写的是德语，但显然，他运用了汉语的词汇、语法和意象改写了他的德语。他看世界的眼光也体现了某种"视野融合"（中西视

野之融合）。这里举个例子，如《白女神，黑女神》中的
"山上的太阳太强，/飞龙捉不着她"，这首译作是他和张
依苹女士合作的产物，把诗中的蜻蜓（dragonfly）译为
"飞龙"，我猜这可能首先出自张依苹女士的创意（正如她
执意地把 Apropos Rosen 译为"终究玫瑰"一样），但我
想——据我对顾彬的了解，这也正合他那要重新"发明"
德语的企图。借助于中国神话，蜻蜓变成了飞龙，并为这
首诗陡然带来了一种语言的神力。这样的再度创作，为原
作增辉不少。

　　一位德国评论家曾称顾彬为"伟大的中介者"（《顾彬
诗选》约阿希姆·萨托里乌斯之序）。我想，这不仅仅是
指他对中国文学的翻译介绍。他的创作，同样处在不同语
言文化的交汇处。"诗人作为译者"，这就是他所属的诗人
类型。他不仅从他自己的生活中，还要从不同的语言文化
中来译解诗歌这种"未知语言"。他全部的创作，就朝向
了他在一篇文章中所说的"世界诗歌"。

他不仅从他自己的生活中，还要从不同的语言文化中来译解诗歌这种"未知语言"。他全部的创作，就朝向了他在一篇文章中所说的"世界诗歌"。

　　当然，这是一个大胆的也会引起争论的设想。但不管
怎么说，这不仅出自一位汉学家诗人的努力，它也提示着
当今这个时代诗歌的某种趋向——或许，"杯子也可以带
出去散步"那句诗，也可以从这个意义上来读解？

　　重要的是，他已写出了这样的作品。他这些在跨越边
界的途中写下的诗，其本身就提示着"世界诗歌"的可

能。而这不仅是题材意义上的，这要从内里来看，"山上的太阳太强，/飞龙捉不着她"，很中国，但又很德国——在德语中，"太阳"这个词为阴性词，飞龙捉不着"她"！这样的诗，本身就融合了多种语言文化的元素。正是它所构成的内在张力，使我们看到了一种新的诗歌的可能性。

接下来我要说的是，顾彬的这种努力，绝不仅是出自一种兴趣，这首先出自他更深沉的内在要求。这就是他的诗之所以为我所认同的更根本的原因。他置身于不同语言文化之间，但他的诗不是文化猎奇，也不是那种浅薄的双语游戏。他不断地"朝向他者"，而又深深扎根于自身的存在——一种内省的、不断受到困扰的个人存在。这就是他的"严肃性"之所在。因此，他的诗不仅伴随着"语言的欢乐"，也总是带着他的沉思和追问，并把我们引向了对一些人生更根本问题的关切："在八大关之间/一条路太少，/在两个爱之间/一个爱太多"（《你带来光》），这又是一种充满悖论的发现，在"两个爱"之间的发现——发现"一个爱太多"，他已承受不起，或者说发现他只有一个爱，而这一个爱，足以葬送一个诗人的一生！

而这是一种什么样的爱？别问诗人，问我们自己吧。

《终究玫瑰》这首诗，是一首"很顾彬"的诗。它有着沉郁的语调和严谨的形式，在繁复中，又有着某种疼痛感和瞬间的锐利。它有着那种德国式的"存在之思"，而

又穿插着一些感性的、精确的细节。这首诗的最后，以那
种我们都有过的在机场或大商场顺着电扶梯而下的经验，
留下了一幅让人难忘的画面：

> ……仿佛一张脸，消逝在电扶梯之上，
>
> 俯瞰着，另一张脸消逝在下坠里，
>
> 如此游移犹疑，使最后之花也坠落了。

　　不知怎么的，读到这里，我竟想到了庞德的《地铁站
上》，甚至想到了在地狱中穿行的但丁。我们自己就处在
这一节节的下坠之中吗？是的，诗人把我们带到了这一语
言的行列，消逝着，"俯瞰着"，同时也被"俯瞰着"。正
因为如此，我记住了该诗中的另外一句："你如此在自身
消失之中作为诗人"！

　　我被这样的诗深深触动了。作为一个"疲倦的诗人"，
这位我所尊敬的、年岁比我大一轮的朋友，很可能要比我
更多地体会到时间的力量——那在无形中使我们每一个人
变化和消失的力量。但在另一方面，他又要在自身的不断
消失之中"作为诗人"而存在着、抵抗着、感受着。这就
是他作为"时间的人质"（帕斯捷尔纳克语）对自身的
"终究"确认！

　　如果这样来读，这一句诗就不仅有了它的张力。它把

我们带入了"存在之诗"中。

那么，在时间的流逝、玫瑰花瓣的凋落和自身的不断消失中，作为一个诗人意味着什么呢？这里，似乎荷尔德林早就替顾彬作了回答："但诗人，创建那持存的东西"（《追忆》）。

作为一个诗人，顾彬的一生都奉献于此。这就是为什么我们相互会引为同道的根本原因。"……石头之下五百可怜灵魂之一，陪伴着我们，乞求着：/拥抱我，喂养我，让我再次化为你身体"（《墨非马六甲》），他听到了这种哀切的低唤。在两个爱之间，他感到了他那唯一的爱。他用德语喂养它，用汉语喂养它，而它还在无休止地要求！

的确，一个爱太多，而我们都是她的仆人和学徒。

2011.2，于北京

赫塔·米勒，或『双语百合』

这座港口城　有冒着泡泡的　水肚子

有西瓜瓤做成的天空

有乡间路给侧轨用

有一座信号塔　而没有逆向轨

有满满一嘴的风

有一驼背　玉米……

　　这是我从赫塔·米勒的诗集《托着摩卡杯的苍白男人》中随手摘录的一节诗。仅仅是"西瓜瓤做成的天空"这一句，就足以让我为之"倾倒"了，而接下来的诗句，恐怕也不是一般人可以写出来的，因为那不仅是写景，也是现代集权社会的隐喻，那是一个来自东欧地区的诗人才会给我们带来的"发现"。

　　我想，即使仅仅就诗而言，去年的这位诺贝尔文学奖得主也是"很厉害"的。许多作家都曾写过诗，但她的《托着摩卡杯的苍白男人》和《在头发打的结中住着一位女士》（李双志译，江苏人民出版社）这两部诗集，却并非一个小说家的偶尔遣兴，它们集中体现了一个诗人在诗艺上的探索及其不凡的特质。人们说英语中的纳博科夫作为小说家远远优于他作为一个诗人，这种不平衡则被讲德语的赫塔·米勒打破了。当然，我猜她无意于与里尔克、策兰这样的伟大诗人比肩，但她却写出了别人都不能写出的诗。"你带手绢了吗？"年少时每次出门前她母亲都要这样问她。带了，她不仅一直悄悄地带着，还用它玩起了诗歌的变戏法。她也只有以这种方式——以诗的想象力和语言的魔咒般的力量，才能给她的生活讲出一个故事来：

　　　　而那位国王　微微鞠了个躬

　　　　而那深夜　通常是步行来的

　　　　而从那家工厂的屋顶到河里

　　　　两只鞋子发着亮光

　　　　颠倒了　而且这么早成了氖的苍白

　　　　而其中一只　把我们的大嘴踩住

而另外一只　把我们的肋骨踩软

在早上　消散了氡做成的那双鞋

而那木苹果兴致勃勃　那枫树红了脸

那些天空里的星星　像爆米花一样运行

而那国王　鞠躬　然后杀人

　　这有点像卡夫卡的世界了，但又带着几分家族叙事或乡村叙事的风味，或者说，带着几分童话的色彩。的确，在一个绷紧了脸的世界里，讲讲童话有时还真管用，至少不会让人发呆或发疯。让我叹服的是她那精灵般的感受力，在她那里，一切都荒诞不经，而又充满"无理之妙"，其诗思的运作，隐喻的出现、词语的踪迹，等等，一切都显得怪异而又诡秘，"对我来说，写作就是在泄密与保密间走钢丝"（《沉默让我们令人不快，说话使我们变得可笑》）。看来她真得感谢她所生活过的齐奥塞斯库的罗马尼亚了，那让她练就了这一身绝技。不过，在她诗中那"无法表达的一半"，往往并不是政治性暗语，而是词语的存在本身，正是它们"在头脑中引发迷失，打开诗意的震撼"。她当然有着她的政治性，但她首先是一个诗人。她不会让任何政治来伤害她的艺术。她写一只被宰杀的珍珠鸡，表达的也不是简单的廉价的同情，她仍是在写"只有诗才能表现的东西"：

一只挂在丝线上的商店里的珍珠鸡

有一个口袋型的脊梁骨

那翅膀沾了污点　那脖子也一样

那软骨部分的匆忙口哨吹绿成蓝

快两点的时候　那尸体腐烂成釉光

　　毫无疑问，赫塔·米勒是一位德语作家、德语诗人，"在我们德国……"，那些花店或面包店的大妈总是爱对她这个来自罗马尼亚的移民这样说话，"我不就是在你们的德国吗……"，她差点就要这样反问。不过，又何必让那些大妈们尴尬呢。她的这些诗，本身就是一种让人不得不刮目相看的存在。作为一个彻底的、毫不妥协的艺术家，她拒绝把生活诗意化（她的"人质的黑眼眶"不允许她这样）；作为一个文学移民，她的诗给德语诗歌带来了一种独特的风味和口音。作为一个作家，我们还可以说她给惯于抒情的诗歌带来了一种叙述的语调和细节的表现力，甚至还带来了小说的悬念，如"在这一年　或者一辆送货车　人们应该问谁/那个店主有一支单簧管/和一把刀在脖子上……/他是一个贼　一个兽医　还是/音乐家　我们必须上车　事情才会/自见分晓"。不过，与其说这带来了某种悬念，不如说给诗歌带来了一种"叙事"的可能性，带来了对人性和存在的想象力。的确，作为一个诗人，她和德语传统意义上的"抒情诗人"已很不一样了。她刷新了我们对诗和存在的认知。她经历了那么多，恐怕早已变得"羞于抒情"了。她抒起情来，也远远不同于那些文学青年：

> 我说白天好
>
> 问　嘿　发生了什么事儿　让
>
> 其中一个鬓角同时从自己
>
> 和另一个那里
>
> 抽出了这些　白色的屋檐

请注意这里用的是"嘿"，而不是"啊"。也许就是这一个"嘿"，使她在当今的德语诗歌世界里占据了一个微妙的，但也恰如其分的位置。

不过，如果说在诗歌中，赫塔·米勒是一位变化莫测、爱做鬼脸的精灵，读她的一些散文，我们的感觉就会不一样。说实话，她的这些随笔和散文使我感到更亲切，或者说，使我更切实地感受到她的"在场"，感受到她思想的脉搏是在怎样地跳动，"如果一个人，一个单个的人说他自己'我是幸福的'，那么同这个人交往我会觉得困难。然而如果一个政客，一个德国的政客说'我们的人民是幸福的'，我则会感到一种悚然。"这是《一滴德国水，杯子便满了》的开场白，仅凭这一句话，我想我们可以在一起"交流"了！

《一颗热土豆是一张温馨的床》（刘海宁译），给了我一种异常的感动，"我从来没有像在乌拉尔的五年流放那样，那么经常地梦到吃饭，"那个曾被流放到苏联的罗马尼亚德裔幸存者这样说。"我在梦中吃得撑得要命，醒来时却饿得发抖。""知道吗，热腾腾的土豆直到今天对我来讲一直都是最温馨的菜，""一颗土豆即便是在今天，在五十年后的今天，仍然温馨得如同一张温暖的床，"她说，"如果我用手掰开一颗烧熟的没有削皮的土豆，我的泪水会涌上来。不，那个时候不会涌眼泪……"

这样的文字读了真让人发抖。这样的作家是永远不会浮到生活的表面上来的。这样的文字也不是用来"消闲"的，不，它是专门用来撕开我们的记忆的创伤的！

而从艺术上看，米勒的这些散文发出的不仅是个人独特的声音，它们同时也是"延伸成散文的诗"。布罗茨基说茨维塔耶娃写散文，"是有意识地扩大她的孤立领地的范围，即挖掘更多的语言潜力的努力"（布罗茨基《诗人与散文》，王希苏译）。米勒的这些作品也正是如此。它们甚至比许多分行文字浓缩了更多的诗的精华。"一颗热土豆是一张温馨的床"，一般的散文作家会这样说话吗？恐怕他们做梦也不会。"'我们可以自由活动。'这是其中一

这样的文字读了真让人发抖。这样的作家是永远不会浮到生活的表面上来的。

个妇女的话。这话什么意思。拴在长绳子上的自由。"这最后的一句是多么"酷",多么耐人寻味！德国汉学家、诗人顾彬就曾多次在我面前赞叹米勒的语言。不仅是语言，还有那种诗一般的结构和写法。如果说一般的散文以其线性的陈述"牵着读者的手"，米勒的这些散文则是"连推带拉"式的——它们充满了诗的断裂、跳跃和出乎意料的置换。如"旁边桌子上的国家"，它本来是在维也纳车站咖啡店里瞅见的"旁边桌子上的那个男人"，随着喇叭播报前往布加勒斯特的火车即将进站，随着记忆的袭来和一种痛苦的辨认，它最后竟变成这样一副"诗的特写"了。

的确，这不仅是一位无所畏惧地言说着真实的作家，也是一位"以语言为对象和任务"的作家。如同在她的诗中那样，她在自己的散文里挖掘着语言的潜力，也充满了东欧式的"词语游戏"。房间里挂着的那些照片，"您千万不要说是马克思"，"您千万不要说是铁托"，"这些都是我们斯洛文尼亚的民族诗人"！物质匮乏，商店里没有肉可卖，只有熏猪蹄作为替代品，但那却不是猪蹄，而是苏联老大哥的"体操鞋"！如此等等，词与物之间的固定关系脱节了，或者说被瓦解了，一种可怕的美业已诞生。

她的长篇随笔《每一句话语都坐着别的眼睛》，谈的就是她在罗马尼亚成为一个作家的语言经历，它使我深受启发。德语为她的母语，"它是不经意间产生的一种天赋"，但是，"在迟来的异域语言打量下，原本天然而唯一的语词世界中，它的偶然性悄然闪现。"在学罗马尼亚语的头两年里，她也深感困难，罗马尼亚语就像"口袋里的零钱"一样不够用。然而随着时间的推移，"事物因为这全新的语言而生出不同的面貌……罗语的燕子，rindunica，'小排排坐'，一个鸟的名字，同时也在描述燕子黑压压并排坐在铁丝上的情景。在我还没有接触罗语的时候，每个夏天，我都会看到这样的风景。我慨叹人们能如此美丽地称呼燕子。"

这两种语言的相遇，"成全"的是她自己对语言的敏感和惊异，还有她那神秘的听力，"村里的方言德语说：风在走；学校的标准德语说：风在吹；罗语则说：风在打，叫你立刻听到运动的声响……德语说：风躺下了，是平坦的、水平的；罗语说：风站住了，是直立的、垂直的。"就是以这样的听力，"忽然有一天，罗语就变成了我自己的语言。不同的是，当我——我也不情愿这么做——不得不用德语词汇和它们做比较时，罗语词会睁大了眼睛。它的纷杂具有一种感性、调皮、突如其来的美。"

当然，米勒一直是在用她的母语写作，但是"每一句话语都坐着别的眼睛"，罗语早已内在于她的思维了。让我难忘的，是她对"百合"这个词的谈论。百合在罗语中是阳性，在德语中为阴性，"人们在德语中和百合女士打交道，在罗语中和百合先生打交道。拥有两种视角的人，二者在头脑中交织在一起，它们分别敞开自己，一个男人和一个女人荡着秋千，荡进对方的身体去。……百合在两种同时奔跑的语言中变成了什么？一个男人脸上的女人鼻子？一个长长的淡绿的上颚？……它散发来和去的气味，还是让我们嗅出超越时间之上的停留？……双体百合在大脑中无法停歇，不断讲述着有关自己和世界出人意料的故事"。

这种独特的语言经历，暗含着一个作家成长的秘密，暗含着赫塔·米勒之所以成为"赫塔·米勒"的秘密，也暗含着我们今天这个时代的某种文学趋势。的确，这是一朵奇异的"双语百合"。只不过它不是语言学温室里的产物：它扎根于历史的痛苦的土壤。它以"赫塔·米勒"的方式绽放着。

写到这里，我就不禁再次想起这位女作家的《空中酝酿的往往不是好东西》，在这篇随笔的结尾处，她描述了她告别罗马尼亚的情景，那是她命运的转折点，对她来说，那也是永不消逝的过去：一个小小的边境火车站，"登上列车前的最后一次威胁是：不论走到哪里，我们都找得到你，然后我像一件无人大衣坐在了火车上，感觉又一次走进他们布置好的圈套。火车呜呜叫着。那是二月，夜幕早早落下的傍晚。雪花顺着铁轨悄悄地将白光向前推

它扎根于历史的痛苦的土壤。它以"赫塔·米勒"的方式绽放着。

进。火车的确是火车，我们的确坐在火车上，但我还是不能完全相信……"，最后，作家这样写道：

> 列车驶入匈牙利。铁路两旁是匈牙利的越冬草，是匈牙利的雪花和匈牙利的街灯。天亮以后，是奥地利的天空，奥地利的鸡鸣，奥地利的篱笆和杨树。和列车一起行进的周围的一切，似乎还没有进入自由之地……边境使人们违逆风景，违逆头脑和自然理性。但首先，有它就很好，否则我无法在延续的风景中到达另一个国度……已然是奥地利的杨树掠过我的双眼，用它的小提琴为我大脑的第一站自由演奏一曲风之歌：无论走到哪里，我们都找得到你。

就这样，那久久压抑的自由的音乐终于响起来了。让它也能为我们演奏吧。的确，赫塔·米勒女士，无论你走到哪里，无论你住在"头发打的结中"还是在"双语百合"里，我们都找得到你，我们也愿意去找你！

2010.9

一个移居作家的双向运动

——读哈金诗歌

你总是不停地移居，也许是为了以一种恍若隔世的眼光看生活？

或是在回头的一刻再次产生"我是否就在那里"的无端追问？

你仍需要前移：你对自身的抵及就在这不断的惊异里。

这是我在多年前旅居伦敦期间写下的一则诗片断。这也就是我一直关注哈金的一个原因。的确，在这位"移居作家"和我们之间，有着那么多内在的关联。当然，他比我们有勇气，也有能力。他跨出了我们都很难迈出的那一步：转向英语写作，并消失在一般的中文读者的视线外。

　　而这意味着什么？意味着身份的彻底转变？一种语言文化意义上的脱胎换骨？或者对一些中国同胞来说，意味着他已不再"属于中国文学"？他已不再和我们"有关"？

　　一个像哈金这样的作家的挑战性就在这里。这种挑战是双重的，一方面，它挑战着我们固有的文学观念，甚至刺激着我们对母语的那份情感；另一方面，这种挑战也是向内的，并且这首先是对他自己的一种挑战，因为他并非土生土长于美国，他本名金雪飞，1956 年出生于辽宁，早年当过兵，"文革"结束后考入黑龙江大学英语系并开始写诗，直到 1985 年赴美留学。这就是说，在接近而立之年时他毅然抛开一切，重新选择了成为一个学徒。

　　哈金近年的文学讲稿集《在他乡写作》（明迪译，台北联经出版事业股份有限公司）为我们讲述的正是这样一个"故事"。在其中《语言的背叛》一讲里，他以康拉德、纳博科夫为例，并从自己的经验出发，探讨了转向非母语写作所产生的一系列问题，"这种语言背叛是作家敢于采取的最后一步"，因为这在他的同胞看来会是一种"不忠"，因此"只要可能，一个作家会尽量留在安全区——母语——的范围内"。此外，转向非母语写作之所以会是一种"最大的文学冒险"，还在于其他一些更令人生畏的原因，在同一篇讲演中，哈金就引用了纳博科夫这样的话："从俄罗斯散文彻底转到英语散文是件极痛苦的事，就像爆炸中失去了七八个手指之后重新学会握东西。"

哈金自己作出这样的选择，其中的勇气和艰辛我们可以想象。记得纳博科夫还曾说过转向英语写作是他个人的悲剧，哈金是否也这样想呢？对此，哈金没有明说，我只是感到这对他来说是一种"必须"，虽然这会给他带来一种很大的磨难和内在的撕裂。无论如何，转向英语写作，这对一个中国人来说几乎意味着要去成为"另一个人"，最起码，这与那种脱离语言文化母体，脱离蜂窝或蚁群那"伟大的繁荣"而重新获得自身存在的艰巨努力联系在一起。正因为如此，哈金的一首描述他在纽约闹市区漫步的诗深深地感动了我：

> 我在金色的雨中
> 沿着麦迪逊大道缓步而行，
> 载着太多的词语。
> 它们来自那一页，
> 说个人对于部族
> 多么不足轻重，
> 就像蜂窝继续繁荣，
> 虽然一只蜜蜂消失了。

这些词语在我背上

咬啊咬啊，

直到钻进我的骨头里——

我变成了另一个人，

孤独，漂泊，

不再梦想运气

或遇到朋友。

没有智慧像霓虹灯

和红绿灯那样闪亮，

但有些词语真实得

如同钱眼，黄计程车，

和窗台上的肥鸽子。

——《在纽约》①

①本文所引用的哈金诗均
为明迪所译，见《汉诗》，
2010 年第 3 辑（总第十一
期），武汉，武汉出版社。

这些诗句对我来讲是如此真切：它是一个人必须发出
的声音。它那内在争辩的声音（它们"咬啊咬啊"），也一
再地在我的脑子里回响——即使我们从未漫步于纽约或想
到过要转向非母语写作。

因此，这种哈金式的文学越界和冒险，在很多的意义
上，仍是一个"内在于我们"的故事。布罗茨基在他的
《取悦于一位影子》中这样说过："当一个作家诉诸母语之

外的另一个语言时，要么是出于必要，如康拉德；要么是出于燃烧的雄心，如纳博科夫；要么是为了达到更大的疏离，如贝克特。"而哈金呢，他的动因肯定不是单一的。他不是康拉德，虽然他转向英语写作同样是出自生存的必要；他也不是贝克特，虽然他也想以此达到一个作家所需要的"更大的疏离"（这里还要加一句，他也不是那位脱离自身个体的存在而用英语向西方介绍"吾国吾民"的林语堂）。我们所看到的哈金，是一位扎根于他个人的独特存在的作家，也是一位置于 20 世纪的"中国语境"中才能深入读解的作家——虽然他后来从这个语境中出走。发生在他那里的一切，姑且如是说，就是我们自身的文学历史和我们这一代人"精神史"的一个延伸部分。

正因为如此，在他那里我看到了一位移居作家的双向运动，一种充满矛盾和张力的"前往与回返"。一方面，他完全投身于英语写作，甚至立志要"成为该语言的一部分"；他的创作，如英语读者所感到的那样，也的确给他们带去了新质和新的风味，成为美国当今"移民文学"的一个亮点。另一方面——这也是最吸引我的一个方面，他内心中那种难以化解的情结，又使他一再回过头来朝向他的"不肯死去"的过去。他对他的"中国经验"所做出的发掘和反思，每每使我读了不能平静。他所道出的真实，甚至会使我们这些局内人哑口无言。当然，我所读到的大

发生在他那里的一切，姑且如是说，就是我们自身的文学历史和我们这一代人"精神史"的一个延伸部分。

都是他的作品的中译本，这些作品是用英语写出的吗？
是，但那只是他的语言面具，在其内里，他与我们是如此
血脉相通，以至于读他的诗时，我每每感到那就是我们自
己的内心要迸发出的声音！

《死兵的独白》(1986) 是哈金赴美留学后上交的第一
篇作业，深受他的美国诗人导师看重，它很快被推荐到有
影响的《巴黎评论》上发表。正是这首诗使他走上了英语
创作的道路，开始了在另一种语言世界里寻找自己的位置
和声音的努力。这首诗写的是在"文革"期间一次沉船事
件中，一个年轻的中国士兵为抢救领袖塑像而牺牲。他被
授予二等功，埋在吉林珲春县的一个山脚下：

> 我在这里躺累了。
>
> 山水仁慈，
>
> 时而有熊、鹿、野猪来造访，
>
> 好像我们是一伙被遗弃的同志。
>
> 我孤独，想家，
>
> 冬天到来时这里很冷。
>
> 刚才我看见你来了，
>
> 像一朵云在草地上飘悠。
>
> 肯定是你，

六年了没有别人来过。

你怎么又带来酒肉和纸钱？
我一年年告诉你，
我不迷信。
你带了红宝书没？

有些语录我忘了。
你知道我记性不好，
怎么又落在家里了？
我救起的塑像呢？
还在展览馆吧？
咱伟大领袖身体可健康？
祝他万寿无疆！

上星期我梦见咱妈
给人家看我的奖章。
她还是为儿子骄傲，
下地时
头抬得高高的。
她比去年显老了，
白发真刺眼。

我没看见小妹，

一定长成大姑娘了。

她有男朋友吗？

你为啥哭？

和我说说话吧。

你以为我听不见？

早些年

你来时站在我坟前，

发誓以我为榜样。

近几年

你每次都哭鼻子。

该死的，怎么不开口？

一定发生了什么事。

什么？你为啥不告诉我！

  这不单是一首暴露过去那个时代的荒谬和愚昧的诗。
埋在那个记忆中的山脚下的是一个年轻的牺牲品吗？是，
但也是作者自己的过去。这就是这首诗中会透出一种哀悼
之情的原因。它借死魂之口，揭示了一代人的悲剧性。这
首诗后来成为哈金第一部诗集《沉默之间》（1990）的开

篇之作。如果说哈金最初的英文诗大都是以对往事的回忆来打破"沉默"，他的第二本诗集《面对阴影》（1996），更多的则是将过去与现在并置，深入到他内在的纠结之中。在这些诗作中，过去如影相随，甚至如随时出没的幽灵。移民德国的女作家赫塔·米勒曾说她临告别罗马尼亚时听到的最后一次威胁是："不论走到哪里，我们都找得到你"。而在哈金这里，则是"他们来了"："有时候你在餐馆吃饭，/汤喝完了，菜还没上来——/他们来了。一只手有力地落在你肩上"（《他们来了》）。他太熟悉这样的"一只手"，虽然它具体而又无形。如果说该诗中的"他们"代表着诗人想要逃避的某种集体性力量，在诗人竭力要忘却的过去中还有着为他所深深留恋，甚至为他的现在所愧对的东西。《我醒来时——笑了》，正是这样一首有着多重色调而又深刻感人的诗：

> 人们说我是个悲哀的人。
> 悲痛在这里是致命的疾病，
> 快乐才是成功的钥匙。
> 如果你悲哀，就注定会失败——
> 你不能使老板高兴，
> 你的长脸不能吸引顾客，
> 几声叹气

足以让朋友们失望。

昨天下午我遇到潘，

一个越南人，曾经是将军，

坐了九年牢之后

来到这个国家。

如今他干清洁工，

总是躲避

过去的部下，

因为他们每个人

都比他过得好。

他告诉我，"悲哀

是一种奢侈。

我没有时间顾及，

如果整天悲愁

就没法养家糊口。"

他的话令我惭愧，

尽管我早就听说

繁忙的蜜蜂不知道忧愁。

他让我觉得还算幸运，

有饭菜填饱肚子，

有书可读，

应该快乐和感激。

我哼着欢快的曲子回家。

妻子笑了，奇怪

我怎么突然变得轻松起来。

儿子跟着我在地板上跳来跳去，

笑啊，开心啊。

昨夜，

我在梦里参加一个晚会。

大厅里挂满了字画，

有许多欢声笑语。

我随意漫步，

忽然看见你的字迹

挂在空中，

像翅膀一样飘动。

我惊讶得说不出话来，转身

看见你坐在椅子上

一动不动，还是那张清瘦、无动于衷的脸，

只是那件蓝衣裳颜色变深了。

什么东西在我胸中咔嚓一下，

眼泪涌了出来。

诺言有什么用？

我许过诺，许过一百次了

但从来没有回去。无论我们到哪里，

原因都一样：

谋生，养家。

如果一首诗出现，那仅仅是

意外的幸运。

我胸口痛了几小时，

但我醒来时——笑了。

　　一如诗人其他的诗作，在这首诗中，他给自己定的调子是"移民文学"。当然他要写诗，但在这异国他乡的艰难求生中，"悲哀/是一种奢侈"，"如果一首诗出现，那仅仅是/意外的幸运"。只不过在梦中，他要忘却的或自以为已忘却的（而那是一种早年的爱？）又出现了，这使他"惊讶得说不出话来"。耐人寻味的是诗的结尾，梦中的我连胸口也在疼痛，但在醒来时——却笑了，苦涩地笑了，或者说得救似的笑了。看得出，到写这样的诗时，诗人已更为成熟。作为移居作家，他携带着超额的痛苦，但他尽力避免着怀旧的感伤化。他所受到的良好的诗艺训练，比

作为移居作家，他携带着超额的痛苦，但他尽力避免着怀旧的感伤化。

如他的导师常对他说的"hammer the line"（锤炼每一行）
和理性的反思，在这样的写作中都起了作用。此外，这首
诗所体现的出色的叙事艺术，和他那时经常与国内的一些
诗人朋友如张曙光、肖开愚的交流也有关系。80 年代末期
以来，在向"中年写作"的过渡中，诗的叙事性和戏剧化
成为很多中国诗人所共同关注的问题。所以说，如果你愿
意，也可以把《我醒来时——笑了》这样的诗视为用另一
种语言写出的中国 90 年代诗歌的一部分。

　　就在这个"移居"的过程中，"家"的主题出现了，
对"自由"的认知和个人的拯救问题也都提出来了，这使
哈金的诗具有了更普遍的意义。在早期的创作中，哈金曾
有过"为中国底层代言"的企图，后来他意识到这不过是
他早年所受到的文学教育的后遗症，在《文学代言人及其
部族》一文中他对之进行了清算，与之相关，那种"荣归
故里"之类的幻想也被他抛弃了。在《黎明前》一诗中他
写道："这些年我在纸上爬行，/拖着文字的镣铐"，这是
为了什么？为了成为"另一个人"，为了真正进入一种个
人的存在——而这才是一切的立足点。"家"，就在那个可
以成为自己的地方。就在《给阿曙》这首诗中，诗人甚至
发出了这样的声音："看在老天的份上，我是基督徒/就好
了，不必用一颗心/拥抱一个国家——无论走到哪，/我只
为同一个上帝服务"。在一种痛苦的对话中，一个"移居

作家"就这样完成了对自身的定义。或者说，他所走过的，乃是这样一种"天路历程"。

我喜欢《给阿曙》这首诗，它是在波士顿春天的隆隆雷电和雨声中，与故乡写诗朋友的对话和争辩，也是对自身的拷问，是一个人对自身命运和义务的不无痛苦的认知。在一种诗之力量的推动下，诗人甚至不借助于任何修辞，直接进入了一种精神对话：

和你一样，我也感到心灰意冷。

这对诗人不一定是坏事。

可怕的是，年纪渐长

仍只有年轻的激情。

今天中国的大多数作家还没有完成

从青年到中年的过渡。

……他们的声音也许甜蜜，精细，

但很少表达现实的重量，

或发出真理和智慧的光焰。

这样的话，虽然显得直白，但在当时说出来仍是有意义的。诗的最后是："我们走在你的伞下，/谈青春理想/和那个从未完成的宣言"，这不仅出于友情的召唤，也是为了一首诗在结构上的前后照应。但诗人自己也明白，那已不可能。那样一种青春已被永远埋葬，不然人生就不可能成熟。

哈金的第三部诗集《残骸》（2001）构思更为宏大，它从各种不同角度书写"中华帝国"的历史，从大禹治水到清末第一批留学生出洋，从秦皇焚书坑儒到慈禧太后的谕旨，中间还穿插着"枷锁颂"、"烈女"和"鬼辨"之类的主题，既有纵向的历史批判的穿透力，又有横向的深刻细致的刻画；在这些诗中，远古神话、历史事件与个人感受交织在一起，虽是处理历史主题，却每每能把我们带入一种诗的"现场"，如《活埋》的最后一节："他们满脑子的智慧哪去了？/在我们的铁锹下，在焚书的烟火中，/他们拼命喊娘，大叫'兄弟饶命'，/但任何好话都挡不住滚滚黄土"。《长城上》这首诗更是这样，在这首诗中，过去成为"永不终结的现时"，它把古代夹杂着血汗和痛苦的劳动号子、女人蝉鸣般的尖叫、"正在爬长城的我们"都变成了它的一部分；"风还是同样的风"，虽然"土地换了主人"，它仍在讲述一个民族古老的循环的命运。

《残骸》显然是一部作者投入很多的力作，它写出了诗人多年来对中国历史所怀有的沉痛之情。值得留意的是，当访谈者问《残骸》是否以荷马史诗为目标时，哈金这样回答："跟荷马没关系。这本书完全是个人的心理需要，觉得要跟中国在感情上梳理一下，以继续将来的写作。用了三年写完后，心里平静了许多，好像了结了一件心事。"①

这种"了结"式的写作，说到底也是一种"还债"，写出它是为了偿还它，并永远摆脱它。不过，这是否真的可能呢？

自这三部诗集后，哈金主要的精力都用在小说上了，其中一个原因，也许是因为他意识到用非母语写诗的巨大难度。他很清楚地看到，即使是纳博科夫用英语写的诗，也远远逊色于他的小说。但这并不意味着他就此和诗歌就没有了关系。我们会看到，他即使在写小说时仍是一位诗人。他诗歌中的一些元素仍存在于他的叙事作品中。在他的长篇小说《自由生活》的后面，就附有主人公武男的 25 首诗。人们不禁由此想到了帕斯捷尔纳克《日瓦戈医生》最后那 24 首像墓碑一样照亮全篇的诗。在哈金这里，这有意"多出的一首诗"，可以说仍是边打工边试着用英语写诗的武男与他的祖国的争执。帕斯捷尔纳克的日瓦戈医生，有他自己的困境，却不会被这类问题所困扰，相反，他在那个残暴年代所写的诗，体现了对俄罗斯文学传统的回归。但在武男的《交锋》一诗中，我们听到的一个声音是："你被自己的愚蠢误导，/一心去步康拉德/和纳博科夫的后尘。你忘了/他们是欧洲白人。/记住你的黄皮肤/和那点才分……你背叛了我们的人民，/用拼音文字涂涂

①参见《汉诗》2010 年第 3 辑明迪对哈金的访谈。

帕斯捷尔纳克的日瓦戈医生，有他自己的困境，却不会被这类问题所困扰，相反，他在那个残暴年代所写的诗，体现了对俄罗斯文学传统的回归。

写写，/你蔑视我们古老的文字……误把消遣当成所爱"，而另一个响起的声音，孤单而又坚定："看在上帝的份上，放松些吧，/别没完没了地谈论种族与忠诚。/忠诚是条双向街，/为什么不谈谈国家怎样背叛个人？/为什么不谴责那些/把我们的母语铸成锁链的人？……所以我宁可在英语的咸水里/以自己的速度爬行……"武男清醒地意识到他自己的处境，但他已别无选择：

> 用这个语言写作，意味着孤独，
> 意味着生存在边缘，在那里
> 让孤单成熟为清寂。

武男这个人物，显然有作家自己的影子，哈金对这个人物的塑造，是为了探讨人在那样一种处境中怎样获得自由，也提出了个人与国家、与其文化母体的关系问题。也可以说，他要由此来进一步了结他的"中国情结"。无论作家本人是否最终化解了这个情结，我想说，他抓住了"移民文学"中一个最根本的问题。他深入到了一种"内在的绞痛"。

当然，一切仍没有定论，而我欣赏的是这句诗："忠诚是条双向街"。且不说武男，在今天这个时代，我想几乎在每一个作家那里，如同在任何一种语言文化的内部，都包含了离心力与向心力这两种力量。我们都不同程度生活在这种内在的矛盾和纠结之中。我想，有矛盾才真实，并且，才有可能产生一种独特的文化张力。说到"忠诚"，武男的矛盾，恰恰源自他的爱和忠诚。这种爱和忠诚曾使他陷入困境，但最终使他有所超越——在那"前往与回返"的双向街上，在他的双语之间，他最终成为他自己。

说到"忠诚"，我还想到了米沃什那首为许多读者所熟知的《我忠实的母语》："忠实的母语啊/我一直在侍奉你。/每天晚上，我总是在你面前摆下你各种颜色的小碗……"在哈金这里，有没有这种对母语的爱和忠诚呢？当然。他的创作，无论是诗还是小说，都深受母语的哺育和滋养。只不过随着个人的成熟和语言文化视野的扩展，他更理性也更深刻地意识到他与母语的关系，他不仅看到了母语的特性，也看到了它的局限性，他曾这样对访谈者、同样是移民美国的诗人明迪说："我的感觉是汉语是伸缩力非常大的语言，根本不怕被别的语言侵害。只有与别的语言不断互动，吸取各种能量，才能发展得更强大。强调'纯汉语化'只是强调诗歌的一种功能……但诗歌还有另一种功能，即发展语言。两者都不可缺。阿什贝利的一些诗首先是用法语写的，然后用英语重写，这造就了他与众不同的语言。中国文学吃亏就吃亏在不能与别的文学直接从语言上互动……"

这里，正是为了他的母语，为了拓展和激活母语，哈金再一次"为外语腔调辩护"（这是他一篇文章的题目）。我也因此想到了有人在谈布罗茨基时所说的一句话："有些东西用外语才能写出。"[①]是这样吗？的确是这样。

在很多意义上，哈金所从事的，正是这种"双语写作"。当然他是在用英语写作，但在他身上一直携带着一个汉语写作者，而在回头对汉语言文化进行审视时，他身上的哈代、康拉德等同样在起着一种作用。这就使他的写作一直处在双语映照之间，所以他能发掘和展现语言的潜力，如他小说中的"癞蛤蟆梦想擒天鹅"（"癞蛤蟆想吃天鹅肉"）这样的既使英文读者感到新鲜也使中国读者觉得陌生的表述，还有他的诗，这里我也随便举出一句："我们曾经喜欢谈论痛苦……仿佛希望从悲痛的面孔上/看到魅力"（《谈话方式》），这看似并不新奇，但在我们传统的汉语中，能找到这样的表达方式吗？

德里达在论策兰时，曾专门提出过"永不拥有的语言"的话题："语言是永远不能拥有的。这是语言的本质，语言不会让自己被占用。"[②]的确，我们谁都不能拥有语言，这是一种神秘的馈赠和习得。而要去继承语言的遗产，在德里达看来，就是"去重申它，通过翻译、改写、变化和移换"，像策兰那样，创造一种"移居的语言"。

当然，正如我们看到的，诗人们在当今有着不同的文

① ［美］斯维特兰娜·博伊姆著，杨德友译：《怀旧的未来》，306 页，南京，译林出版社，2010。

② Jacques Derrida, *Sovereignties in Question*, *The Poetics of Paul Celan*, ed. by Thomas Dutoit and Outi Pasanen, New York, Fordham University Press, pp. 97－107, 2005.

化选择。我们都有某种文化恋母情结。但问题是，我们还回得去吗？当我们回去，我们还是那个我们，故乡还是那个故乡吗？

还有一个问题，我们是不是真的已走得太远了？前一段我读到诗人臧棣的一句诗"语言的跳板"，作为一个诗人，我们还敢不敢试一试这"语言的跳板"？

无论怎么说，我们早已进入一个"越界的时代"。萨义德讲过 20 世纪西方文学主要是由那些流亡者、边缘者创造的。而在我们这里呢？我想，哈姆莱特的那句道白用在这里也是合适的——"存在，还是不去存在"——我们的全部语言文化遭遇和内在矛盾把我们再次推向了这样一个临界点。

哈金已迈出了这一步。他所走的，乃是一条我们"未走的路"。当然，我们不一定要像他那样。我想说的是，在今天这个时代，我们每人的身上都潜在着这样一个"移居作家"。我们"对自身的抵及"，或许真的就在这不断的移居和惊异里。

2011.2，于北京

你与我：希望的仪式

人生大概总会有一些出乎预料但又令人难忘的相遇吧。前年秋天，我参加了一个在安徽黄山附近举办的国际诗会。我就是在那里和美国诗人布伦达·希尔曼及她的丈夫、著名诗人、米沃什的杰出译者罗伯特·哈斯认识的。在那几天的交流中，我仿佛一次次感受到了他们所生活的加州海湾地区那发蓝的深邃大气、强烈的阳光以及远山积雪的闪耀。的确，这就是这一对诗人夫妇给我的印象。

关于那次中国行旅，布伦达回美国后写下了一首美妙而动情的《日界线》（舒丹丹译）：

　　一串连字符存在于海里

你眯眼在 X 英里下找它

你看见它在杂志里
没眼睛的鱼在它底下游

你为你的朋友们留下完美的一天

他们将拿这被完美留下的一天做什么
看黄山上的云

在演讲厅里被夜晚触动

一串红色的连字符存在于海里存在于鱼的
鳞片里存在于后退的时间里

你是你生活的目击者
你的朋友们是他们生活的目击者

朝阳抚触你的一侧
仅在月亮抚触你的另一侧之前

在蓝色或自然蓝永恒的时间里

他们把你留在你这儿 你把他们留在他们那儿

你把他们留在你这儿

他们把你留在他们那儿

在这首诗中，除了"黄山上的云"，"在演讲厅里被夜晚触动"也和这次中国之行有关，它指的是诗人从黄山回来后在北大作演讲的那个夜晚。在题为《诗歌的作用》(Some Uses of Poetry) 的演讲中，布伦达热情地谈到了当她还很年轻时，美国诗人雷克斯罗斯 (Kenneth Rexroth) 所翻译的《中国诗百首》对她的持久影响，尤其是杜甫的《旅夜书怀》，她说，为她打开了另一个诗的世界。

这一切，正如《日界线》一诗最后所说："你把他们留在你这儿/他们把你留在他们那儿"。在一次次穿越时空和语言、文化界线的行旅中，诗人们就这样相遇，并看到了一个由诗歌所展现的"你中有我，我中有你"的心灵世界。

◇哈斯与布伦达在黄山上
（王家新摄）

令我欣喜的是布伦达回国后寄赠的新出版的诗集《实践的水》(Practical Water，以下所引由舒丹丹译出的诗大都出自这部诗集)。"实践的水"，这个不同寻常的诗集名一下子就吸引了我。读了其中的一些诗后，我更加感到这"水"不同一般——这不是静止、孤立的"水"，这是"实践的水"，是各种诗性元素和经验的汇合、渗透、转化和涌动，是生命的前往以及对自身源泉更深入的返回。正因为如此，它"实践"着对我们的承诺。

我想起了那次黄山诗会的主题"诗歌如何回应现实"。然而如何界定"现实"，这首先就是个问题。和一些中国批评家往往把现实与整个社会联系起来的看法很不一样，布伦达在发言中说英语"reality"（现实）这个词的拉丁语词源是"给予的事物"，柏拉图则认为现实是幻影。她坦承这样的"现实"是很难获知的。布伦达的发言引起了哈斯的反响，他说有看得见的现实，但也有看不见的现实，我们呼吸的空气，包括胃里的细菌是不是现实的一部分？他还引用了米沃什在《诗的六讲》中的一句诗："现实，我们能对它做什么？它在词中的什么地方？"

布伦达这样的诗人，是怎样在诗中呈现她个人的"现实感"的呢？或者问，她是怎样以语言来确定自身的存在的呢？

这就是说，现实应有所限定，不然它就会超出诗的表达范围。那么，布伦达这样的诗人，是怎样在诗中呈现她个人的"现实感"的呢？或者问，她是怎样以语言来确定自身的存在的呢？《小火炉》一诗让我有点着迷：在静静的冬夜里，小火炉"孤自燃了又燃"，陪伴着诗人的沉思，她还感到屋外夜空下有一千只昆虫在鸣叫，还有那无穷流淌的月光，这一切"将我变得无关紧要"。然而接下来，诗并没有流于空泛的玄思，因为诗人的目光再次凝神于眼前那些具体确凿的事物——桌子、被撕裂的蜘蛛的面纱、燃烧的小火炉，因而她有了"较低的智慧"："这个世界原是

为了将自己理解为物质/而创造","是物质,这火炉的金属
盒子。/正如那责任的火焰,如此燃烧着我的生命⋯⋯"

是的,是物质,是富有质感的语言和经验的具体性,
最终确立了精神的在场。当小火炉"孤自燃了又燃",当
那金属的火舌变得"坚硬而温厚",还需要去问"这痛苦
的意义是什么"吗?它本身就是意义。

这就是为什么我对布伦达的诗感兴趣。作为一个诗人,
她没有放弃对意义的追问,她心中仍燃烧着那"责任的火
焰"。她的诗不是空洞的抒情,也绝非封闭的自我表现。她
的诗,在词与物的相互锻造中,在一种复杂的经验中引领
我们与世界相遇。她的诗,总是在"通向存在的途中"。

而我们每个人的存在,在布伦达那里,总是一种与他
人、与生命万物相互依存、相互映照的存在。从《麻雀变
奏曲》中,我便感到了这一点,那些在电阻器的四周掠
起,"胸轻得像一盎司茶叶",有着羞怯的速度与锯齿状的
翅膀的麻雀,时而在"我们威严而苍白的城市"上空盘
旋,时而"变回为屋外楼梯上格栅栏的音符"⋯⋯它们不
能变成像济慈的"夜莺"那样的象征物,但诗人却因为它
们而获得了对存在的感知。

《差事几种》更为感人,诗中分别写到美国小镇上的
修鞋匠、清洁工、牙医等人,这不仅展示了人类生活和劳
作的多样性,更写出了一颗休戚与共的同情心:那位总是

而我们每个人的存在,在
布伦达那里,总是一种与
他人、与生命万物相互依
存、相互映照的存在。

"在一双联姻的鞋子后劳作"的修鞋匠，在他面前，那"成双成对"的鞋子"摆放得就好像正在走路"，然而，这却是他本人"离婚后的第一个夏天"！当他"穿着蓝色围裙慈蔼地等候着，/抚弄着破旧的鞋掌内面"，我们仿佛和诗人一起，揣摩着一个人离异后那内在的伤痕和难言的悲伤。我们不也正像他一样，一方面微笑着迎候每日的生活，另一方面"抚弄着破旧的鞋掌内面"吗？

"哦，伯克利夏天的早晨，不是吗？"——对夏日清晨之光的喜悦，引起了诗人对她所熟悉的生活环境的打量，"经过法国宾馆，小汤匙的微光/如此简洁而冷静地落在白色的茶托上"。而这种微光，还把诗人引向了另一些发出微光的器皿，"在牙医那儿，那小小的镜子，/那恐龙的尖刺探进嘴里。嘴：/最初的黑暗。""恐龙的尖刺"可谓神来之笔，也只有以这样的隐喻，才能照亮"可视的神秘的内部"。耐人寻味的是，在这一节诗也即全诗之后，诗人以括号的方式，加上了一段看似与正文无关但又与全诗构成极大张力的反讽性自白：

（——一个男人曾告诉我最好想想

我的"宇宙"。

噢，天哪，最好

想想我的"宇宙"——！）

诗人隐蔽的女性意识和视角在这里体现出来。这种对"宏大叙事"的嘲讽和回避，正是她构成自身的诗的"宇宙"的前提。她就像她的诗歌前辈玛丽安·穆尔一样"崇尚细微胜过立意于史诗"，或者说像弗吉尼亚·伍尔夫那样，以女性特有的敏感"漫游于一切未知的或没有记录的事物中，它照亮了一切微小的事物，并且昭示出它们根本就不渺小"。

的确，布伦达的诗可以从女性主义角度解读。在男性主义仍占据着主导话语权的语境中，布伦达同样擅长把她的女性敏感同时布置为"进攻和防御的力量"。不过，她比许多女性主义诗人更温和，也更智慧，如《最近的冷战》一诗，当那个自负的男人"说他不懂我的诗"，说诗歌"应该简单得足以／让小女生也能懂"时，诗中这样回答"但是先生，小女生什么都懂"。读到这里，敏感的读者自会发出会心的微笑。然而诗人并没有这样一路挖苦下去，她适可而止。在这个充满偏见的世界上，她依然寄希望于爱的力量、诗的力量。

但我们同样要看到，布伦达的诗不仅天然地带有女性主义特质，它们还具有更普遍的——对不同性别、不同国家的诗人都有效的诗学意义。她那敏锐而独到的诗歌感受力，她对经验的艺术转化以及她在诗行中留出的思想空间，都显示了她作为一个诗人的成熟。她对具体事物和细节的

在这个充满偏见的世界上，她依然寄希望于爱的力量、诗的力量。

关注，她的富有质感的语言，让我想到了庞德当年所定下的那些意象派信条，但她的诗又远远超越了早期的意象主义。如《仙人掌》一诗，"常常旅行者去到那儿，会因/树木稀少而悲哀，会转身/逃往海角"，"那庄严的仙人掌/仍旧继续/被鹌鹑，疾病，和阳光进入"，而诗人从那"数千株灰绿的仙人掌/绵延山谷……"中获得的最终启示则是：

> 抵抗死亡的
>
> 唯一保护
>
> 是爱上孤独。

这不禁让我想起了布伦达在北大的那个夜晚所谈到的杜甫的《旅夜书怀》一诗：

> 细草微风岸，危樯独夜舟。
>
> 星垂平野阔，月涌大江流。
>
> 名岂文章著，官应老病休。
>
> 飘飘何所似？天地一沙鸥。

布伦达的诗虽然不像杜甫那样悲壮，但她同样学会了把个人的存在纳入宇宙的无穷尺度下来观照；她的诗，同样是一种"向外而又向内"的结晶：

你从未从美的需求中康复，

而那浓稠的美

就在你身边，

当兰花保持它个人冬天的

黑色斑纹——

——《雪中的阴影》

　　雪的阴影中那带着"浓稠的美"、"保持它个人冬天的/黑色斑纹"的兰花，就这样等待着诗人，使她从中看到了自己。在那样的时刻，诗人不仅"辨认出命运的寄宿"（《街角》），她还真正感到了存在的敞开和迎候，"衰草轻掸着我们的腿，尽管/仅仅感觉到一次就已经足够"（《漫步沙丘》）。

　　正因为如此，与他者、与"另一个自己"、与自然万物的相遇和对话，被诗人视为"希望的仪式"——我想，这正是布伦达为我们提供的最富有意味和启示的思想。以下是《林边》一诗的最后两节：

你，我

你，非我

非你，我，

非你，非我，

希望的仪式，

它的分量

还未被估量——

①参见〔德〕马丁·布伯
著，陈维纲译：《我与你》，
北京，三联书店，1986。

　　这即是布伦达诗歌中展开的"我与你"，它让我想起
马丁·布伯在其《我与你》①中所说的"灵魂不在我之中，
而在我与你之间"。对生命意义的追寻和践行，也往往把
诗人带到了这样一个"我与你"相互辨认、对话乃至于相
互转化的临界点上。或者说，对"自我"神话的破除，使
她的诗往往都指向了这一"希望的仪式"。它之所以是
"希望的仪式"，是因为它更新着我们的生命世界，"它的
分量/还未被估量——"！

　　这里，我再次想起了那次黄山之行，在那气象万千的
山上，我们不仅一起分享着登临的激动，我还注意到布伦
达不时地在小本子上记下黄山上的植物名和别的一些什
么。当另一种山川风物和人文景观呈现在诗人面前，这是
否也是一种"希望的仪式"？！

　　我想是的。我也衷心希望这样的"相遇"，能给我们
的诗人带来更多也更有价值的馈赠。

2010.1

他使我们免害于巨大的沉默

——纪念米沃什诞辰100周年

今年3月，在熙熙攘攘的莱比锡书展上，在同我的德文诗集组展者见面后，我就直奔东欧国家展区，因为东欧的文学和诗歌对我一直有一种特殊的吸引力。还没有走近波兰展台，远远就看见诗人米沃什的大幅照片招贴，我这才意识到：今年是这位伟大诗人诞辰100周年的年份了！

为纪念这位波兰伟大诗人，波兰文学界和出版界把今年定为"米沃什年"，两大排特设的专柜里，展出了波兰文版的米沃什全集和其他好几十种出版物。见我在那里浏览、拍照，波兰展台的女士给我递来了有关材料，我一看，为纪念诗人诞辰100周年，在布拉格、莱比锡、维尔纽斯、苏黎世、巴黎、克拉科夫将分别举行六场大型朗诵会！

那么，在中国，在北京，能否也举办这样一场纪念性的朗诵会呢？多年来，米沃什的诗可是一直伴随着我们啊。——就这样，坐在那里，我边看材料，边陷入了回忆和沉思。

我再次思索着这位诗人对中国诗人和知识分子的特殊意义。

◆ 莱比锡书展波兰展区纪念米沃什诞辰100周年的大幅招贴

米沃什，1911年6月30日生于当时属于波兰领土的立陶宛维尔纽斯附近一个破落的贵族家庭，早年曾在维尔纽斯学习法律，1936年出版诗集《冰封的日子》，之后在华沙从事文学活动，1939—1944年德国占领华沙期间曾参加抵抗运动；战后出任波兰驻美、法外交官，但他于1951年选择了与政府决裂，此后旅居巴黎，自1960年起在美国加州大学伯克利分校教授斯拉夫文学，1989年后回波兰定居。米沃什的诗感情深沉，视野开阔，以质朴、诚恳的语言形式表达深邃复杂的经验，有一种历史见证人的责任感和沧桑感。1980年，因为他的全部创作"以毫不妥协的深刻性揭示了人在充满着剧烈矛盾的世界上所遇到的威胁，表现了人道主义的态度和艺术特点"而获得诺贝尔文学奖。

正因为这个奖，米沃什开始进入中国读者的视野。《世界文学》等杂志相继介绍了他的诗，但米沃什的诗真正对中国诗人产生影响却是在 20 世纪 90 年代以后；1989 年，诗人绿原翻译的米沃什诗集《拆散的笔记本》由漓江出版社出版，另外，也许更重要的是，正是人们在那时所切身经历的一切使他们意识到了这样一位诗人对他们的意义：

> 在恐惧和战栗中，我想我要实现我的生命
>
> 就必须让自己做一次公开的坦白，
>
> 暴露我和我的时代的虚伪……
>
> ——《使命》

这种看似直白的诗，却给那时的中国诗人传递了异乎寻常的力量。的确，在 90 年代初期那些难忘的时日，读米沃什的诗歌自传《诗的见证》，几乎它的每一句话都对我有一种触动："我将本文命名为'诗的见证'，并非因为我们目睹诗歌，而是因为它目睹了我们。"我想，正是被置于这样的"目睹"之下，中国 90 年代的诗歌重新发出了自己的声音。

米沃什素有"另一个欧洲的代言人"之称。这"另一个欧洲"，指的是一个有着丰富多样的文明和文化传统，而又饱受两个帝国（纳粹德国和苏联）轮番占领、统治和

瓜分的中东欧诸国。米沃什所经历的一切，尤其是他所经历的大屠杀、种族灭绝以及战后集权社会令人窒息的思想禁锢，促使他以笔来叙述 20 世纪人类的噩梦。他在他的诗中这样说："我觉得人们从来没有讲述过这个世纪。/我们试着拥抱它，但它总是在逃避"。因此他不能安于那种先锋派的修辞游戏。他选择了一条艰巨的、需要以火和剑来开辟的写作道路。

我想，正是从这种充满了剧烈动荡、撕裂和压抑的"东欧经验"中，米沃什确立了他作为一个作家的职责，那就是通过发出属于人类良知的声音，"保护我们免害于巨大的沉默"。

当然，米沃什的力量不仅在于其道德勇气，还在于他的诚实和他那"近乎邪恶的智慧"，在于那种经常在他诗中响起的自我拷问的音调。在一首题为《诱惑》的诗中，诗人写到他来到山坡上眺望他的城市，并带着他的"伙伴"——他那凄凉的灵魂。诗中有着这样带有自我争辩意味的诗句："如果不是我，会有另一个人来到这里，试图理解他的时代"。一读这样的诗我便无法忘记。它在我们面前打开了另一种完全不同于我们都曾迷恋过的所谓"纯诗"写作和"不及物写作"的广阔向度。

米沃什的诗，就这样促使我们回到"历史的现场"。他的出现，使我们对"诗人何为"这一命题，有了一个新

米沃什的力量不仅在于其道德勇气，还在于他的诚实和他那"近乎邪恶的智慧"，在于那种经常在他诗中响起的自我拷问的音调。

的光辉的坐标。他那种"试图理解他的时代"的言说方式和语调，我相信，在中国也产生了广泛而深邃的回响。

这里，还要感谢那些米沃什的汉语译者。2002 年，诗人张曙光翻译的《切·米沃什诗选》由河北教育出版社出版，这使我们更多地了解到米沃什的后期创作。在其晚年，米沃什以那种罕见的"帕斯卡尔式的热情"，不仅更为深入地探讨着个体存在的问题，也在对时代的关注中闪耀着一种"激浊扬清"的精神力量。同时，面向那逝去的世纪，他在他的诗中正如他自己所说，"努力让我这代人的幻想中，出现越来越多的真实细节"。他以此维系着一种灵魂的乡愁。我想，正是这种对人类历史（或者说对他的上帝）所怀有的责任，使米沃什的诗愈来愈开阔、深邃而有分量，成为 20 世纪末期一位世界范围内硕果仅存的大师。

的确，这是一位非凡的诗人，一位至今仍难以为我们所穷尽的作家。美国作家厄普代克曾说米沃什是"一位就在我们身边但令我们琢磨不透的巨人"（西川、北塔译《米沃什词典》），大概就是这个意思。几年前，我们几个中国诗人同美国著名诗人罗伯特·哈斯等人在一个诗会上相聚，哈斯是米沃什在美国最主要的译者，一谈起米沃什，他的双眼就放光。从他的神情和语调中，我深深感到了对一位伟大诗人的崇敬和怀念。

是的，怀念。在波兰展台，凝望着米沃什晚年的大幅照片，我在想东欧国家对他们的诗人的推崇。这在当今整个世界都很少见。为什么不呢？正因为有像米沃什这样的诗人的存在，人性"在窒息之前发出了呼喊"，人的尊严和价值、文明的光辉在一个最黑暗、残暴、愚昧的年代得以幸存……

不管怎么说，因为米沃什，也因为赫伯特、席姆博尔斯卡、扎加耶夫斯基等杰出诗人，波兰文学在整个世界上都熠熠生辉。波兰，一个苦难深重的民族，也许最让她骄傲的就是这些诗人了。而她的诗人们，也一直保持着对她的忠诚和爱。尽管一生漂泊不定，米沃什一直把波兰视为其根基所在，正如他在那首《我忠实的母语》一诗中所表白的："忠实的母语啊/我一直在侍奉你。/每天晚上，我总是在你面前摆下你各种颜色的小碗……"。1989 年以后，诗人不顾年事已高，决意从美国回到波兰定居，此后他一直住在波兰的文化圣城克拉科夫。2004 年 8 月 14 日，这位被布罗茨基称为"我们这个时代的伟大诗人，或许是最伟大的诗人"在克拉科夫去世，享年 93 岁。为他送葬那天，有七千多人参加。诗人的遗体被葬入克拉科夫先贤祠。这位"欧洲之子"最终回到了他的文化母体的怀抱。

想到这里，我便为这次错失了去克拉科夫的机会而深感遗憾。这次去德国之前，我曾给一半时间生活于克拉科

波兰，一个苦难深重的民族，也许最让她骄傲的就是这些诗人了。而她的诗人们，也一直保持着对她的忠诚和爱。

夫的扎加耶夫斯基去信，想去拜访克拉科夫和这位我所喜爱的诗人。他很快回了信，相约于 19 日下午见面，因为他 20 日就要去纽约。但我 18 日晚上在莱比锡有朗诵，第二天下午无论如何也赶不到克拉科夫。我只好放弃了这次行旅。

但米沃什就与我们同在，扎加耶夫斯基也会与我们同在——在我们前行的迢迢路途中，他们就在我们中间！

2011.5

路从这里向苏斯纳海角蜿蜒

地平线吐出大海

新写的字行不住翻动

翻动同一个用旧的真理

天空粗糙灰暗

低得让人跪下⋯⋯

　　这是瑞典诗人埃斯普马克的《波罗的海中部低压加剧》的开头部分，它把我再次带到北欧的天空下。这要感谢李笠——特朗斯特罗姆的优秀译者，今年，他又为我们奉献了一本译诗集：谢尔·埃斯普马克的《黑银河》（春风文艺出版社)。

身为诗人、教授、瑞典文学院院士，埃斯普马克在瑞典诗坛的影响和地位，可能仅次于特朗斯特罗姆。其诗视野开阔深远，而又立足于现实，时时在形而上的玄思与具体经验之间保持着一种张力，"诗反抗现实，使自身产生意义"，他的全部创作及诗学意识，似乎都可以归结到这句话上来。这本《黑银河》中的许多诗篇都很精彩，其中的《我永远叫曼德尔施塔姆》和《焚书》，则对我有一种特殊的吸引力，前者为一位"在发烧和便尿的围攻下"的俄国流放诗人讲话，后者则是献给一位名叫李贽的中国古代专制社会的自由思想者的：

> 我知道
> 世道之危莫过于文字，
> 火穿越世纪寻找它们。
> 真正的文字
> 早已在笔迹中燃烧。
> 好的思想品尝着烟味。

以这种"征引历史"的方式，诗人却正好触及了他自己那北欧冰冻层下的泥炭并开始和它们一起"燃烧"，那诗行间冒出的浓烟味，就是对一个诗人真正的奖赏！

同样让我感到喜悦的，是老朋友李笠的翻译。在我看来，《黑银河》的翻译及其对部分旧译的修订，明显体现了一个翻译家"经验的生长"。他的手艺变得更纯熟，其译文更为洗练，也更为精确了，如《人抄近路从她身上穿过》：

我知道一个谜。

刚才，你们搬行李

我打扫你房间的时候：

我从镜中

看见自己哪一副模样

被你们带下了楼。

扭曲的脸，空虚的眼睛，

稀疏的头发。

我是一声干燥的咳嗽。

我看着这面

令人心战的镜子——

枕头压入床心

那是你们留下的痕迹：

我走岔了路。

他为何把我拉入厕所？

我脏

我用鄙视

抛弃自己。

收音机回响着孤独。

如真的有重量

我就会上吊。

屋里有个活人

他给了我类似欢乐的东西。

这种带有叙事性质的诗，已和那种特朗斯特罗姆式的抒情诗很不一样了。全诗出自一位旅馆女仆的视角和口吻，但其实并不好翻译。它不仅有来自社会底层的屈辱经验，还有某种对人类存在更"玄奥"的体味。总之，它很"微妙"，它留下了很大的想象空间，且富有暗示性，"人抄近路从她身上穿过"，诗题本身就耐人寻味，并和正文之间构成一种张力。在这种情形下，译者要做的就是"精确"，以精确的译解来达成诗的张力。"抄近路"这个汉语习语在这里运用得极好，"枕头压入床心"也使人难忘，结尾的"屋里有个活人/他给了我类似欢乐的东西"，精确而又微妙！的确，很难想象还有比这更好的翻译了。我们已读到太多的"僧推月下门"式的翻译，什么是"僧敲月下门"呢？这就是。

而美籍华人诗人、学者叶维廉的《众树歌唱：欧美现代诗100首》（人民文学出版社）也非常值得我们关注。它是多年前在台湾出版的《众树歌唱：欧洲、拉丁美洲现代诗选》的修订、扩大版。这是一部无论在台湾还是在大陆都曾产生过重要影响的译诗集，台湾诗人陈黎就曾这样说："《众树歌唱》七十年代在台湾出版时，让初写诗的我这一辈年轻诗人大为惊艳。……（它）丰富了我们诗的语言，顿时成为教我们用新发声法歌唱的众奥尔菲斯。""文革"后它传入大陆，对北岛、多多、杨炼、江河等人的创作也曾产生过类似的作用。对这批"朦胧"诗人而言，很可能，这是继戴望舒《洛尔迦诗钞》之后最吸引他们的一部译诗集。

令人欣喜的是，这部增扩版的译诗集新增了近一半内容，主要为庞德、艾略特等英美现当代诗人及里尔克、夏尔等德法诗人的译作。对有的旧译，叶先生也做了认真的修订，如把保罗·策兰（叶先生原译为"保罗·西冷"）《死亡赋格》第一节的最后一句"他命令我们甜着去跳舞"改为"他命令我们奋力跳舞"（这一句如按原诗应译为"他命令我们开始表演跳舞"），这说明叶先生已意识到原译中的某种问题。当然，有些问题可能还没有意识到，如《啤酒饮者》这首，如按策兰德文原诗的题目"Die Kruege"及几种英译，诗题都应译为"大啤酒杯"，在原诗中，也是"上帝的大啤酒杯"在不停地喝着，而非"他"——"啤酒饮者"或"上帝的饮者"在喝。显然，这属于叶先生的"误读"，或者说，属于许多译者都曾有过的疏忽。

不过，虽然仍有一些值得商榷的地方，但从整体上看，《众树歌唱：欧美现代诗 100 首》却是一部优异、难得的译诗集。首先，叶维廉的译诗不同于一般的译介，它是一种"庞德式的翻译"（Poundian translation），是译者作为一个诗人以他自己的方式和语言对原作所作出的创造性反映。在《翻译：神思的机遇》这篇增订版代序中，叶先生引用了《鲁拜集》的译者、英国诗人菲茨杰拉尔德的话："宁为一只活生生的麻雀，不做一只塞满稻草的大鸦"，这也正是他自己的翻译理念。在他那里，译诗不是别的，这完全是一种"再生"、"再投胎"或"异花受精"的过程，直到一切"焕然欲语"，被赋予活生生的生命，如他所译的勒内·夏尔的一则诗片断《交给风》：

在村子附近山边扎营的是二回羽花园，在收割的季节有时候在不远的地方，你会和一个极其甜美味香的女子相遇，她的双臂整天在脆弱的枝间忙碌，像灯的光环上一片香息，她走着自己的路，背向落日。

向她说话是一种亵渎。

用你的凉鞋踩碎了草，把路留给她，你也许会幸运地在她的唇上造出夜的湿气里的一袭虚构。

对这首译作，我一时无法找到原诗或其英译进行对照，不过，有这个必要吗？我宁愿原文是这个样子（按博尔赫斯的说法"为什么原文就不能忠实于译文？"），这是一首多么动人的译作！像"她的双臂整天在脆弱的枝间忙碌"、"在她的唇上造出夜的湿气里的一袭虚构"，我相信这都不是一般的译者可以译出来的，其中的"脆弱的枝间"、"一袭虚构"堪称神来之笔！这也正好印证了叶先生自己所说的"翻译：神思的机遇"。也许，译诗之为艺术，之所以和创作具有同样的艺术价值和挑战性，就在于一个译者必须得抓住这样的"机遇"！

当然，叶维廉的译诗之所以值得我们深入研究，还不仅在于其翻译艺术本身，他的翻译，实则是他自己诗学思想和语言意识的深刻体现和实践。在庞德的启发下，他把中国古典诗的诗学视点和汉语的精湛功力带入了对西方诗的翻译，他甚至用中国诗的语言句法来译写西方诗，如他自己所说，"创造一种可以兼容中西视野的灵活句法"。他运用中国诗的句法和感物方式来译诗，比如"利用语句中的空间切断和语法切断来引发出并时性"，在一定程度上消解了西方诗中的逻辑性和分析性，使诗意的呈现更为强烈、直接、丰富。他的译诗语言精湛、凝练（"无一字虚设"）、富有质感（"文字的雕塑"）和节奏的拍击力。另外，他还创造性地运用文言来重新整合现代汉语，使它在"文白之间"形成一种特有的张力。对此，我曾在《从〈众树歌唱〉看叶维廉的诗歌翻译》一文中作过具体分析，这里不再复述。

他的译诗语言精湛、凝练（"无一字虚设"）、富有质感（"文字的雕塑"）和节奏的拍击力。

除了以上译诗集，这半年来，一些诗歌网站如"诗生活"、"今天诗歌论坛"上的译诗及其讨论，也给我留下了很深的印象。阿九所译的一大组沃尔科特诗选，虽然其中有些已有人译过，但仍给人以新鲜感，而王嘎所译的帕斯捷尔纳克的早期诗，则使我对一个诗人的"天赋"有了新的、令人无限喜悦的发现。的确，帕斯捷尔纳克的诗从一开始就是一个令人着魔的谜，具有某种奇特的、让人说不清楚的诗性力量，"黄昏以它钟楼的全部青铜闯进你的窗户"、"太阳依偎着巨大的冰块取暖"，等等，这些都是我曾记住的句子，而王嘎带有研究性质的翻译，不仅进一步揭示了帕斯捷尔纳克早期诗中那种特有的诗性感受力和隐喻才能，也以其深入、确切的把握，让我切实地感受到了一个诗人的脉搏，如《麻雀山》一诗：

你被亲吻的双乳，仿佛在净瓶下洗过。

夏日如泉水涌溅，却不会绵延百年。

我们让手风琴低鸣，却不会踩踏节奏

夜夜起舞，任由音调与尘土飞扬。

我曾经听说过老年。多可怕的预言！

挥手向星辰，已不再有细浪翻卷。

他们说着，你怀疑着。草地上没有人影，

池水边没有心，松树林里也没有神。

你呀，扰乱了我的魂！不如把今天喝干。

这是世界的正午。何处是你的眼眸？

你看，思想深处，啄木鸟、乌云和松果

暑热和针叶，全都变成了苍白的飞沫。

在这儿，城市电车抵达了尽头，

前方有松树值守，轨道不得延伸。

前方仍会有星期日。一条小径

分开枝条，从草叶间一滑而过。

透过树影，浮现出正午、漫步与圣灵节，

小树林要让人相信，世界向来如此：

就这样被浓荫顾念，被林间空地感染，

被我们承担，仿佛云朵滴落在印花布上。

该诗出自《生活，我的姐妹》（1917）。"生活，我的姐妹"，可以说这就是帕斯捷尔纳克早年的诗学，这体现了诗人与他的生活姐妹和大自然之间那种血肉相连、声息相通的亲密性质。令人惊讶的是译者那种"抓住作品永恒的生命之火和语言的不断更新"（本雅明《译者的任务》）的能力。正是经由这样的出色翻译，这首近百年前的诗，新鲜得像是诗人刚刚散步归来后写下似的！这里，诗一开始的"净瓶"就用得非常好，它不仅使肌肤相亲和肉欲之爱顿时具有了诗性的净化意味，它也给全诗（译作）定下了音调。而全诗最后的"滴落"，也滴落得恰到好处！它不仅富有诗意，也有助于我们从整体上把握帕氏的诗。在帕氏看来，夏日之泉的"涌溅"，首先来自"吸收"；而诗人的"承担"，无非也就是"吸收"。因此，他会钟情于那云朵浸润的印花布：它柔软、湿润、朴素而又五色斑斓，在《几点原则》（1918）中，诗人还这样明确写道："某些现代派人士想象艺术如喷泉，其实它却如同海绵。他们断言，艺术应当喷涌而出，其实它却应当不断吸收并达到饱和。"还需要再说什么吗？这样的诗和这样的话，使我在这个闷热的夏日再次听到了清泉潺潺。

2010.6

创伤之展翅

我的脚步坡，脑筋山

——策兰与『诗歌的终结』

"奥斯威辛"之后，德国语言破产了——它带着一种烧焦味，带着一种福尔马林味，久久挥之不去。

哀悼是不可能的，见证是不可能的，写诗——纵然你不能接受阿多诺的论断，也几乎是不可能的。

一个像策兰这样的诗人和幸存者，只能从这"不可能"中开始：

◇ 诗人保罗·策兰

把赭石铺进我的眼睛：

你已不再

生活在那里，

省下

殉葬的

物品，省下，

让那一排石头

列步于你的手上，

以它们的梦

涂抹

颞颥骨之鳞

的印戳，

在那

巨大的

分岔处，重新

把你自己数向赭石，

三遍，九遍。

——《把赭石铺进》

这是语言对自身的哀悼。在死亡的巨大收割中，一个诗人能够"省下"的只是词语。他只能对自己这样讲话："让那一排石头/列步于你的手上"。

这就是我们看到的策兰。他不只是犹太民族苦难的见证人，他更是一位"以语言为对象和任务"的诗人。在《死亡赋格》之后他要面对的，就是语言的自我哀悼和彻底清算。

出于某种必然，海德格尔也早就思考起死亡与语言的关系了。在《语言之本性》中他这样写道：终有一死者"是那些把死亡当作死亡来经验的人。动物不能这么做。但动物也不能说话。死亡与语言之间的本质关联，在我们面前闪出，却仍然未经思考。然而，它能召唤我们走向这样的道路——在这条路上，语言的本性把我们拉进它的关切——并因此把我们和它自己联系起来，也许，死亡也属于那设法抓住我们、触及我们的东西"（王立秋译）。

海德格尔也许是通过他在黑森林山上的哲学冥思达到了这一点，而策兰呢？他的回答也许只有一个字：铲！——当年他在纳粹劳工营里这么干，后来他在他一生的写作中也依然如此，"字词的阴影/劈刻出来，堆积/在深坑里/围绕着铁镐……"（《雪部》）。甚至，对于这样一位一生处在死亡的"逆光"之下的幸存者来说，如果他要继续写作，那他也只能以他的"死"来写作！

而在他的写作中，死亡之花也绽开了——它简直开得

对于这样一位一生处在死亡的"逆光"之下的幸存者来说，如果他要继续写作，那他也只能以他的"死"来写作！

"不像它自己"，"它不在时间里开放"（摘自策兰自尽前写下的一首诗）。这是死亡的胜利，还是语言的胜利？

　　弗莱堡大学教授胡戈·弗里德里希的《现代诗歌的结构——19 世纪中期至 20 世纪中期的抒情诗》，是一部精辟地阐述了自波德莱尔以来欧洲现代诗歌的著作。但是它也有一个问题：好像它的作者从来没有经历过"奥斯威辛"似的！因而他所描述的现代诗的"电流般的悚栗"会发生短路。他所推崇的本恩的"绝对诗"（absolute poesie），比起策兰的诗，也多少显得有些苍白。弗里德里希的这本书出版于 1955 年，他当然没有读到策兰这样的诗作：

　　　　毫不踌躇，

　　　　厌恶的浓雾降临，

　　　　悬垂的灼热烛台

　　　　向我们，袭下

　　　　多肢的烈焰，

　　　　寻找它的烙印，听，

　　　　从哪里，人的皮肤近处，

　　　　咝地一声，

　　　　找到，

失去，

陡峭地

阅读自己，数分钟之久，

那沉重的，

发光的，

指令。

——《毫不踌躇》

那烙铁一般多肢的语言烈焰，那惨痛的"咝地一声"——就在这一刻，"找到"与"失去"同时发生！

它的找到即失去。它的失去，也许也正是它的找到。

它找到了一种灼热的语言新质。既然策兰爱用地质学、矿物学的词语，我们在这里不妨回想一下伽达默尔对策兰后期诗歌的描述："这地形是词的地形……在那里，更深的地层裂开了它的外表。"

它找到了策兰这样一位注定要改写现代诗歌的诗人。或者说，它找到了一种对语言的"倾听"。正因为这种倾听，一个诗人不得不"陡峭地/阅读自己"，而且，不得不去辨认那个"沉重的/发光的/指令"。

我以为，被哲学家们所谈论的"诗歌的终结"，也正应从这个意义上来理解："找到/失去"。

意大利思想家阿甘本在他的诗学文集《诗歌的结束》①中，专门探讨了一首诗如何结束的问题。显然，阿甘本谈论的不单是一个诗的具体写作的问题，而是一个具有更丰富、深远含义的诗学命题。这正如谈论"诗歌的终结"并不意味着人们不再写诗，而是意味着我们已进入了一个把对自己如何结束的关切包含在自身写作之内的诗的时代。

的确，困难就在于如何结束，这不仅对写一首诗是如此。"奥斯威辛"之后的诗人，只能"把终结当作终结来经验"。"奥斯威辛"之后的诗人，只能"在不断的丧失中作为诗人"。

也只有这样，诗歌才有可能在它的终结之处真正成为诗歌。

这无疑是一场同死亡的搏斗。到了 20 世纪下半叶，还有谁比策兰更有资格和能力来对欧洲多语种的现代诗歌进行总结呢？没有。但他却是以"找到/失去"的方式进行总结，甚至是以自我颠覆和否定的方式进行总结。在《再没有沙的艺术》中他宣称"再没有沙的艺术，没有大师"，也没有任何事物可以"被骰子赢回"。这显然是对马拉美的一种回应。马拉美当年还对诗的绝对存在抱有一种幻觉，但到了策兰这里，除了死亡，再无别的"大师"！

在一颗名叫哈姆莱特的星下

① Giorgio Agamben, *The End of the Poem*, translated by Daniel Heller-Roazen, Palo Alto, Stanford University Press, 1999.

"大师"（meister）这个词，在《死亡赋格》（"死亡是从德国来的大师"）之后再次出现了。策兰之于我们这个时代的诗歌的意义，我想，就在于他彻底瓦解了那个"古典风格"意义上的"大师"，而把他变成了一个"晚期风格"的诗人。因而他重新获得了一种与现实，也就是与死亡和语言的紧张感，也因此获得了一种写作的内驱力。他可以在他的丧失中重新开始了。

他的目标仍是兰波的"到达陌生处"，但又不可同日而语。如他在《线太阳群》中所说，他要唱出的，是"人类之外的歌"：

弓弦祈祷者——你
不曾一起默祷，它们曾是，
你所想的，你的。

而从早先的星座中
乌鸦之天鹅悬挂：
在被侵蚀的眼睑裂隙，
一张脸站立——甚至就在
这些影子下。

而那微小的，留在

冰风中的

铃铛

和你嘴里的

白砾石：

也卡在

我的咽喉中，那千年——

色泽之岩石，心之岩石，

我也

露出铜绿

从我的唇上。

现在，碎石旷野尽头，

穿过蒲苇之海，

她领着，我们的

青铜路。

那里我躺下并向你说话，

以剥去皮的

手指。

——《西伯利亚的》

这可视为一首献给曼德尔施塔姆的哀歌，因为策兰想象他的曼德尔施塔姆有可能死于西伯利亚流放地（策兰《曼德尔施塔姆诗歌译后记》，1959）。从艺术上看，这首诗本身就是一种"去人类化"（即对西方人文、美学传统的穿越和摆脱）的产物，在"早先的星座"中出现的，是"乌鸦之天鹅"这样一种在一切命名之外的造物。他要把生命重新置于原初的冰风和"千年——色泽之岩石"中，就在这里，"我也/露出铜绿/从我的唇上"。

这是怎样的一种诗？这恐怕连兰波、马拉美都难以想象。更为惊人的是诗的结尾："那里我躺下并向你说话，/以剥去皮的/手指"。以"剥去皮的手指"对"你"说话——这就是策兰不惜一切代价要重新获得的语言，或者说，他所要显现的"本质的遗骸"！

显然，这不是一首诗或一些词语的问题。对策兰来说，在"找到"与"失去"的艰难历程中，必然会指向一种对语言的重新勘测和定位：

盔甲的石脊，褶皱之轴，

插刺穿裂——

之处：

你的地带。

在隙缝之玫瑰

两侧的极地，可辨认：

你被废除的词。

北方真实。南方明亮。

这里的"隙缝之玫瑰"已和里尔克的玫瑰很不一样
了，它是从痛苦的挤压中重新生长出的语言的标识（在伽
达默尔看来，这首诗所描述的正是诗人试图穿透语言的坚
固惯例和空洞言辞的经历）。而"北方真实。南方明亮"，
这就是策兰想要进入的语言的地带。这里的"北方"，我
们不妨设想也包括了曼德尔施塔姆的西伯利亚（从北到
南，一条牺牲者的"子午线"!），策兰在同时期另一首诗
中还有这样的诗句："未来的北方"。在"找到"与"失
去"之间，它指向了一种语言的未来。

为此，他艰辛地劳作于他的"晚词"里（"在你面前，
在/巨大的划行的孢子囊里，/仿佛词语在那里喘气，/一
道光影收割"，《淤泥渗出》）。他坚决地从人类的那一套已
被滥用的文学语言中转开，转而从陌生的"无机物"语言
中去发掘。当然，还不仅在于对诗歌词汇的拓展，更在于
他对语言的潜能和表现力的发掘，在于他完全颠覆并重建
了诗的修辞基础——我想，这才是策兰作为一个诗人最了
不起的地方。

从这个意义上，他简直是在发明一种语言。在他的创作中，他无所顾忌地利用德语的特性自造复合词和新词，比如"乌鸦之天鹅"这种"策兰式的合成物"（"Celanian composite"）。他后期的许多诗，通篇都是这种陌生、怪异的构词。不仅是构词，还有他那往往是打破常规而又扭结在一起的独特句法。总之，他对语言的颠覆、挖掘和重建，正如费尔斯蒂纳所说，"驱使语言朝向了一个出乎意外的革命性的边界"。

正因为如此，策兰的诗至今仍对我们构成了极大的挑战。但是，读吧，读进去，进入其内核，进入其起源，我们会发现，策兰绝不是那种外在形式上的先锋派，他所做的一切，包括语言上的"革命性"，都立足于他自己"古老的痛苦"，立足于他对自身语言法则的建立：

　　　黄泥玩偶：不翻动
　　　这里的石头，

　　　只是蜗牛壳，
　　　那未吹胀的，
　　　在告诉你们荒漠：你们
　　　是居民——：

野马群猛攻

猛犸的

犄角：

彼特拉克

再一次

出现于视野。

　　"黄泥玩偶"，这个自造的复合词，显然带有隐喻的意味；"只是蜗牛壳，/那未吹胀的"，诗在这里达成一种精确，策兰式的精确；然后"时代"出现了，它以野马群对猛犸犄角的"猛攻"，转瞬把我们带入一个洪荒年代。然后是一位流放诗人的出现——还需要去形容他吗？不必，在上下文的共鸣中，在荒漠的飞沙走石中，他就这样向我们的策兰走来。

　　米沃什曾说，但丁是所有流亡诗人的庇护神。对策兰和曼德尔施塔姆来说，彼特拉克也是——曼德尔施塔姆就曾在流放地里吟诵过彼特拉克的十四行诗。

　　也许已有无数献给彼特拉克的诗篇，但只有策兰的这首诗让彼特拉克成为彼特拉克。如果我们去吟诵，还会发现，策兰让"Petrarca"（"彼特拉克"）成为一种诗的发音。这种发音一直折射进他所有的诗韵中——在另一首

也许已有无数献给彼特拉克的诗篇，但只有策兰的这首诗让彼特拉克成为彼特拉克。

《从加冕中出来》中，诗人就这样唱过："而我们唱过华沙之歌。/以变得细长的嘴唇，彼特拉克。/进入冻原之耳，彼特拉克。"

的确，这样一位诗人已可以在词语中"移太阳而动群星"了。他带着他秘密的武器，一意孤行，拒绝被他的时代所消费，而又往往直达语言的造化之功：

起源所在，在夜间，

在高速公路上，

众神的期待，

你的脚步坡，脑筋山，

在你心里，

被它们

浸入飞沫。

——《起源所在》

这同样是一首"找到/失去"之诗。策兰怎么会不关注他的时代？但这完全是一位错位或逆向的关系。在这样一种时代的加速度里，我们不能说话，不能发出声音。我们重新找到的语言的躯体，"被它们/浸入飞沫"。

"脚步坡"（auslaeufer）、"脑筋山"（hirnberg）……这就是策兰重新"找到"的语言躯体的一部分。这让我联想到中国古诗中的"松风"，两个词拼在一起，构成一个新的意象，但在策兰这里，他的构词不仅更具有物理的属性、质地和隐喻意味，更重要的是，在他从事语言的劳作时，正如他所译介的曼德尔施塔姆，他首先并永远是"围绕一个提供形式和真实的中心，围绕着个人的存在，以其永久的心跳向他自己的和世界的时日发出挑战"。

正因为如此，这种重新"找到"、重新劈刻出的语言的"脚步坡"、"脑筋山"，纵然会被浸入时代的飞沫里，但它们——用荷尔德林的方式来表述——将会"持存"：在不断的丧失中持存。

2011.1

在策兰生前编定、死后出版的诗集《雪部》（1971）中，有这样一首《你躺在》：

> 你躺在巨大的耳廓中，
> 被灌木围绕，被雪。
>
> 去普韦尔，去哈韦尔，
> 去看屠夫的钩子，
> 那红色的被钉住的苹果
> 来自瑞典——

现在满载礼物的桌子拉近了，

它围绕着一个伊甸园——

那男人现在成了筛子，那女人

母猪，不得不在水中挣扎，

为她自己，不为任何人，为每一个人——

护城河不会溅出任何声音。

没有什么

    停下脚步。

"在最基本的层面上，这首诗在说什么?"著名作家、J·M·库切在其关于策兰及策兰翻译的文章《在丧失之中》①中这样问，"直到人们获知某些信息，某些策兰提供给批评家彼特·斯丛迪的信息。成为筛子的人是卡尔·李卜克内西，在运河里游的'母猪'是罗莎·卢森堡。'伊甸园'是一个公寓区的名字，该公寓建在1919年这两名政治活动家被枪杀的旧址上，而'钩子'指的是哈韦尔河边普罗成茨监狱的钩子，1944年想要暗杀希特勒的人被绞死在那里。根据这些信息，该诗是作为对德国右翼一连串残忍谋杀行为和德国人对此保持沉默的悲观的评论而出现的。"

① J. M. Coetzee, "In the Midst of Losses", *The New York Review of Books*, Volume 48, Number 11, July 5, 2001.

的确，在获知这些资讯后，这首诗变得对我们"敞开"了。不过，这些信息并不是如库切说的那样由策兰本人提供的，而是由斯丛迪直接提供给我们的。作为策兰的朋友、柏林自由大学教授斯丛迪在他的《策兰研究》① 中专门有一篇文章《伊甸》介绍了这首诗的创作。据斯丛迪的叙述，策兰这首诗写于 1967 年 12 月 22 日至 23 日圣诞节前夜，在这之前，策兰抵达柏林朗诵。1938 年 11 月 9 日深夜，策兰曾在从东欧前往法国读医学预科的路上经过柏林安哈尔特火车站，正赶上纳粹分子疯狂捣毁犹太人商店、焚烧犹太教堂的"水晶之夜"（策兰后来在诗中回顾了使他身心震动的那一刻："你看见了那些烟/它已来自明天"）。因此，这应是策兰第二次也是生前最后一次访问柏林。白天，策兰的一个朋友陪他看雪中的柏林，带他参观普罗成茨监狱，还去了圣诞市场，在那里，策兰看到一个固定在红漆木头上的由苹果和蜡烛组成的圣诞花环。当晚，策兰则向斯丛迪借书看，斯丛迪给了他一本关于罗莎·卢森堡和李卜克内西的书。接下来的一天，在接策兰去德国艺术研究院的路上，斯丛迪边开车边给策兰指出路边的"伊甸园"公寓，它在老旅馆"伊甸园"的废址上重建，1919 年 1 月 15 日，带有犹太血统的德国左翼政治家罗莎·卢森堡和李卜克内西就是在那里被受到当局纵容的极端民族主义分子杀害。现在，"伊甸园"公寓一带的商

① Peter Szondi, *Celan Studies*, translated by Susan Bernofsky with Harvey Mendelsohn, Palo Alto, Stanford University Press, 2003.

业区，已笼罩在圣诞购物的节日氛围中。再过去不远处，就是兰德威尔运河。就在路上，他和策兰不禁感叹地谈到那两个人物是怎样在一个叫作"伊甸园"的地方被害的。而策兰这首诗中接着出现的细节则来自斯丛迪借给策兰的书：在当局对凶手的所谓"审判"中，当法官问及李卜克内西是否已死亡时，证人的回答是"李卜克内西已被子弹洞穿得像一道筛子"；当问及罗莎·卢森堡的情况时，凶手之一、一个名叫荣格的士兵（正是他在"伊甸园"旅馆里开枪击中罗莎·卢森堡，并和同伙一起把她的尸体抛入护城河）这样回答："那个老母猪已经在河里游了！"

对于这件震动一时的政治谋杀事件及所谓"审判"，汉娜·阿伦特在她的《黑暗年代的人们》中也有专文叙述，阿伦特这样称："卢森堡的死成为德国两个时代间的分水岭。"①

① [美] 汉娜·阿伦特著，王凌云译：《黑暗时代的人们》，南京，江苏教育出版社，2006。

就是顺着这条罗莎·卢森堡的尸体曾浮动其间的运河，20日夜里，策兰独自重访了他近30年前曾乘车停留的安哈尔特火车站。这座饱经历史沧桑的老火车站已在战火中被毁，"它的正面还留在那里撑立着，像某种幽灵"，斯丛迪在他的叙述中最后这样说。

就是由这些看上去互不相干的材料，策兰写下了这首诗。这里顺带说一下翻译。该诗的头一句，按德文原诗"Du liegst im grossen Gelausche"，应译为"你躺在巨大的倾听中"，我看到的数种不同的英译本，都是这样来译的，如乔瑞斯译本："You lie in the great listening"，费尔斯蒂纳译本："You lie amid a great listening"。但是，另一位并不如前两位英译者有名的译者伊恩·费尔利，却把这一句译为："You lie in the great auricle"——"你躺在巨大的耳廓中"！

◇柏林安哈尔特火车站旧址，2011 年 3 月（王家新摄）

说实话，我为发现费尔利的译本而深感兴奋。这显然是一种创造性译法，而又完全忠实于原作精神。"耳廓"一词看似自造，却也正好带着策兰"晚期风格"的特征（策兰晚期经常运用这类解剖学术语，如"耳道"、"颅侧"，等等），重要的是，这样来译，不仅很形象，它还创造了一个意味深长、令人难忘的隐喻——雪的柏林，充满创伤记忆与遗忘的柏林，它不是一只"巨大的耳廓"又是什么？正是在一个译者对"纯语言"的挖掘中，它伸向了对历史和上帝之音的倾听！而接下来的"被灌木围绕，被雪"，有心的读者会注意到，这一句的翻译显然运用了汉语的独特句法，它和策兰式的隐喻性压缩也正好相称。

这就是策兰这首诗。它的沉痛感撞击人心。它的主题是记忆与遗忘。它"最苦涩的核心词"（斯丛迪语）是"伊甸园"以及这个词后面的破折号。正是这个词，使这首诗的分量和意义远远超出了它自身。而对于这首诗的结尾，斯丛迪这样说：

> 诗歌停下来了，因为没有什么停下脚步。因为没有什么停下来这样的现实，使诗歌停下来了。

"没有什么/停下脚步"，因为人们都在"向前看"啊。人们不愿也不敢面对过去的黑暗历史，人们至多是在"清结历史"（这一说法在战后由德国历史学家赫尔曼·海姆佩尔首先提出来，并被广泛接受，"清结"有"战胜、了结"之意，与过去达成协议，目的是"与历史作出了断"），而不是在从事真正彻底的"清算"。这就是这首诗为什么会如此沉痛。沉痛感，这正是策兰写这首诗及其他许多诗的内在起源。

库切可能没有读过斯丛迪的《策兰研究》，不过，仅仅经由费尔斯蒂纳在其所作策兰传[①]中的一些转述，他已被这首诗深深触动了。他也承认要读懂这首诗"对读者要

① John Felstiner, *Paul Celan: Poet, Survivor, Jew*, New Haven, Yale University Press, 2001.

求的太多"，但是，他继续说，"有了这样一段历史……有了20世纪反犹迫害的累累罪行，有了德国人和西方基督教世界普遍想要摆脱这段可怕历史梦魇的'太人性'的需要，我们还能问什么记忆、什么历史知识要求得太多了吗？即使策兰的诗是完全不可理解的，它们仍然会像一座坟墓，屹立在我们的必经之路上，这是座由一位'诗人，幸存者，犹太人'（这是费尔斯蒂纳所作策兰传的题目）建造的坟墓，坚守着我们还隐约记得的存在，即使上面的铭文可能看上去属于一根无法破解的舌头"。

库切还提到了德国哲学家伽达默尔对策兰的解读。和斯丛迪不一样，伽达默尔认为任何有德国背景、头脑开放的读者，在没有背景资料帮助的情况下也能读懂策兰诗中最重要的东西，他指出背景资料是次要的，重要的是诗歌本身。在这里，库切不同意那能够给诗歌"解码"的信息是次要的。不过，他也认为伽达默尔提出的问题是有意义的，"诗歌是否提供了一种不同于历史所提供的知识，并要求一种不同的接受力？在没有完全弄懂它的情况下，有没有可能响应甚至翻译策兰的这种诗歌呢？"

当然有可能。这也就是为什么策兰自己在把这首诗编入诗集时去掉了曾落下的写作地点和时间："柏林，1967.12.22/23"。他不能忘怀那苦难的历史，但我想他同样相信诗歌会提供一种"不同于历史所提供的知识"，他向读

创伤之展翅

者要求的，也正是一种"不同的接受力"。我想，在读了这首诗，并了解了它的创作经过后，不仅我们的良知被刺伤，我们还不禁感叹策兰那作为诗人的异乎寻常的艺术创造力！在早年，他在艺术上追求的是"陌生与更陌生的相结合"，现在，他的"诗歌黏合力"变得更令人惊叹了，他甚至直接把刽子手的语言（它邪恶得甚至超出了邪恶）用在了诗中，而这又产生了多么强烈的一种力量！

库切也很敏锐地看到了这一点，那就是："策兰顶住了要求他成为一个把大屠杀升华为某种更高的东西也就是所谓'诗'的诗人的压力，顶住了20世纪50年代和60年代初期把理想的诗歌视为一个自我封闭的审美对象的正统批评，坚持实践真正的艺术，一种'不美化也不促成诗意的艺术；它命名，它确认，它试图测度已知的和可能的领域'。"（策兰《对巴黎福林科尔书店问卷的回答》）

这就是策兰后期诗歌的力量所在。我想，仅仅是"母猪"一词的运用，就体现了一种巨大的艺术勇气！这大概就是策兰在给巴赫曼的信中曾提及的"远艺术"了，但它比任何艺术更能恢复艺术语言的力量。的确，读了这首诗，最刺伤我们的，也正是那在护城河中上下挣扎的"母猪"这个意象。它永远地留在我们的视野中了。

这就是策兰的《你躺在》。其实，在这之前，策兰在一首《凝结》的诗中也写到了罗莎·卢森堡，它被收入诗集《换气》（1967）中。它不仅同样感人，还会告诉我们什么是策兰式的"诗歌黏合力"，什么是一种叫作诗的"凝结物"：

> 还有你的
> 伤口，罗莎。
>
> 而你的罗马尼亚野牛的
> 犄角的光
> 替代了那颗星
> 在沙床上，在
> 滔滔不绝的，红色——
> 灰烬般强悍的
> 枪托中。

读了《你躺在》后，再读这首《凝结》，我们已有了一些线索。题目"Coagula"（德文、英文都是同一个词），意思是凝结，尤其是指伤疤的凝结；"罗莎"一词，会使我们想到罗莎·卢森堡（在该诗的一个早期版本里，确实出现了"罗莎·卢森堡"的全名），但为什么这首诗中出现了"罗马尼亚野牛"呢？沃夫冈·埃梅里希在其《策兰传》①中帮我们找到了出处（其实，读过罗莎·卢森堡狱

① ［德］沃夫冈·埃梅里希著，梁晶晶译：《策兰传》，台北，倾向出版社，2009。

中通信的读者，都有可能记住那一段难忘的文字）：1918年12月，还在监狱中的罗莎·卢森堡写信给一个朋友，向她描述了她以前看到的作为"战利品"的罗马尼亚公牛遭到士兵虐待的情形："鲜血从一头幼兽'新鲜的伤口'中流淌而出，这野兽正（望向）前方，乌黑的面庞和温柔乌黑的眼睛看上去就像一个哭泣的孩子……我站在它的面前，那野兽看着我。泪水从我眼中淌下——这是它的眼泪。震惊中，我因着这平静的痛而抽搐，哀悼最亲密兄弟的伤痛的抽搐也莫过于此。美丽、自由、肥美、葱郁的罗马尼亚草原已经失落，它们是那么遥远，那么难以企及。"

此外，卡夫卡小说《乡村医生》中的那个遭到残忍虐待的女仆也叫罗莎，而且这个故事是有关一个青年人的"伤口"。还有，在策兰的布加勒斯特时期，他曾有一位名叫罗莎·莱博维奇的女友。我们还不能忘记的是，策兰在1947年以前基本上是持罗马尼亚国籍。因此，那"罗马尼亚野牛"乃是他自己土地上的野牛，是和他自己血肉相连的生命。

对于该诗，我们还是来看诗人自己的说法，在策兰写给他布加勒斯特时代的朋友彼得·所罗门的一封信里，他这样说："在诗集《换气》第79页上，罗莎·卢森堡透过监狱栏杆所看到的罗马尼亚公牛和卡夫卡《乡村医生》中的三个词汇聚到一起，和罗莎这个名字汇聚到一起。我要让其凝结，我要尝试着让其凝结。"

"我要让其凝结，我要尝试着让其凝结"——这是多么悲痛的诗歌努力，这已近乎一种呼喊了。

因为这种诗的"凝结"，不是别的，乃是以血来凝结，以牺牲者的血来凝结！正如埃梅里希在《策兰传》中所指出："（在）'伤'这个符号中，许多互不相干的地点、时间和人物被结为一体，在想象中被融合，继而被'凝结'成诗的文本质地。……一道想象中的线将一切聚合起来，这是一条牺牲者的子午线，它们正是诗的祭奠所在。两种'Coagula'——真实的血凝块和文字的凝结——是同一物的两面。"

这里，还有一个翻译的问题，原诗中的最后一个词"kolben"，在德语中含有棍棒、活塞、柱塞、枪托、烧瓶、蒸馏器等义，但目前我看到的三种较有影响的英译均为"alembic"或"retort"，它们只有烧瓶、蒸馏器之义。德国著名哲学家波格勒也认为这样的诗包含了策兰的"炼金术"（alchemical）主题，虽然在这样的诗中"炼金的艺术是一种副业"[1]。

不过，根据罗莎·卢森堡的狱中通信和策兰写给彼得·所罗门的信，我更倾向于"枪托击打"这样的译解。我想，策兰创作这首诗，很可能是首先出自罗莎·卢森堡狱中通信对他的触发，尤其是那一段对受虐动物的描述，

因为这种诗的"凝结"，不是别的，乃是以血来凝结，以牺牲者的血来凝结！

[1] Paul Celan, *Breathturn*, translated by Pierre Joris, Los Angeles，Sun and Moon Press，p. 261，1995.

"还有你的/伤口，罗莎"，策兰总是欲言又止，他没有再去写罗莎自己的伤口，而是把诗的视线投向了那承受着"滔滔不绝"的枪托击打的罗马尼亚野牛。顺带说一下，在翻译时我为一下子找到了"滔滔不绝"这个汉语词而兴奋，原文为"不停地说话"，而"滔滔不绝"顿时加强了原诗的强度和修辞上的新奇性，它使声音（暴打声、咒骂声）、动作和对我们心灵的震撼同时到来！

然而，诗中不仅仅有对苦难的承受。请注意这句诗"你的罗马尼亚野牛的/犄角的光/替代了那颗星"（那颗星，也许就是策兰早期带有浪漫、神秘情调的诗中一再写到的"星"），我想这正是全诗的一个中心点。是的，被伤害的罗莎从牢狱里朝那里看，写这首诗的诗人还有我们每个读到这首诗的人也都在朝那里看：那是一些最无辜、无助的受虐动物，但那也是最后的人性之光，在残暴的击打中，替代了那颗星，照耀着一位诗人。

2010.2

在这『未来北方的河流里』
——策兰后期诗歌

"人类之外的歌"

在策兰的后期诗作中，有这样一首经常为人们所引用和谈论的诗：

> 在灰黑的荒原之上。
>
> 一棵树——
>
> 高的思想
>
> 迎向光之音调：人类之外
>
> 那里依然有歌
>
> 被唱。

——《线太阳群》

关于这首诗，著名哲学家伽达默尔这样说："这首短诗丰富的情感描绘为我们展开了一片广阔的空间。它使我们想起了我们在某些时候都曾观察到过的一种气象现象：光线在一片灰黑色的荒野上展开，空间和距离交错变换……据诗中的意思看，'线太阳群'指的是已经不那么圆了的、变成了丝缕的光线的太阳……当然，这里的地平线是精神层面上的……引人注目的是，'线太阳群'是复数形式——这个复数暗示着世界的无限广阔和无名。……于是，一种像树一样高的思想在这里产生了……它已经成长到了与这神圣的戏剧相称的级别，就像一棵树，已经到达了天空的高度。它撞击到了光影般的声响。以这种方式被碰触到的光影般的声响，是一种歌声。……这便是这首诗的构建真正想要表达的信息：'人类之外/那里依然有歌/被唱。'"①

而彼埃尔·乔瑞斯对这首诗的解读也很有洞察力。作为一个从欧洲移民到美国的诗人和翻译家，乔瑞斯与有些译者选择性地译介策兰不同，他给自己定下了更艰巨的任务，那就是一本一本地研究和翻译策兰的诗歌。他已为人们提供了三部完整的策兰后期诗集《换气》（*Atemwende/Breathturn*，1967）、《线太阳群》（*Fadensonnen/Threadsuns*，1968）、《光之逼迫》（*Lichtzwang/Lightduress*，1970）的译本，还主编过一部策兰诗文选集。在他看来，策兰的"线

① Hans-Georg Gadamer, *Gadamer on Celan*: *"Who am I and Who are you?" and Other Essays*, translated by Richard Heinemann and Bruce Krajewski, New York, State University of New York Press, 1997.

太阳群"，就是继诗人"呼吸转换"后所展示和确立的新的尺度——一种"后奥斯威辛"的美学尺度："这些线太阳群交迭进入词语，显示出延伸的线，它们比一般的线'thread'更丰富，它们还带有英语中'fathom'一词中的某种意思，即'测深线'。……因此，这线是测量空间的，或是'声测'深度的（诗中提到了'光的音调'或声音），也许，这线就是一种尺度，一种对世界和诗歌来说新的尺度。"①

① Pierre Joris, *Introduction, Breathturn · Paul Celan*，Los Angeles，Sun and Moon Press，1995.

这样的解读富有纵深感，也更能帮助我们从整体上把握策兰后期创作的趋向。《线太阳群》在中文世界里已有数个不同的译本，下面我们来看诗人张枣的译文：

> 棉线太阳
>
> 普照灰黑的荒原
>
> 一棵树——
>
> 高贵的思想
>
> 弹奏光之清调：敢有
>
> 歌吟动地哀，在那
>
> 人类的彼岸。

"线太阳群"被译为"棉线太阳"，"高的思想"被译为"高贵的思想"，这类带有明显改写性质的翻译，显然和译者自己的美学情调有很大关系。更大胆的是把鲁迅的一句诗"敢有歌吟动地哀"硬生生地插入到策兰的诗中，可谓惊人之举。无论人们怎样看这样的翻译，它说明了一点：对于自身命运的沉痛体验，是一些中国诗人走向策兰的重要起因。这里我想起了东欧著名理论家卢卡奇，据说他曾批判过卡夫卡，但"布拉格之春"事件后，他从苏联人的监禁中释放出来后这样说了一句："我理解了卡夫卡。"

不过理解总是相对的。我想我们谁都不可能说自己完全理解了卡夫卡或策兰。这会是一个艰巨的、漫长的历程。借用德里达在长篇演讲《"示播列"——为了保罗·策兰》中的一个出自《旧约》的典故，我们以为我们可以说出"示播列"（shibboleth）这个通行暗语，但我们念出的却不过是"西播列"。我们咬不准那个致命的发音。我们离那种策兰式的"痛苦的精确性"也相去甚远。这里我又想起了诗人北岛，对策兰这首诗，他就曾指责我们所译的"线太阳群"是"生译硬译"，"让人摸不着头脑。其实就是串成线的太阳"。他这样一"其实"，也就心安理得地把它译成了"串成线的太阳"！

是这样吗？我想，即使我们没有读过乔瑞斯的解读，我们也会直觉到在"灰黑的荒原"上高悬、延伸的"线太阳群"带有某种测线和尺度的意味。线太阳群、灰黑的荒原、俄耳甫斯的高树（"一棵树——/高的思想"，这显然是对里尔克《献给俄耳甫斯的十四行诗》的著名开篇"俄耳甫斯在歌唱！一棵高树在耳中"的反响），这不仅是一幅奇异的画面（它既近且远——那是一种"内远"），这也是一个诗人来到某个决定性的临界点上，或者说在他"换气"的一瞬所看到的一切！

也可以说，在那样的一刻，一切都不一样了。

而这，也可视为策兰对曼德尔施塔姆的一次回赠。在写出该诗的近十年前，策兰曾把曼氏一首写给母亲的挽歌中的"在耶路撒冷的城门前，一轮黑色的太阳升起"译为"一些太阳，黑色，燃起在/耶路撒冷前"，这里，单数的太阳变成了复数，"升起"变为"燃起"，过去时变为现在时，变成了永不终结的"奥斯威辛"时代的风景！（策兰的"黑色太阳群"显然已很有影响了，一本德语国家战后诗选即以此为书名）。

的确，这是"后奥斯威辛"的线太阳群。这也是策兰自历史的巨大灾变后，自他自己的《死亡赋格》后为自己确立的一种新的诗学尺度。海德格尔一直认为"写诗就是去迎接尺度"。策兰的尺度显然与荷尔德林的或海德格尔的尺度已有很大差别。"人类之外/那里依然有歌/被唱"，这里的"人类之外"，在乔瑞斯看来，就是"在传统的人文主义美学的范畴之外。策兰的写作就朝向这样一种后美学、后人文主义"。

这种后美学、后人文主义的尺度，当然需要放在策兰的整个创作历程中来读解。我们在这里也只能点到为止。为什么策兰后期要转向一种石头的语言、灰烬的语言，不仅仅是因为这就是"奥斯威辛"之后所谓"可吟唱的残余"（singbar rest / singable rest，这是策兰后期一首诗的题目）。他之所以要从事这种"去人类化"、"远艺术"的的实践，正和他要摆脱那种"同一性"的西方人文传统的控制、唱出"人类之外的歌"有关。

因而，这里的"线太阳群"，也正指向了诗人所说的"未来的北方"（策兰《在这未来北方的河流里》一诗）。

"人类之外/那里依然有歌/被唱"，这也是再次获得的人生与艺术的信念。这不正是对阿多诺那个关于奥斯威辛之后写诗是否可能的著名断言所作出的一种回答？是的，这是一种回答。不仅是对阿多诺本人，也回答了整个时代。

"无论你举起哪块石头——"

"奥斯威辛"给策兰造成了永久的创伤，尤其是他自己父母的惨死。此后策兰的全部创作都立足于哀悼，纵然如同德里达在谈论策兰时所说，这又是一种"不可能的哀悼"。

这种"不可能的哀悼"，正可以和阿多诺对"奥斯威辛"的反思联系起来思考。对阿多诺来说，"奥斯威辛"之恐怖，不仅在于大规模屠杀的野蛮，还在于在其过程中所表现出来的"理性"和文化的可怕变异。他正是从"文化与野蛮的辩证法"的角度看问题的，在他看来，西方整个文明和文化都应对"奥斯威辛"承担责任，不然它就会"倒退到野蛮"。因此，"奥斯威辛"之后怎样写诗？阿多诺并没有说就不能写诗。"奥斯威辛"之后写诗的前提应是彻底的清算和批判——不仅是对凶手，还是对文化和艺术自身的重新审视和批判！"在曾经裂开了一道可怕深渊的地方，如今伸出了一座铁路桥，旅客们从桥上可以舒适地向下俯瞰那深渊。"阿多诺曾耐人寻味地引用过这一比喻。的确，难道"奥斯威辛"之后的艺术就是为了让人们"从桥上可以舒适地向下俯瞰那深渊"吗？

"奥斯威辛"之后写诗的前提应是彻底的清算和批判——不仅是对凶手，还是对文化和艺术自身的重新审视和批判！

　　我想，正是阿多诺所提出的问题以及那种彻底的文化批判立场，在很大程度上促使了策兰在《死亡赋格》之后重新审视自身的创作。《死亡赋格》问世后在德语世界被广泛接受和"消费"的情况（它被上演，被谱曲，被选入中学课本和各种诗选，在电台和电视台朗诵，等等），也引起了策兰对自身创作的怀疑和羞耻感，并加深了其内在危机，在他 1955 年出版的诗集中就有这样的诗句：

　　　　无论你举起哪块石头——

　　　　你都会让那些

　　　　需要它保护的人们暴露出来

这就是为什么策兰的创作一直在变化。他后来甚至拒绝人们再把《死亡赋格》收入各种诗选。他要求一种"更冷峻的、更事实的、更'灰色'的语言","不美化也不促成'诗意'"。他不想使自己的诗仅仅成为苦难的动人韵脚，而是要以对语言内核的抵达，以对个人内在声音的深入挖掘，开始一种更决绝的艺术历程。

这种自《死亡赋格》之后的深刻演变，使策兰成为一个"晚词"的诗人。策兰曾自造"晚嘴"（Spaetmund）、"晚词"（Spaetwort）、"偏词"（Nebenwort）这样一些词或意象。这些都是他后期诗歌中核心般的东西。据费尔斯蒂纳在其所作策兰传中提示，策兰的"晚嘴"乃出自荷尔德林。对于荷尔德林，"来得太晚"意味着生活在神性隐匿的"贫乏时代"；对于策兰呢，"奥斯威辛"后的写作更是一种幸存的"晚嘴"的言说！

的确，"晚嘴"，这就是策兰在历史时空中对自身创作的定位。作为一个荷尔德林、里尔克之后的诗人，他还需要有相应的"晚词"，以构成他存在的地质学和修辞场域。这就是为什么在他那里会出现大量"无机物"的语言、遗骸的语言、地质学、矿物学、晶体学、天文学、物理学、解剖学、植物学、昆虫学的冷僻的语言。他就写作并"阅读"于这样的"晚词"里。如同有人所说，他要"以地质学的材料向灵魂发出探询"。下面的一些引诗，还不是策兰"最极端"的诗，不过它们也体现出策兰的诗学趋向：

荆豆花光，淡黄，斜坡

溃烂至天上，荆刺

追求着伤口，钟声从内里

传出………

　　　　——《布列塔尼的颜料》(《语言栅栏》，1959)

可以看见，从脑筋和心茎上

还未变暗，在地面上，

子夜的射手，在早晨

穿过叛逆和腐烂的骨髓

追逐着十二颂歌。

　　　　——《可以看见》(《线太阳群》，1968)

　　这说明策兰是一个具有高度羞耻感和历史意识的诗
人，在死亡的大屠杀之后再用那一套"诗意"的语言，不
仅显得过于廉价，也几乎是等于给屠夫的利斧系上缎带。
甚至可以说，在"奥斯威辛"之后，他不仅要质疑他的上
帝，他也几乎不相信"人类的""文学语言"了。所以，
他不仅要从诗句的流畅和音乐性中转开，也坚决地从人们
已经用滥了的那一套语言中转开，"早年悲伤的'竖琴'，

让位于最低限度的词语"——正如费尔斯蒂纳所说。

我想，正是这种实践，使策兰真正进入到如他自己所说的"自己存在的倾斜度下、自己生物的倾斜度下讲述"。阿多诺从来没有提及《死亡赋格》，但他却十分推崇策兰后期那些"密封诗歌"，因为它们不仅"重构出从恐怖到沉默的轨道"，它们同时又是对"文化工业"、对大众文化消费的一种潜在抵抗。在其《美学理论》中他这样评价策兰：

> 密封诗歌曾是一种艺术信仰，它试图让自己确信生活的唯一目的就是一首优美的诗或一个完美的句子。这种情况已经发生变化。在保罗·策兰这位当下德国"密封诗歌"最伟大的代表性诗人那里，"密封诗歌"的体验内容已经和过去截然不同。他的诗歌作品渗透着一种愧疚感，这种愧疚感源于艺术既不能经历也无法升华苦难这一实情。策兰的诗以沉默的方式表达了不可言说的恐惧，从而将其真理性内容转化为一种否定。它仿效一种潜藏在人类的无能为力的废话中的语言——它甚至潜藏在有机生命层次之下。这是一种死物质的语言，一种石头和星球的语言。在抛开有机生命的最后残余之际，策兰在完成波德莱尔的任务，按照本雅明的说法，那就是写诗无需一种韵味。策兰采取了极端的方式，为之不断地努力，这便是他

成为一位伟大诗人的原因所在。在一个死亡失去所有意义的世界上，非生物的语言是唯一的慰藉形式。这种向无机物的过渡，不仅体现在策兰的诗歌主题里，而且也体现在这些诗歌的密封结构中，从中可以重构出从恐怖到沉默的轨道。①

① T. H. Adorno，*Aesthetic Theory*，translated by C. Lenhardt，London and Boyton，Routledge & Kegan Paul，1984.

阿多诺主要是从文化批判的角度来谈策兰的。如果说"同一性"的文化和哲学是导致"奥斯威辛"的深层祸因，阿多诺在策兰后期诗中探寻的，正是"非同一性"的痕迹，并从中认识到真正能超越人类中心主义和传统西方美学的，正是"无机物的语言"（阿多诺在谈音乐时，也不时把音乐作为无机矿物世界来描述，例如他避开"主观抒情"这类通常的对舒伯特音乐的理解，而把它描述为"岩浆喷发后白色光芒下的寂静"）。而策兰的"密封"，不仅以其与现实所保持的紧张关系和悲剧性的经验内涵改变了传统的"密封诗歌"或"纯诗"的内涵，同时又是对文化消费时代的有力抵抗。阿多诺就这样揭示出策兰后期诗歌对"后奥斯威辛"时代的意义。

当然，正如乔瑞斯所说，"策兰式的动力学，不是单纯的心智或一个方向"。除了以"晚词""重构出从恐怖到沉默的轨道"，在其后期，策兰还以对"偏词"的发掘，以对曼德尔施塔姆的翻译和自身希伯来精神基因的发掘，从德语诗歌版图中偏离并重建自己的精神谱系（对此，见我解读策兰《带着来自塔露萨的书》一诗的文章）。"以这休耕年的玫瑰/家意味着无地"（《失落的高世界》），策兰的玫瑰，已不同于里尔克的玫瑰了。它昭示着一条穿越语言和文化边界的艰难远途。德里达曾称策兰创造了一种"移居的语言"："他使用德语，既尊重其习惯表达方式，同时又在移置的意义上来触及它，他把它作为某种伤疤、标记，某种创伤。他修改了德国语言，他篡改了语言，为了他的诗。……如你也知道的那样，他是一个伟大的译者……他不仅从英语、俄语和更多的语言中翻译，也从他卷入其中的德国语言自身中翻译，他是在做一种译解，这样讲并不为过。换言之，在他的诗性德语中，也包含了从源语言到目标语言的翻译转换……"①

① Jacques Derrida, *Sovereignties in Question*, *The Poetics of Paul Celan*，ed. by Thomas Dutoit and Outi Pasanen, New York, Fordham University Press, 2005.

策兰的德语，还使我们想到了法国哲学家德勒兹和伽塔利所说的"解辖域化"（deterritorialized）。这个术语是他们在谈卡夫卡时使用的。卡夫卡使用的是一种布拉格的犹太社区的德语，这是一种游牧（nomad）的语言，在这种语言中，词语与它们的含义发生了游离。在德勒兹和伽塔利看来，卡夫卡将德语带入了意第绪语的空间，这就是一种"解辖域化"，尽管它是缓慢的、艰难的。

的确，比起卡夫卡来，策兰的德语更带有这种"解辖域化"的特征。他所运用的，是一种"非身份化的德语"，一种"德语之外的德语"。他的语言，正如他在《带着来自塔露萨的书》一诗中所说，是一种"偏词"，是一种"混合诗韵"。对此，乔瑞斯的阐述也十分透彻，他这样说："策兰的语言，透过德语的表面，其实是一种外语，这对德国本土的读者来说也如此。尽管德语是他的母语和他的出生地布科维纳的文化用语，但在本来的意义上，也是他的另一种语言。策兰的德语是一种怪异的、几乎是幽灵般的德语。它是母语，但同时也牢牢抛锚于死者的王国、需要诗人重新复活、发明以把它带向生活的语言。""他创造了他自己的语言——一种处于绝对流亡的语言，正如他自身的命运。"

策兰还属于德语文学吗？属于。但他属于德国文学中的"世界文学"。在很大的程度上，他正是靠"晚词"和"偏词"的不断推动，来到那种令人惊异、无以名状的境地的。

策兰与"晚期风格"

变暗的碎片回声
在脑海的
水流里，

防波堤在我上方——
向着它所在之处上升，

如此多

未入窗的事物涌现，

看吧，

闲置的

忠诚之干草堆，

一柄来自

祈祷者地窖的

来复枪托，

一和无。

——《变暗的》(《雪部》，1971)

在著名评论家乔治·斯坦纳看来，这首格言般简洁的诗，会让那些"寻求意义"的读者遇上难题，"文本基本的秘密并非源自深奥的知识，或是难解的支持哲学争辩的理论。诗中的词语本身赤裸单纯。不过它们无法依据公共参照系来阐明，对这首诗的全部内蕴也不能作简单释义。我们不确定策兰是否在寻求'被理解'，我们的理解力在他的诗的起因和必然性上遇到一些困难。在最好的层面上，这首诗允许某些一连串的回应的可能性，一种离题的阅读，和'碎片回声'"①。

① George Steiner, *After Babel*, Oxford, Oxford University Press, 1975.

说实话，这首诗在策兰晚期诗中还不算是最"难懂"的。在早期的《埃德加·热内与梦中之梦》中，他就声称他要讲讲他在"深海里听到的词"。对于这样的诗，我们是无法也无权站在岸边的浅滩上说三道四的。这也意味着，策兰以及一切伟大艺术家的"晚期风格"都不能仅仅从风格学的层面上来理解或阐释。我们需要进入其黑暗的内核，需要和诗人一起去"经历一种命运"，直到发现那就是我们自己的命运。只有这样，策兰的诗才会向我们敞开，"愈近看字句，字句回顾的距离愈大"（卡尔·克劳斯语），并体会到其罕见的思想勇气、艺术难度和独创性。

可是，策兰会轻易地让人们进入并"分享"他的"内心"吗？

> 你耳朵里的设计开出
>
> 一朵花，你是它的年，
>
> 无舌的世界和你谈着，
>
> 六人之一
>
> 知道它。
>
> ——《你耳朵里的设计》（《雪部》，1971）

> 越过超便桶的呼唤：你的
>
> 伙伴，他可以被命名，

挨着破书的边缘。

来，带着你的阅读微光

这是一道

路障。

——《越过超便桶的呼唤》(《雪部》，1971)

这样的诗堪称"天书"，难以索解，也不可索解。我们的"阅读微光"，很难照亮这黑暗陡峭的"路障"。我们翻不过"句法急剧的坡度"。我们注定要和它们留在一起。而这正是诗的胜利！

意大利著名诗人安德烈·赞佐托就曾这样感叹：对任何人而言，阅读策兰都是一种"震慑的经历"："他把那些似乎不可能的事物描绘得如此真切，不仅是在'奥斯威辛'之后继续写诗，而且是在它的灰烬中写作，屈从于那绝对的湮灭以抵达到另一种诗歌。策兰以他的力量穿过这些葬身之地，其柔软和坚硬无人可以比拟。在他穿过这些不可能的障碍的途中，他所引起的炫目的发现对于20世纪后半期以来的诗歌是决定性的。"①

的确，策兰令人惊叹，愈到后来愈令人惊叹（"如此多/未入窗的事物涌现"！）。尽管诗人自己声称"在我构词的底部并非发明，它们属于语言的最古老的地层"，他对语言的颠覆、挖掘和重构，都到了一个极限。在他的后

① Andrea Zanzotto, *For Paul Celan*, *Paul Celan: Selections*, ed. Pierre Joris, Berkeley, University of California Press, 2005.

期，他"以夜的规定"重新命名了痛苦、荒诞的存在，也以一种惊人的创造力挑战着疲惫的语言——正因为如此，策兰会成为西方"后现代诗"的一个源头，虽然很多人从他那里学到的不过是些皮毛。

著名作家库切在其关于策兰的文章中就曾这样说："他那不懈的与德国语言的深刻搏斗，构成了他所有后期诗歌的基质，这些在翻译中充其量只能偶然听到，而不能直接听到。"①

那么，从我们的译文中，能否听到这种与语言的搏斗？这种呼吸和脉搏的跳动？能否以我们不懈的语言劳作，来显现策兰诗歌那特有的基质？

① J. M. Coetzee, "In the Midst of Losses", *The New York Review of Books*, Volume 48, Number 11, July 5, 2001.

一个毁容的天使，重新焕发，消逝——
一个发现它自己的幻影。

星宿的
武器，带上
记忆：
一心一意地，向着她
惦念的狮子
行礼。

——《墙语》（《雪部》，1971）

策兰的晚期，已把诗写到这种程度，我们还能说什么？要阐释这样的诗，需要去发明另一种语言。在经历了"苦涩的"、"灾难般"的成熟后（阿多诺对"晚期风格"的描述），策兰已把他早期的非理性发展到了一个更高的层次。也许，对这个已远远走到人类诗歌尽头、具有罕见艺术勇气的诗人来说，"无意义"便是唯一可能的意义，也是抗拒死亡捕捉的唯一武器。也许，他的目标仍是歌德当年的目标：朝向"永久的无名"。

斯坦纳是非常有眼光的，策兰尚在世时，他就称策兰"比里尔克更不可或缺"。里尔克的经典地位当然不可动摇，但策兰却是属于我们这个时代的诗人。他的诗见证了犹太民族的苦难历史，深刻体现了时代的冲突和其"内在的绞痛"。

但策兰的诗不仅是对"奥斯威辛"的一种反响。他忠实于他的时代而又超越了时代。他的诗尤其是他那些深邃、奇异而又难解的晚期诗歌，至今仍难以为人们所穷尽。这正如阿多诺在评价贝多芬的"晚期风格"时所说："贝多芬从不过时，原因可能无他，是现实至今尚未赶上他的音乐。"

策兰的诗，指向一种诗的未来。

2010.6

策兰与海德格尔的对话之路

　　在策兰研究中，策兰与海德格尔的关系一直是一个热点。他们一个是里尔克之后最卓越的诗人，一个是举世公认的哲学大师；一个是父母双亲惨死于集中营的犹太幸存者，一个则是曾对纳粹政权效忠并在战后一直保持沉默的"老顽固"。因此他们的关系不仅涉及"诗与思"的对话，还紧紧抓住了战后西方思想界、文学界所关注的很多问题。的确，只要把"策兰"与"海德格尔"这两个名字联系起来，就具有了某种象征意义。

　　詹姆斯·K·林恩是对的，在他的这部专著《策兰与海德格尔：一场悬而未决的对话》①中，他把研究的焦点和"故事"的重心放在了策兰身上，并且他看到：策兰之所以受到海氏的影响和吸引，完全是有自身根源的，"在

① ［美］詹姆斯·K·林恩著，李春译：《策兰与海德格尔：一场悬而未决的对话》，北京，北京大学出版社，2010。

策兰逐渐成长为一名诗人的过程中，在没有阅读海德格尔的情况下，他已经是一个正在成长的海德格尔了"。

的确如此。在 1948 年所写的《埃德加·热内与梦中之梦》中，策兰就这样宣称："我想我应该讲讲我从深海里听到的一些词，那里充满了沉默，但又有一些事情发生"，"我越来越清楚，人类不仅仅在外在生命的链条上受苦，而且也被堵上嘴巴以致不可以说话……那些自从远古时代就在内心深处竭力争取表达的东西，也伴随着被烧尽的感觉的灰烬"①。

策兰所面对的，也正是海德格尔哲学一开始就面临的任务：变革和刷新语言，由此革新对存在的思考。这就是为什么这位"思者"会把目光投向荷尔德林等诗人，"诗歌是源始的语言，即处于发生状态的语言"。他要回到这种"源始语言"中，也即从传统哲学中摆脱，回到存在的未言状况。

可以说，这就是这场相遇或对话最初的交汇点。只不过策兰所说的"灰烬"，不仅是现代诗歌表达困境的一个象征，在很大程度上还是"奥斯威辛"所留下的"灰烬"。他一生的写作，就是要接近这个"灰烬的中心"。而这，不用说，正是海德格尔一直回避的。

显然，在最初，策兰在维也纳时期的恋人、当时正在撰写关于海德格尔哲学的博士论文的奥地利女诗人巴赫

① Paul Celan, *Collected Prose*, translated by Rosemarie Waldrop, Carcanet Press, Manchester, 2003. 本文中策兰的诗论、诗、通信和一些研究资料，大都为笔者自己所译。

曼，对策兰更多地了解海德格尔起到了促进作用。"我们
交换着黑暗的词"，这是策兰写给巴赫曼的《花冠》中的
一句诗。他们是否也交换过对海氏哲学的看法？我想
是的。

回到林恩的研究，他不仅根据策兰的生平资料和作
品，也根据策兰在他读过的多种海氏著作中留下的各种标
记，来研究策兰对海氏思想的吸收。海德格尔之所以如此
吸引策兰，一是他的"存在主义"哲学，一是他对荷尔德
林、里尔克等诗人的阐释；另外，在海氏的全部思考活动
中所贯穿的诗性敏感、独特的哲学隐喻及其语言表述方
式，也深深吸引了策兰。以下摘出一些策兰在阅读海氏过
程中画出、标记的句子：

此在在本质上就是与他者共在。

任谁也不能从他人那里取走他的死。

如果人类想要再次接近存在，他就需要首先学会
存在于一种无名的状态中。……在说话之前，他必须
允许自己被存在言说……

不是我们在和词语游戏，而是语言的本质在和我
们游戏。

诗人并没有发明……它是被赐予的。它服从并跟
随着这种召唤。

今天我们说：存在把它自身献给了我们，但是，如此一来，同时，他在本质上又退却了。

如此等等，或是直接激发了策兰创作的灵感，或是引发了他自己的思考。总之，海氏的影响已渐渐渗透在策兰的创作和思想活动中，在1958年接受不莱梅文学奖的致辞中他一开始就讲："思考（Denken）和感谢（Danken）在我们的语言里同出一源，并合二为一。"这显然是一种对海德格尔的反响。此外，策兰在这里说的"我们的语言"，也显然不是他所属的东欧犹太人所讲的混杂语言，而是由海氏所确立的荷尔德林—里尔克这一路"正宗"的德国诗性语言。总之，海氏的影响，对策兰由早期的超现实主义抒情诗，转向一种德国式的"存在之诗"，起了重要、深刻的作用。

但是，策兰并不是盲目、无条件接受的。他坚持从自己的根基出发。在1958年《对巴黎福林科尔书店问卷的回答》中他这样谈道："真实，这永远不会是语言自身运作达成的，这总是由一个从自身存在的特定角度出发的'我'来形成其轮廓和走向。"可以说，这正是对海氏的"语言是说话者"的一种必要的补充或修正。

海德格尔与纳粹的历史关系显然是策兰的一个无法克服的障碍。林恩的这部专著于2006年首次出版，虽然他

声称要根据已掌握的全部文献资料，就策兰与海氏的关系
"给出一个前所未有的更完整的故事版本"。但现在看来，
它并不那么"完整"。2008 年德国出版界的一个重要事件
是巴赫曼、策兰书信集的出版，首次展示了策兰和巴赫曼
自 1948 年至 1967 年间的 196 封书信。这些书信意义重大，
它们不仅是两个心灵之间的倾诉和对话，也是与政治历史
有着广泛关联的个人档案，其中就记载着策兰拒绝给海德
格尔生日庆祝专辑写诗这一重要事件。

　　1959 年 8 月 5 日，巴赫曼写信给策兰询问关于海德格
尔生日庆祝专辑的事，策兰拒绝了。拒绝的原因倒不主要
是因为海氏本人，而是因为策划者内斯克，"在一年前，
我就告诉内斯克，他要先告诉我专辑里有些别的什么作
者，再决定是否写文章。然而，他没有那样做，相反，我
的名字却出现在名单上"。另外，策兰对专辑中出现的一
些"专利的反法西斯分子"（如信中提到的著名作家伯尔）
也很不屑，"你知道，我绝对是最后一个可以对他（指海
氏）的弗莱堡大学校长就职演说及别的行为忽略不计的
人；但是，我也对自己说……那些被自己所犯错误卡住却
不掩饰自己的污点，也不表现得好像自己从来都没有过错
的人，实在比那些当初就具有好名声（实际上，我有理由
质问，所谓好名声的方方面面是什么？）并在这上面建立
起最舒服最有利地位的人要更好。"在再次致巴赫曼的回

信中他又强调："我是不能与这些人为伍的。"信的最后，他还这样对巴赫曼讲："我也同样，上帝知道，不是个'存在的牧人'。"

这个引语出自海德格尔的《关于人道主义的通信》。这说明，纵然策兰在态度上决绝，内心里也很苦涩，但他在思想上却无法摆脱与海德格尔的关联。他也不会因此改变他对海氏的敬重。策兰的朋友、哲学家奥托·珀格勒回忆说，策兰曾在他面前为海氏的后期哲学辩护，并曾想把他的一首诗《条纹》赠寄给海德格尔，诗中有这样的耐人寻味的诗句："眼中的纹影/它珍藏着/一个由黑暗孕育的记号"。

海德格尔是否读到了或读懂了这个"由黑暗孕育的记号"，不得而知，但策兰后来的确送给了他另一首诗。1961年，策兰通过珀格勒向海氏寄赠诗集《语言栅栏》，在题献上写下"这些是一个尊敬您的人的诗"，并附上了这首只有四行的短诗："荨麻路上传来的声音：/从你的手上走近我们，/无论谁独自和灯守在一起，/只有从手掌上阅读。"

这四行诗出自组诗《声音》。有人解读说"荨麻路"暗示着基督受难的"荆棘路"，但这太明确。我想它也许出自诗人早年东欧生活的经验，总之，这是一个生僻的、多刺的但又让人深感亲切的意象。引人注目的，是接下来出现的"手"的形象。我想，这既是对海氏的"思想是一件手艺活"的反响，也体现了策兰对人的存在、对交流的独特体验和期待。在 1960 年间给汉斯·本德尔的信中他这样说："技艺意味着手工，是一件手的劳作。这些手必须属于一个具体的人，等等。一个独特的、人的灵魂以它的声音和沉默摸索着它的路。只有真实的手才写真实的诗。在握手与一首诗之间，我看不出有本质的区别。"这话说得多好！法国著名犹太裔哲学家列维纳斯在《保罗·策兰：从存在到他者》一开始就引用了这句话，说这样的"握手"是一次"给予"，真正的"相遇"就在这一刻发生。

无论对这样的诗怎样阐释，策兰期待着与海氏有一次真实的"握手"，这是可以肯定的。

无论对这样的诗怎样阐释，策兰期待着与海氏有一次真实的"握手"，这是可以肯定的。

这样的时刻终于到来，并被铭刻进了历史，它甚至被很多人称为"一场划时代的相遇"，这就是 1967 年 7 月 25 日策兰与海氏在弗莱堡托特瑙山上的会面。该年 7 月 24 日，策兰应鲍曼邀请赴弗莱堡大学朗诵。在这之前，鲍曼给海德格尔寄上书面邀请，海德格尔随即热情回信："我很久以来就想结识策兰。他远远站在最前面，却常常回避与人交往。我了解他的所有作品。"海氏不仅欣然接受邀请，在策兰到来之前，他甚至到弗莱堡书店走了一趟，请他们把策兰诗集摆在橱窗最醒目的位置。这使我们不禁想起了他那句著名的话："我们这些人必须学会倾听诗人的言说。"

弗莱堡大学的朗诵会上，听众如云，而德国的"哲学泰斗"就坐在最前排认真地聆听。在策兰精心选择朗诵的诗中，有一首《剥蚀》，该诗的最后是："等待，一阵呼吸的结晶/你的不可取消的/见证。"

"见证"，这真是一个对战后的德国人，尤其是对海德格尔来说具有刺激性的词。他们的这次相遇，仍处在历史的阴影里。朗诵会后，有人提议合影，策兰拒绝了。但海德格尔仍热情地邀请策兰第二天访问他在弗莱堡附近托特瑙山上的小木屋。策兰不愿意去，他对鲍曼说和一个很难忘记其过去历史的人在一起感觉很困难，但他还是去了。他们在山上小木屋谈了一上午。他们在一起究竟谈了些什么，至今仍无人得知。人们只是看到，这次会见竟使一向忧郁沉重的策兰精神振作了起来。

在小木屋的留言簿上，策兰写下了"在小木屋留言簿上，望着井星，心里带着对走来之语的希望"。回巴黎后，他又写下了一首题为《托特瑙山》的诗，并特意请印刷厂制作了一个收藏版，将其寄赠给了海氏本人。下面即是这首著名的诗：

金车草，小米叶，

从井中汲来的泉水

覆盖着星粒。

在

小木屋里，

题赠簿里

——谁的名字留在

我的前面？——，

那字行撰写在

簿里，带着

希望，今天，

一个思者的

走来

之语

存于心中，

森林草地，不平整，

红门兰与红门兰，零星，

生疏之物，后来，在途中，

变得清楚，

那个接送我们的人，

也在倾听，

这走到半途的

圆木小径

在高沼地里，

非常

潮湿。

　　这是一首"即兴写生"或"抒情速记"式的诗，却引
起了广泛的关注和众多不同的解读。

　　我本人曾访问过海氏小木屋，它处在托特瑙山坡上的
最上端，几乎就要和黑森林融为一体。海氏夫妇于1922
年建造了此屋，他的许多著作都写于此地，后来在弗莱堡
任教期间，他经常怀着"还乡"的喜悦重返山上小屋。也
许正是在此地，"海德格尔使哲学又重新赢得了思维"（汉
娜·阿伦特语）。因此我们不难想象这次造访给策兰带来
的喜悦。

　　"金车草，小米叶"，诗一开始就出现了这两种花草。
它们是当地的景物，但还有着更丰富的联想和隐喻意义。
首先，这两种草木都有疗治淤伤和止痛的效用。金车草的

浅黄色，还会使人想到纳粹时期强迫犹太人佩带的黄色星星。小米叶，据林恩的考察，在策兰早年写于劳动营期间的诗中也曾出现过："睫毛和眼睑丢失了小米草"。而现在，这种带有安慰意味的花草又出现了！

同样，"从井中汲来的泉水／覆盖着星粒"，也暗含着某种重返存在的"源始"的喜悦。在小木屋左侧，有海氏夫妇亲自开凿的井泉，引水木槽上雕刻有星星。很可能，策兰像其他的来访者一样，畅饮过这久违的甘甜清澈的泉水。

"题赠簿里／——谁的名字留在／我的前面？"这一句也很耐人寻味。策兰深知海氏的重要位置，他是思想史上的一个坐标，也是连接过去与现在的重要一环。他也许知道他的朋友、法国著名诗人勒内·夏尔在他之前曾访问过此地，但是，是不是也有一些前纳粹分子来这里拜谒过他们的大师呢？

◇海德格尔小木屋边的清泉，2004 年 2 月（王家新摄）

但无论如何，仍有"希望"存在。"走来之语"，让人想到海氏《在通向语言的途中》中谈到的"走来的神"，还有他的著名短句"不是我们走向思，思走向我们"。那么，策兰对他面对的"思者"有何期望？什么可能是他期待的"走来之语"？法国著名哲学家拉巴尔特在他论策兰的讲稿集《作为经验的诗》中猜测是"请原谅"，但他很快修正了这一点，"我这样想是不对的……认为请求原谅就足够了是不对的。那是绝对不可原谅的。那才是他（海氏）应该（对策兰）说的。"

当然，也有另外的解读。在2001年9月4日在北京大学所作的论宽恕的演讲中，德里达针对波兰裔法国哲学家杨凯列维奇提出的"不可宽恕论"（"宽恕在死亡集中营中已经死亡"），主张一种绝对的无条件的宽恕。在这次演讲中，德里达就引证了策兰这首诗，认为这首诗是一种"赠与"，同时它也是一种"宽恕"。

这些不同的解读各有侧重，也各有道理，但都不是定论，接下来我们读到的是："森林草地，不平整，/红门兰与红门兰，零星"。这既是写景，也暗示着心情。策兰写这首诗时的心情，正如那起伏的"不平整"的森林草地。

至于"那个接送我们的人"，林恩把他解读为接送策兰去托特瑙山的司机。但是否也可以理解为海德格尔本人呢？他邀请诗人来访并陪同他漫游，在隐喻的意义上，他也正是那个在存在的领域中"接送我们的人"。而他"也在倾听"。"倾听"用在这里，一下子打开了一个空间。它首先使我们想到的是沉默。因为没有沉默，就没有倾听。

在某种意义上，海氏的哲学就是一种对沉默的倾听。我想，这是海氏哲学中最为策兰所认同的一点。正是这沉默，相互交换的沉默，造成了他们的倾听。

至于诗最后的结尾部分，把这首诗推向了一个更耐人寻思的境地。"圆木小径"，可能有意取自海氏一本小册子的名字，"走到半途"，也让人联想到"在通向语言的途中"。而这"走到半途的/圆木小径"，通常被理解为是通向对话之路和和解之路，但它"非常/潮湿"！诗的暗示性在这里达到最充分的程度。它暗示着对犹太人进行大屠杀之后民族和解的艰难，暗示着创伤的难以弥合。不过，从普遍的意义上，它也暗示着人生的艰难、思想的艰难以及通向语言之途的艰难。

就在这次历史性会见之后，他们仍有见面和通信往来。在收到策兰赠寄的《托特瑙山》的收藏版后，海氏给策兰回了一封充满谢意的信，信的最后甚至这样说："在适当的时候，您将会听到，在语言中，也会有某种东西到来。"在1970年春，他甚至想与策兰一同访问荷尔德林的故乡，为此还做了准备，但他等来的却是策兰自杀身亡的消息。

这就是这个"故事"的悲剧性结局。著名作家库切在关于策兰的文章《在丧失之中》[①]中这样说："对拉巴尔特来说，策兰的诗'全部是与海德格尔思想的对话'。这种

① J. M. Coetzee, "In the Midst of Losses", *The New York Review of Books*, Volume 48, Number 11, July 5, 2001.

对策兰的看法，在欧洲占主导地位……但是，还存在另一个流派，该流派将策兰作为本质上是一个犹太诗人来阅读……"，"在法国，策兰被解读为一个海德格尔式的诗人，这就是说，似乎他在自杀中达到顶点的诗歌生涯，体现了我们这个时代艺术的终结，与被海德格尔所断定的哲学的终结可以相提并论。"

"故事"结束了吗？结束了，我们听到的不过是回声，永无终结的回声。

2010.8

『你的金色头发玛格丽特』

——德国艺术家基弗与诗人策兰①

①本文根据在深圳华·美术馆"词场—诗歌计划2011"的讲座记录整理。

　　谢谢"词场—诗歌计划2011"的邀请，使我可以来这里和在座的诗人、艺术家进行交流。我要讲的题目是"你的金色头发玛格丽特"，这是策兰《死亡赋格》中的一句诗，这句诗很重要，体现了我们这次讲座的主题，副题是德国艺术家基弗与诗人策兰。在讲之前，请大家读一下策兰的《死亡赋格》：

　　　清晨的黑色牛奶我们傍晚喝

　　　我们正午喝早上喝我们在夜里喝

　　　我们喝呀我们喝

　　　我们在空中掘一个坟墓躺在那里不拥挤

住在那屋里的男人他玩着蛇他写

他写到当黄昏降临到德国你的金色头发玛格丽特

他写着步出门外而群星照耀着他

他打着呼哨唤出他的狼狗

他打着呼哨唤出他的犹太人在地上让他们掘个坟墓

他命令我们开始表演跳舞

清晨的黑色牛奶我们夜里喝

我们早上喝正午喝我们在傍晚喝

我们喝呀我们喝

住在那屋里的男人他玩着蛇他写

他写到当黄昏降临到德国你的金色头发玛格丽特

你的灰色头发苏拉米斯我们在风中掘个坟墓躺在

那里不拥挤

他叫道朝地里更深地挖呀你们这些人你们另一些

唱呀表演呀

他抓起腰带上的枪他挥舞着它他的眼睛是蓝色的

更深地挖呀你们这些人用你们的铁锹你们另一些

继续给我跳舞

清晨的黑色牛奶我们夜里喝

我们正午喝早上喝我们在傍晚喝

我们喝呀我们喝你

住在那屋里的男人你的金色头发玛格丽特

你的灰色头发苏拉米斯他玩着蛇

他叫道把死亡演奏得更甜蜜些死亡是从德国来的

大师

他叫道更低沉一些拉你们的琴然后你们就会化为

烟雾升向空中

然后在云彩里你们就有一个坟墓躺在那里不拥挤

清晨的黑色牛奶我们在夜里喝

我们在正午喝死亡是一位从德国来的大师

我们在傍晚喝我们在早上喝我们喝你

死亡是一位从德国来的大师他的眼睛是蓝色的

他用子弹射你他射得很准

住在那屋里的男人你的金色头发玛格丽特

他放出他的狼狗扑向我们他赠给我们一个空中的

坟墓

他玩着蛇做着美梦死亡是一位从德国来的大师

你的金色头发玛格丽特

你的灰色头发苏拉米斯

这就是策兰的《死亡赋格》。如果你们是第一次读可能会感到有点困难，因为这首诗有一个特点，即不断句，句子完全连在一起，要靠读者自己来读。我在翻译时尊重原诗的句法，没有断句或加上标点符号什么的，因为那样就破坏了全诗的整体效果，尤其是那种音乐般的冲击力，还有语感。

据传记材料，策兰这首诗于 1947 年被译成罗马尼亚文初次发表时名为《死亡探戈》，后被定为《死亡赋格》（*Todesfuge*）。"Todesfuge" 为策兰自造的复合词，即把 "todes" 和 "fuge" 拼在一起，使它们相互对抗，又相互属于，从而再也不可分割。而这一改动意义重大，它不仅把集中营里的大屠杀与赋格音乐联系起来，而且把它与赋格艺术大师、德国文化的象征巴赫联系了起来，这对读者首先就产生了一种惊骇作用。

对这首诗我在这里不展开全面解读，我只讲几点，首先是全诗的核心意象"清晨的黑色牛奶我们傍晚喝"。令人惊异的是"黑色牛奶"这个隐喻。说别的事物"黑"，人们不会吃惊（策兰早期就写有《黑色雪片》一诗，是他闻讯父亲死于集中营后写下的），但说奶是黑色的，这就成大问题了。这不仅因为奶是洁白的，更重要的，奶是生

这一改动意义重大，它不仅把集中营里的大屠杀与赋格音乐联系起来，而且把它与赋格艺术大师、德国文化的象征巴赫联系了起来，这对读者首先就产生了一种惊骇作用。

命之源的象征。但在策兰的诗里，它却变成了黑色的毒汁！它所引起的，不仅是对德国纳粹的控诉，还从更深处动摇了人们对生存根源、对文明的信念。"奶"是怎样变成"黑色"的？文明是怎样反过来成为生命的敌人？等等，人们读了就不能不去追问。单就这一点来看，策兰这首诗的意义并没有过时，我们的生活本身表明，我们至今依然生活在"黑色牛奶"的诅咒之下。

我们再来看诗中对赋格艺术手段的运用。赋格音乐最主要的技法是对位法，它的各部分并行呈示，相应发展，直到内容充足为止。巴赫的赋格音乐具有卓越非凡的结构技巧，并充溢着神性的光辉。策兰的《死亡赋格》第一、二、四、六段都以"清晨的黑色牛奶……"开头，不断重新展开母题，并进行变奏；此外，诗中还运用了"地上"与"空中"、"金色头发"与"灰色头发"的对位，到后来"死亡是一位从德国来的大师"也一再插入进来，层层递进而又充满极大的张力。读《死亡赋格》，真感到像叶芝的诗中所说的"一种可怕的美已经诞生"！

◇ 基弗油画：《你的金色头发玛格丽特》

《死亡赋格》中最重要的对位即是"你的金色头发玛格丽特"与"你的灰色头发苏拉米斯"。玛格丽特，这不是一般的名字，是在德国家喻户晓的歌德的《浮士德》中悲剧女主人公的名字，在许多德国人的心目中，她都是完美的日耳曼女性的化身，具有童话公主和性感女神的多重意味。苏拉米斯，也不是一般的犹太女子名字，她在《圣经》和希伯来歌曲中多次出现，在歌中原有着一头黑色秀发（犹太人一般都是黑头发），她成为犹太民族的某种象征。需要注意的是，在原诗中，策兰不是用"grau"（灰色）来形容苏拉米斯的头发，而是用的"aschen"（灰，灰烬，遗骸，英文为"ashes"）。这一下子使人们想到集中营里那冒着滚滚浓烟的焚尸炉，也使人想到格林童话中那位被继母驱使，终日与煤灰为伴的"aschens"，即"灰姑娘"！

"aschen"这个词的运用，本身就含有极大的悲痛。诗的重点也在于玛格丽特与苏拉米斯的"头发"："he writes when dusk falls to Germany your golden hair Margarate"（他写到当黄昏降临到德国你的金色头发玛格丽特）。这里要说一下，我这个译本是 2002 年出版的，后来诗人北岛也译了这首诗，他嫌我的译文不够精练，把它译为"他写信当暮色降临德国你金发的玛格丽特"，后来他一律译为"你金发的玛格丽特"、"你灰发的苏拉米斯"。但我们体会一下，在这样的译文中，诗的重心变了，甚至被取消了。实际上，策兰要强调和呈现的不是别的，正是"你的金色头发"与"你的灰色头发"。为什么要强调这一点？因为头发是一个种族非常重要的生物学上的标记，它和牙齿、骨头一样，都是非常本质的、不容易腐烂的东西，而人是头发的承载者。因此策兰着意要把这两种头发作为象征。与此相对应，诗中的"他"和"我们"也都是在对这种头发进行"抒情"和感叹，"他写到当黄昏……"，这里的声音发出者是集中营的纳粹看管，"他"拥有一双可怕的蓝色眼睛和一个种族迫害狂的全部邪恶本性，但这并不妨碍他像一个诗人那样"抒情"，他抒的是什么情呢——"你的金色头发玛格丽特"，这里不仅有令人肉麻的罗曼蒂克，在对"金色头发"的咏叹里，还有着一种纳粹式的种族自我膜拜。他们所干的一切，就是要建立这个神话！

正因为如此，两种头发的对位有了不同寻常的意义，"你的灰色头发苏拉米斯我们在风中掘个坟墓躺在那里不拥挤"，这里的主体变成了"我们"，被迫喝着致命的黑色牛奶，被迫自己为自己掘墓，承受着暴虐和戏耍而为自身命运心酸、悲痛的"我们"。从这里开始的"对位"一下子拓展了诗的空间，呈现了诗的主题，使两种头发即两种命运相映衬，读来令人心碎。策兰就这样通过赋格的对位手法，不仅艺术地再现了犹太人的悲惨命运，对纳粹的邪恶本质进行了控诉和暴露，而且将上帝也无法回答的种族问题提到了上帝面前，因而具有了更深刻悲怆的震撼力。诗的最后，又回到了赋格艺术的对位性呈示：

你的金色头发玛格丽特

你的灰色头发苏拉米斯

在诗中交替贯穿出现的，到最后并行呈现在我们眼前。这个结尾颇出人意料，但它又是全诗逻辑的结果，是"赋格艺术"的一个产物。这种金色头发与灰色头发的相互映照，使人似乎感到了某种"共存"甚或"重归言好"的可能，但也将这两者的界线和对峙更尖锐地呈现了出来。这种并置句法，正如有人用一种悖论的方式所表述的，是"一个不调和的和弦"。它的艺术表现到了极限。

所以说诗的最后将上帝也无法回答的问题提到了上帝面前。

◇ 基弗油画：《你的灰色头发苏拉米斯》

但全诗最后的重心却落在了"你的灰色头发苏拉米斯"这一句上。大家如有机会听听策兰这首诗的录音，可以发现他在读这最后一句时，在"苏拉米"后稍微停顿了一下，最后以一个若有若无的"斯"，意犹未尽地结束了全诗。苏拉米斯，带着一头灰烬色头发的苏拉米斯，从此象征着不可被德国的死亡大师抹掉的一切，在沉默中永远显现在人们面前。

这个结尾的确很特别，现在来看，它也是人类诗歌史上绝无仅有的一个诗的结尾。意大利思想家阿甘本在《诗歌的结尾》一文中曾引用瓦雷里的一句话："诗，是一种延长的犹豫，在声音与意义之间。"策兰的这个"悬而未决"的结尾，使"死亡赋格"的写作远远超出了它自身。这就是说，它将在每个读到它的人那里留下深长的回音。

这就是《死亡赋格》这首诗。纵然这首诗在后来成为诗人的一个标签，策兰本人甚至拒绝一些选家把它收入各类诗选中，但这并不影响它的重要性。可以说它是一首"时代之诗"，在历史上能成为"时代之诗"的诗并不是很多，《荒原》是一首，《死亡赋格》也算一首，虽然它的篇幅并不太长。无论谈论策兰本人还是谈论战后欧洲诗歌和艺术，人们都不可能绕过它。诗中对纳粹邪恶本质的强力控诉，它那经历了至深苦难的人才有的在神面前的悲苦无告，它那强烈、悲怆而持久的艺术力量，至今仍感动着无数读者。的确，正如有人所说，它是"20 世纪最不可磨灭的一首诗"。

《死亡赋格》问世后之所以产生如此广泛的影响，显然和它的历史背景分不开。无需多说，在这首诗的背后，有一个成千上万的死亡亡灵所构成的"悲剧合唱队"。这使这首诗一下子便获得了远远超出它自身的力量。

在这首诗的背后，有一个成千上万的死亡亡灵所构成的"悲剧合唱队"。这使这首诗一下子便获得了远远超出它自身的力量。

此外，这首诗之所以受到关注，和二战后西方的思想处境也深刻相关。1949 年，哲学家阿多诺在《文化批判与社会》结尾处这样写道："奥斯威辛后仍然写诗是野蛮的，也是不可能的。"无论这个断言引起了怎样的争议，它都提出了一个重要问题，不仅提出了战后西方诗歌、艺术的可能性问题，更重要的，是第一次把"奥斯威辛"作为一个西方心灵无法逾越的重大"障碍"提了出来。

请大家注意"障碍"这个词。因为二战之后，大概有十多年人们并没有怎么重视"奥斯威辛"。"奥斯威辛"被重新审视，主要靠像阿多诺这样的知识分子。因为在"奥斯威辛"，不仅大规模的屠杀令人难以置信，其技术手段的"先进"程度和工业化管理程度都在人类历史上前所未有。问题就在这里。种族大屠杀在人类历史上经常发生，在非洲十多年前还在发生，但为什么没有构成重大事件，而"奥斯威辛"却成了事件？因为"奥斯威辛"不是"野蛮人"干的，而是一个文明高度发达的民族干的。一个产生过巴赫、歌德、贝多芬的文明高度发达的民族竟干出如此疯狂野蛮的事，这就远远超出了人类理性所能解答的范围。它成为现代人类历史上最残酷、黑暗的一个谜。它动摇了西方文明的基础。面对这场不仅是"历史学"上的，更是"存在论"意义上的灾难，法国哲学家利奥塔就曾这样问："如果一场地震摧毁了一切测量工具，我们又如何测量它的震级？"

正因为如此，"奥斯威辛"成为一个具有划时代象征意义的事件。经由人们从历史、哲学、神学、政治、伦理和美学等方面所作出的重新审视和追问，它不仅成为大屠杀和种族灭绝的象征，它还伴随着人们对一切集权主义，对专制程序，对现代社会的异化形式，对工业文明和种族、信仰问题的思索和批判。正是伴随着这种绝对意义上的追问，"奥斯威辛"照亮了人们长久以来所盲目忍受的一切。德国著名学者瓦尔特·延斯就曾这样耐人寻味地说："在还没有奥斯威辛时，卡夫卡便已经在奥斯威辛中了。"

在我看来，战后对西方文化的审视和批判最为深刻彻底的，是德国犹太裔哲学家阿多诺（1903—1969）。1933年，阿多诺因犹太裔身份被剥夺了大学里的教职，1934年起便流亡英美。他后来的哲学思想都与这种经历有关。对阿多诺这样的思想家来说，"奥斯威辛"之恐怖，不仅在于大规模屠杀的野蛮，还在于在这个过程中所表现出来的"理性"和文化的可怕变异。他正是从"文化与野蛮的辩证法"这个角度看问题的，在他看来，西方文化传统虽然有人性化的一面，但它对主客体关系的设置，它"隔离自然以界定自身"的倾向，它那种带有排他性质的"同一性"倾向，等等，都有可能使它"退回野蛮"，甚或成为大屠杀的同谋。对此，阿多诺曾举过一些例证，如希特勒对贝多芬、瓦格纳音乐的利用，等等。这里我还想说，荷尔德林的抒情诗当年也曾伴随过这种"野蛮"的行进声！我参观过荷尔德林家乡的小博物馆，荷尔德林诗集的展品下就注明该诗集在二战期间被印了 10 万册送到前线，以鼓舞德国士兵的"爱国主义热情"！这里再讲一个例证，德国境内的布痕瓦尔德集中营离歌德当年在魏玛亲自设计的公园很近，公园边上有一个"歌德小木屋"，小木屋旁边有一棵树，歌德就曾在那棵树下同艾克曼谈论艺术。据说当年集中营的刽子手经常去瞻仰歌德的小木屋，杀了人后，还在那里朗诵歌德的诗篇！德国人，有的是文化啊。

这说明了什么？这就是"文化与野蛮的辩证法"！写诗是文明的，但也可能是"野蛮的"，或者说，它会转变、催生出野蛮。因此，"奥斯威辛"之后写什么诗？或，怎样写诗？阿多诺并没有说"奥斯威辛"之后就不能写诗。"奥斯威辛"之后写诗的前提应是彻底的清算和批判——不仅是对凶手，还是对文化和艺术自身的重新审视和批判！——这就是我对阿多诺的理解。

我想，这也就是策兰的《死亡赋格》、策兰的诗歌之所以深刻影响了战后西德文学和艺术的背景。可以说，在二战之后，在"奥斯威辛"之后，德国文化彻底破产了，如果它要重新开始，它也不得不在一种自我哀悼和清算中重新开始。

这里，我想首先谈一下德国艺术家约瑟夫·波依斯（1921—1986）。作为德国战后一位开创艺术新模式、引起广泛反响和争议的艺术家，波依斯的作品中显然也包含了对大屠杀的哀悼、通过对创伤的救治走出罪恶的过去的艰苦努力。波依斯是当过兵的，同他那一代许多曾服役的艺术家、作家、诗人一样，他承认在战争结束时当他首次意识到种族灭绝的程度时，他被震撼了，并说这种震撼"是我的主要经验，我的基本经验，它引导我开始真正进入艺术"。他虽然避免被贴上肤浅的"奥斯威辛艺术"的标签，但他的很多作品都包含了对大屠杀的"隐秘的叙述"。虽然他感到无力到达灾难的无法复原的中心，但他要尽力通过艺术"发展创造性力量"，以"克服奥斯威辛"。他曾有一个"哀悼项目"，包含了《痛苦之室》、《奥斯威辛展示窗》等作品。他作于 1985 年现存于蓬皮杜中心的《誓约》是这样一件作品：两间幽闭、寂静的房间，沿墙堆满柱状毛毡，从地板一直堆到天花板上，在房间中，一支温度计和一个空白的小黑板放在一架紧闭的钢琴上。怎样来读解这个作品？波依斯爱用毛毡这种材料，首先就很容易使人把它与"奥斯威辛"联系起来。奥斯威辛 2 号集中营解放时曾被拍下一幅照片：7 吨受难者的头发被装在柱状布袋中，共有 293 个，准备运往工厂加工成毛毡，制成毛毯和毛袜，以供德国士兵使用。批评家这样解读《誓约》："在毛毡柱的无休止的凝视之下，在暗示火葬场的温度计的重压之下，钢琴的沉默宣告：人类传统的艺术，即使是最抽象的音乐，也无法表达出对这场灾难的哀悼和纪念。"它表达出"誓约"与"无能哀悼"之间的难题。这种"无能哀悼"（inability to mourn），也可以说正是对阿多诺的一个回应。

而安塞姆·基弗（1945—   ），为波依斯之后原西德最重要的艺术家。他曾是波依斯的学生，后来人们经常把他与波依斯相提并论。基弗生于德国战败那一年，他本来想成为一个诗人，他曾这样写道："一个人总想成为另一个。我想成为一个诗人，不用别的只用一支笔，但那样也不行。"后来他选择了艺术的方式，成为一位如人们所说的"成长于第三帝国的废墟中的画界诗人"。我在德国许多艺术馆里都看到过他的作品，他的作品宏大、深邃，往往把抽象与具象、幻觉与物质性、历史神话与诗歌文本交织在一起，具有强烈的震撼力和丰富深刻的内涵。人们称之为"新象征主义"或"新表现主义"。在材料媒介上，他像波依斯那样，通过多种媒介形式，甚至是人们往往想不到的材料来表现主题——在这一点上，我想他也受到策兰诗歌的启发，策兰后期往往运用一种灰烬、残骸、无机物的语言，即他自己所说的"奥斯威辛"之后"可吟唱的

他的作品宏大、深邃，往往把抽象与具象、幻觉与物质性、历史神话与诗歌文本交织在一起，具有强烈的震撼力和丰富深刻的内涵。

残余"。基弗常用的材料包括油彩、泥土、铅、石头、灰烬、废品、残骸、模型、照片、版画、头发、树枝、沙子、钢筋、稻草、胶，等等。他将这些材料纳入巨幅的绘画场景中，构成了画面特有的肌理。人们说基弗还发明了一种介于绘画和雕塑之间的第三空间，如《神圣脉管的破裂》，在描绘有"神圣脉管"的绘画下方的地板上，堆放着一堆因脉管破裂而泄露出来的砖石瓦砾。《黑色花冠》在田野风景画的下面则摆放着铁椅，上面则堆放着一蓬黑色树枝。这是绘画和雕塑相结合产生的东西。这样的艺术语言，不消说，给人以强烈的刺激和视觉冲击力。

作为战后成长起来的、背负着巨大历史负担、深怀负罪感的艺术家，基弗被人称为"德国罪行的考古学家"，而他也立志成为这样的艺术家。德国哲学家雅斯贝尔斯早在 1947 年就曾指出罪行可划分为刑事罪、政治罪、道德罪和形而上学罪。基弗认为他自己"至少在理论用语上，是罪犯中的一个"。他从事艺术一开始就体现出勇于面对历史的姿态，比如他到处模仿过去时代的人们行纳粹礼，这在当时的西德是违法的。他这样做，也引起了很多非议，在我看来，他这样做就是为了揭德国的伤疤，就是为了在自身中发掘历史的罪孽。他声称"我的自传就是德国的自传"，他这样解说他的"行为艺术"："在照片中，我希望对自己提问：我是不是法西斯？这是个非常严重的问

他这样做就是为了揭德国的伤疤，就是为了在自身中发掘历史的罪孽。

题。我们不可能立刻给出答案，否则就太容易了。权力、竞争意识、高人一等的感觉？这些是我或者其他任何人都有的人性中的一个方面。"在他的创作中，他将第三帝国的历史视为"世界的基本视野"。他曾在砖厂的洞穴里工作，他画面上那些布满烟灰的衣服和物品都与"奥斯威辛"有了联系，他这样说："但那不是砖厂的产品，而是我们关于历史的知识。这种形式的经历和知识非常简单地定义了我们对事情的观点。我们看见铁路沿着某个地方延伸，便想起奥斯威辛。这在未来相当长一段时间都是如此。"

基弗的艺术当然不那么简单。他的哀悼和反讽，他对历史的重新审视，他对德国民族文化记忆、集体无意识的发掘，他对于曾支配了德国人的一系列圣像和神话的消解，都富有深度和震撼力，而且有一种如策兰所说的"不加掩饰的歧义性"（undissembled ambiguity），就看人们怎样去读解。

基弗经常被人谈论的，是他与策兰诗歌的关系。基弗深受策兰诗歌的刺激、启迪，许多作品都直接或间接与策兰有关。他的一些作品和展览都是献给策兰和巴赫曼这两位诗人的。正如安德烈娅·劳德文在《基弗与策兰：神话、哀悼与记忆》这部专著中所指出的："诗人的幽灵般的存在一直伴随和引导着画家的演变，并体现在他最主要的主题中。"基弗作于 1981 年的《你的金色头发玛格丽特》就直接取自策兰的《死亡赋格》，它不单单是一幅画，它是一个系列。同样，他也画有《你的灰色头发苏拉米斯》系列。《你的金色头发玛格丽特》的背景是田野，田野对于德国的文化太重要了，因为那不仅是德国人生存的基础，也是产生过浪漫主义文化传统的土地。德国传统的田野风景画也一直被视为"德国灵魂的自我画像"。基弗就是在这样的背景上用一束粘在画布上的麦秆来象征玛格丽特的金色头发，画面上重笔勾勒的人形则像是拱形麦秆投出的阴影，或像有人所说的，是"火刑柱"。"金色头发"的后面那一道道深重的黑色犁沟，也显现出历史的反复耕种和蹂躏，它让人联想到策兰的长诗《紧缩》中的诗句"青草，青草，被分开书写"。这样，玛格丽特成为一个随风飘逝、带着自身阴影的稻草人，她同样被死亡大师所收割。可以说这是一曲带有反讽意味的德国浪漫主义文化理想的哀歌。就看你怎么读解了。基弗是一个德国人，他反省历史的角度肯定跟策兰的不一样。他的《你的金色头发玛格丽特》系列，还有《大师歌手》等作品，都体现了他对德国的文化记忆、对被纳粹意识形态利用了的德国的文化神话进行重新审视和拷问的意图。它们由策兰的诗所激发，但它们获得了自身的意味和力量。在他同期创作的《你的灰色头发苏拉米斯》系列中，苏拉米斯总是披着一头深重的灰烬色长发出现，人们看到的就是这样的头发，甚至看不到她的面庞。这也很耐人寻味。总之，这就是基弗从策兰那里取来的"对位法"，她们作为"双重人格"，作为"记忆的姐妹"，作为"头脑中的战争"，引领人们追随那痛苦的、谜一样的历史记忆。

2005 年，基弗在萨尔茨堡举办了"献给保罗·策兰"艺术展，其中包括油画、雕塑、装置等形式的作品。《黑色雪片》等油画大多以冬天的田野为背景，散发出一种"绝对的寒意"，还有一幅画以策兰《黑色雪片》中的诗句"雅可布神圣的血，被斧头祝佑"为题，表现了基弗后期对犹太文化渊源的深入；《白杨树——给保罗·策兰》、《乌克兰——给保罗·策兰》等作品，则直接表达了对大屠杀受难者的哀悼。策兰的父母均死于乌克兰境内的纳粹集中营，《白杨树》是策兰早年为悼念母亲而写下的一首诗，"圆星，你环绕着金色的飘带/我母亲的心脏被铅弹撕裂"，"橡木门，是谁把你从门框中卸下？/我温柔的母亲不能归来"。因为策兰，基弗还十分关注奥地利女诗人、策兰早期的情人巴赫曼以及俄国犹太裔诗人曼德尔施塔姆。巴赫曼的《延期付款的时间》（"到期必须偿还延期付款的/时间已出现在地平线上"），成为战后时代良知的表达，基弗的作品也一直在表现着这种"欠债感"。基弗的《献给曼德尔施塔姆》，在艺术上也受到策兰诗的启迪，他只画了几束枯萎的向日葵，在灰烬笼罩一切的画面上，则布满黑色的向日葵籽，它使人联想起策兰翻译的曼德尔施塔姆的诗句"黑色太阳群"（策兰把曼德尔施塔姆的"黑色太阳"变成了复数），还有策兰自己的诗"星繁殖它们自己"。这些黑色的星星点点的向日葵籽，像星星一样在灾难中孕育着自己。说到向日葵，我记得多年前在柏林的汉堡火车站艺术馆看到过基弗画的毛泽东挥手指方向的画像，画面上也是大片枯萎的向日葵田，被笼罩在灰烬般的色调中。我想这里面的含义我们这一代经历过"文革"的中国人都可以读解。那种深度的幻灭感、哀悼感和历史反讽一直让我不能忘怀，不过今年3月我重访那个艺术馆，却找不到这幅画了。基弗说他读过很多关于毛泽东的书，他在2000年还创作有一幅反讽性的《一千朵花盛开》，就直接取自"百花齐放"。你们看看，难道说这位德国人的艺术就和我们无关吗？

现在我们来看基弗作于1989年的《罂粟与记忆》，它直接取自策兰1952年出版的诗集《罂粟与记忆》。为什么是罂粟呢？因为从罂粟这种"有毒的花"中可以提炼鸦片，而鸦片是一种有忘却、麻醉、镇痛作用的物质。犹太人也想忘却历史，因为他们要活下来，不被"奥斯威辛"可怕的幽灵所纠缠。所以罂粟是策兰诗中很重要的意象，它与记忆构成了一种对位关系。基弗以"罂粟与记忆"命

基弗以"罂粟与记忆"命名他的作品，也正好显示了德国人那种既想忘却又要去追忆的矛盾困境。

名他的作品，也正好显示了德国人那种既想忘却又要去追忆的矛盾困境。基弗的这件雕塑作品主要由一架铅制的飞机构成，干枯的罂粟花茎夹在机翼上的铅书堆中，或是从飞机内伸出。铅也构成了这部作品的重要元素。因为它带着"奥斯威辛"那种死亡的灰烬色，它本身就被赋予了意义（请想想策兰《白杨树》中的那句诗："我母亲的心脏被铅弹撕裂"！）。因此，铅制的飞机，可以说就是"思想的物质"。基弗同波依斯一样，非常有创意、勇气和魄力，他直接就把这架铅制的飞机摆在博物馆里，用它把我们带到"历史的现场"。这架铅制飞机当然不能动，但看到它，"我们不再沉睡，因为我们躺在悲哀的有发条和齿轮的机械上"。

不过，同一架铅制飞机在后一次展出时，被基弗命名为《历史的天使》。"历史的天使"（the angel of history）是本雅明在其《历史哲学论纲》中的一个著名隐喻，策兰也曾经留意过这个形象："他的脸朝向过去。他愿意逗留，唤醒死者，使破碎的完整。但是从天国里来的风暴吹着，它的巨力鼓动着他的翅膀以使天使不能收拢。这风暴不可抗拒地把他

◆基弗作品：《罂粟与记忆》

推进他背对着的未来。这风暴即是我们所说的'进步'。"

　　我想，这就体现了基弗不断深化的思想："帝国的绝密事业"并没有过去，它也并不仅仅体现在对犹太人的强制运送、安置、消灭这一套程序之中。极权主义机制仍存在于现代工业文明社会中，种族意识形态仍在支配着很多的人。"绝对的同一性"体现在"奥斯威辛"中，也会体现在它的变体中。在文明"进步"的神话中，人们与"奥斯威辛"中数百万穿条纹囚衣的囚犯一样，也会被作为数字抹杀掉。在基弗后来的一些作品中，他的确更注重把"奥斯威辛"与文化现实联系起来，因为他意识到"奥斯威辛以另一种形式存在"，不再是把人扔进焚尸炉，而是"被经济的当代形式所毁灭，这种形式从内里把人们掏空，使他们成为消费的奴隶"。

　　的确，程序的编码或样式会变，但程序仍在。几年前我曾写过一首《田园诗》，那时我在北京乡下开车，我一下子开到一辆运羊车的后面，看到那些将被送到屠宰场的羊在上面看着我，我不由得降慢了车速，在那一瞬间感到无限的悲哀。有人说这首诗表现的是对动物的同情，其实我们有什么资格来对动物表示同情呢？其实我们都一样，都处在那个掌控生命的"程序"之中。我们早就被那个程序编进去了。2002 年诺贝尔文学奖获得者、犹太裔作家凯尔泰斯（他也是策兰《死亡赋格》的匈牙利文译者）就曾这样说过:"一个作家无须选择大屠杀作为直接题材,我们也可以听出几十年来深深伤害了现代欧洲艺术的声音。我要进一步说,我不知道,有哪一部真正的艺术作品没有折射出这一断裂。""大屠杀这个复杂的问题,我从来没有仅仅视为德国人与犹太人之间不可调和的冲突。我从来就不相信,这是犹太人在逻辑上衔接其历史考验和先民苦难的最后一幕。我从来没有把它看作一次性的越轨行为。"他甚至这样说他的作品:"它的主题是关于奥斯威辛的胜利;奥斯威辛的胜利是这部'小说的精华',而这个世界也与这部小说相仿,其精华也是关于奥斯威辛的胜利。"

我们看看策兰、基弗、凯尔泰斯这样的诗人和艺术家,他们的作品不仅揭示了"清算大屠杀并哀悼其死难者是一个漫长的过程,它将历经数代人,到达不同的层面"(雅斯贝尔斯语),而且对我们今天的艺术、对我们今天的"诗与思"都极富启示和"现实意义"。我们也经历过"文革",我们今天也被飓风推进到我们"背对着"的不可知的未来,我们也仍处在某个"程序"之中,那么,现在,该是问问我们自己的时候了。

2011.11.15

创伤之展翅

1959 年，策兰买了哲学家阿多诺头年出版的《文学笔记》，并在其中的《海涅之创伤》（*Heine the Wound*）中画满了标记。在这篇随笔中，阿多诺满怀沉痛地叙述了海涅作为一个犹太诗人在德国遭到排斥的屈辱命运，并在最后这样说："海涅的创伤只有在一个达成和解的社会里才有可能治愈。"

这有可能吗？似乎策兰愈到后来愈不相信这一点。海涅的命运也就是他的命运，"海涅之创伤"就内在于他的身体。策兰的伟大就在于他忠实于他的创伤，挖掘他的创伤，并最终以他的创伤飞翔——正如他在《带着来自塔露萨的书》等诗篇中所展现的那样。

　　1962 年 9 月，策兰在巴黎收到一本《塔露萨作品集》，塔露萨是莫斯科以南一个作家、艺术家们经常去聚会的河边小城，该作品集里收有茨维塔耶娃的 41 首诗。在这之前，策兰曾翻译过曼德尔施塔姆的诗，而茨维塔耶娃，对他来说不啻是又一个来自"同一星座"的诗人。他甚至感到茨维塔耶娃更具有挑战性，因为她的诗更难翻译。正是这种激发，他很快写出了这首 80 行的长诗（策兰的后期诗大都为结晶式的短诗）。它不仅是一次令人惊异的诗歌迸发，在今天看来，它对我们还具有诸多启示性意义。

　　策兰之所以写出这首诗并展开他的创伤之翼，当然和他的全部生活有关系。1960 年前后，诗人伊凡·哥尔的遗孀克莱尔对策兰的"剽窃"指控达到一个高潮，纵然巴赫曼、恩岑斯贝尔格、瓦尔特·延斯、彼特·斯丛迪等著名诗人和批评家都曾为他作了有力的辩护，德国语言和文学学院、奥地利笔会都一致反驳这种指控，但是伤害业已造成。策兰感到自己不仅成了被诋毁的对象，甚至也成了战后德国死灰复燃的新反犹浪潮的牺牲品（策兰这样认为并非出自多疑，克莱尔在其"公开信"中就称策兰当年到巴黎后怎样给他们讲其父母被杀害的"悲惨传奇"，好像对犹太人的大屠杀是被编造出来的"传奇"似的！）。在承受伤害的同时，策兰的反应也变得日趋极端了。"人们徒劳地谈论正义，直到巨大的战列舰将一个淹死者的额头撞碎为止"，这是他在《逆光》中的一句话。作为大屠杀的幸存者，他早就对"正义"不抱什么指望。他感到的是德国人无力面对历史。他不仅要面对自己受到的伤害，还不得不替"奥斯威辛"的死者再死一次。

正是这种经历深化了策兰后期的创作，也促使他不得不调整他与德语诗歌的关系。在读到茨维塔耶娃之前，他在一封信中就曾这样落款："列夫之子保罗/俄国诗人，在德国的异教徒/终究不过是一个犹太人"。这样一个看上去甚是奇怪的落款，是策兰对自身处境的一种反射。他不仅要更多地转向他对自身希伯来精神基因的发掘，还要转向"他者"（相对于德语诗歌而言），因此，不难理解他为什么要把一本"来自塔露萨的书"带在身上，因为正如费尔斯蒂纳在其所作策兰传中所说，他从中发现了一个朝向东方的、家乡的、反日耳曼的家园。

就在诗的前面，策兰直接引用了茨维塔耶娃的一句诗"所有诗人都是犹太人"。它出自茨维塔耶娃的《末日之诗》，完整的原诗为："在这基督教教化之地/诗人——都是犹太人！"它指向排犹的历史语境（茨维塔耶娃本人不是犹太人，但她的丈夫是）。就是这句诗，成为策兰与茨维塔耶娃的接通"暗号"。他不仅要以一首诗来回应，他的"海涅之创伤"也可以"展翅"了。

现在我们来看《带着来自塔露萨的书》的第一节：

就是这句诗，成为策兰与茨维塔耶娃的接通"暗号"。他不仅要以一首诗来回应，他的"海涅之创伤"也可以"展翅"了。

来自

大犬星座，来自

其中那颗明亮的星，和那

低矮的光晶，它也一起

映射在朝向大地的道路上，

　　该诗的句法很特别，全诗 11 节除了最后一节，诗前都由 "Von"（表示从什么地方来或从什么时间开始）引起，应译为 "来自"，一些英译本也是这样译的，但译完全诗之后，我意识到其实也可以把它译解为 "向着"。因为在策兰那里，诗的来源往往也是其返向之地。可以说，这正是一首 "来自他者" 并 "朝向他者" 之诗。

　　策兰的许多诗都是这样，例如 1958 年创作的重要长诗《紧缩》（在德文中，它也指赋格音乐的 "密接和应"，该诗被视为《死亡赋格》的续篇），以 "准确无误的路线"，通向在 "最后解决" 中被带走的人们的 "痕迹"。该诗由九部分组成，到了结尾，诗又回到了其开始："青草，/青草，/被分开书写"。这种诗的重复正好对应于 "命运的循环"。因此费尔斯蒂纳说这首诗同时是 "一次来自和朝向地狱般的过去的受难之旅"。

　　正是置身于这种 "来自" 和 "朝向" 的双向运动，《带着来自塔露萨的书》成为一次伟大的行旅和痛苦的超越。诗一开始就朝向了远方的大犬星座。我们知道，大犬星座为各民族都很迷信的星座，古埃及人曾根据其方位建造金字塔。诗中"明亮的星"及"低矮的光晶"指其座内的天狼星和白矮星。这是一个永恒、神秘的世界。它们呈现，交错生辉，它们"映射在朝向大地的道路上"。它再次前来寻找它的诗人。

这样一个开始，气象宏伟、神秘、富有感召力。明亮的大犬星座高悬于前方，那是命运的定位，是对"天赋"的昭示，也是一个诗人对自身起源的辨认和回归。作为一个拥有更古老的精神基因的犹太诗人，在策兰那里，一直有着一种天文学与个人命运的隐秘对应，比如，因为出生于1920年11月23日，他有着"坚硬的十一月之星"的诗句；在他诗中还多次出现了"弓箭手"的隐喻，因为按照某种星象学，11月23日生人属于射手座，"子夜的射手，在早晨／穿过叛逆和腐烂的骨髓／追逐着十二颂歌"（《可以看见》），等等。

而诗一开始的这命运之星，也正和策兰自己的家园神话及记忆联系在一起，所以他会那么动情。策兰来自东欧，他的家乡切诺维茨（Czernowitz）原属奥匈帝国，后属罗马尼亚，战后划归苏联乌克兰共和国，并改名为切尔诺夫策。历史的浩劫，不仅使世代生活在那里的犹太人所剩无几，也完全从地图上抹去了其存在，它真正变成了鬼魂之乡、乌有之乡。这就是为什么策兰在接受毕希纳奖发表题为《子午线》演讲时，会这样抑制着内心战栗讲到他的"童年的地图"："我寻找这一切，以我不精确的、有些神经质的手指在地图上摸索——我得承认，那是一幅童年用的地图。"

这也就是为什么诗接下来会出现"未安葬的词语"这样的诗句。这"未安葬的词语"也就是他自己幸存的孤魂，他要以它开始寻找，他要跟随它漫游于返乡之途——那是"墓碑和摇篮的禁地"，是亲人和祖先的深渊，是"乌有之乡和非时间"。这些诗的隐喻意义我们不难体会到，不过我们还应看到，这不仅是一般意义的还乡，这还体现了策兰作为一个诗人要从德语版图中偏离以重建自己的精神谱系的艰巨努力。对此，著名作家 J. M. 库切在其关于策兰的文章《在丧失之中》①中就曾指出：

① J. M. Goetzee, "In the Midst of Losses", *The New York Review of Books*, volume 48, Number 11, July 5, 2001.

如果说有一个主题占据着费尔斯蒂纳的策兰传记的主导地位，那就是策兰从一个命中注定是犹太人的德语诗人，变成了一个命中注定要用德语写作的犹太诗人；他已从与里尔克和海德格尔的亲缘关系中成熟长大，而在卡夫卡和曼德尔施塔姆那里找到他真正的精神先人。

卡夫卡和曼德尔施塔姆都是这种返乡途中的坐标，茨维塔耶娃也是。"每个名字都是那朝向终级名字的一步，正如打破的每一样东西都指向那不可打破者"，这是策兰在德国犹太宗教思想家马丁·布伯的书中曾记下的一句话。《带着来自塔露萨的书》所显示的，正是这种带有终极意义的"返乡"：

> 来自
>
> 一棵树，一棵。
>
> 是的，也来自它。来自围绕它的森林，来自
>
> 未步入的森林，来自
>
> 那长出思想的地方，作为语音
>
> 和半音、切换音和尾音，斯堪特人式的
>
> 混合诗韵
>
> 以太阳穴驱动的
>
> 节奏
>
> 以
>
> 呼吸过的被践踏的
>
> 草茎，写入
>
> 时间的心隙——写入国度
>
> 那个最辽阔的
>
> 国度，写入那

伟大的内韵

越出

无言民族的区域，进入你

语言的衡度，词的衡度，家园的

衡度—流亡。

从第四节开始，诗带我们进入一个诗的王国——一个流亡者的诗的王国：它首先指向一个诗歌世界的生成：它来自一棵树，也来自围绕它的森林。可以说，这就是策兰的"诗观"。策兰当然会首先强调这个"一棵"，因为它构成了诗的本体和内在起源。这是一棵使诗得以立足的树。像曼德尔施塔姆这样的诗人，在策兰看来，正是"围绕着个人独特的存在，以其永久的心跳向他自己的和世界的时日发出挑战"（策兰《曼德尔施塔姆诗歌译后记》[①]）。

还应注意的是，树和森林在这里并不仅仅是隐喻的工具。它们是它们自身，是"人类之外"的歌，是"奥斯威辛"之后"可吟唱的残余"（singbar rest / singable rest，这是策兰后期一首诗的题目）。这就是为什么在策兰后期诗中会大量出现地质学、矿物学、天文学、植物学、解剖学、昆虫学的冷僻语言。在"人类的"文学语言被污染、被耗尽的情形下，诗就从这些"未步入"的领域中"长出"。

而接下来的"斯堪特人式的"，可以说是策兰的又一

① Paul Celan，*Collected Prose*，translated by Rosemarie Waldrop，Carcanet Press，Manchester，2003.

个重要"暗号"。斯堪特人为古代移居在黑海以北、俄罗斯以南的游牧民族，所在区域包括策兰的出生地一带。这是一个不同语言文化相混杂的辽阔地带，因而斯堪特人的诗韵注定是一种"混合诗韵"，策兰自己那受到德、法、斯拉夫、犹太语言文化多种影响的诗也注定是一种"混合诗韵"。不仅如此，斯堪特人的地带又是一个饱受希特勒的第三帝国蹂躏的地带，因而那"被践踏的/草茎"接着也出现了。它是对《紧缩》一诗中"青草，/青草，/被分开书写"的再次呼应！

而策兰自己，正是要以这被死亡和暴力所践踏的草茎写诗，要使那些受害者、沉默者和牺牲者通过他的写作发出声音，"写入国度……写入那/伟大的内韵"。"内韵"（binnenreim）指诗行中间的押韵，但在这里它的含义更耐人寻味。这里的"写入"也可以理解为一种"被写入"。被谁写入？被命运，也被诗本身。在给勒内·夏尔的一封未发出的信中，策兰就曾这样对他的诗人朋友说："诗人，将不会忘记诗是一个人呼吸的东西；诗把你吸入（不过这呼吸，这韵律——它从何而来？）。"①

就这样，诗的节拍一浪浪涌来，到了"越出/无言民族的区域……"进入一个超越的时刻，全部的苦难都在准备着这种时刻。海德格尔一直在说写诗就是"去接受尺度"，而这就是策兰的"尺度"——它已不仅是"语言的

① Paul Celan, *Selections*, ed. by Pierre Joris, Berkeley, University of California Press, 2005.

衡度"了，它更是"家园的/衡度—流亡"——他最后强调的就是这个流亡："Heimat-waage Exil"。可以说，这就是他全部诗学的最后发音！

诗写到这一步，那久久压抑的内在冲动就出现了：

　　来自那座桥

　　来自界石，从它

　　他跳起并越过

　　生命，创伤之展翅

　　——从那

　　米拉波桥。

　　那里奥卡河不流淌了。怎样的

　　爱啊！（西里尔的字母，朋友们，我也曾

　　骑着它越过塞纳河，

　　越过莱茵河。）

米拉波桥为塞纳河上的一座桥，策兰所热爱的阿波里奈尔曾写过一首著名的《米拉波桥》（Pont Mirabeau）。策兰后来也正是从那座桥上投河自尽的。因而我把那桥栏石柱译为"界石"（原文为"quader"，方石），的确，那是生死之界，此世与彼世之界，"创伤之展翅"之所在！似乎走到这一步，策兰所一直忍受的创伤也变得要破茧而出了！

◇巴黎，米拉波桥（蓝蓝摄）

　　需要了解的，是这其中所暗含的"孵化"观念。策兰经常运用这类隐喻。在他那里，连"壳质/太阳群"也是孵化的（见《孵化的》一诗）。靠什么来"孵化"？靠"海涅—策兰之创伤"！在策兰那里，几乎所有的诗都得自痛苦的激发，创伤的养育。可以说，正是"创伤的孵化"与"语言的炼金术"相互作用，成就了策兰的诗歌世界。正因为这样的创伤，那决定性的一跃——或展翅，或对极限的撞击，或诗之超越，被赋予了最真实感人的依据。

　　而紧接着这一切的，是一种诗的挪移和并置："那里奥卡河不流淌了"，好像在米拉波桥下流淌的已不是塞纳河，而是茨维塔耶娃的奥卡河了（奥卡河为伏尔加河的一条支流，处于古代斯堪特人活动区域的最北端，塔露萨城即坐落在其河边）。这真是感人至深。这也告诉了我们，这种"创伤之展翅"不一定意味着弃绝，相反，却是对生命更高的认可！这甚至使我想起了但丁《神曲》最后那至高的咏叹："移太阳而动群星，是爱也。"

是的，正是爱，那满怀伤痛的爱，使奥卡河来到了米拉波桥下，并变得不流淌了。"怎样的爱啊"！诗自身也发出了这样的感叹。原诗中，这句引语为法文，出自阿波里奈尔的《米拉波桥》（该诗中译见闻家驷的译文，它堪称译诗之典范）。这里我还感到，在这样的一刻，策兰在这里插入了法文原诗，这可视为他对一直养育他的法语诗歌的一种回报，也是对他的忠诚的、他自感到"欠她很多"的法国妻子吉瑟勒的一种回报。这一切，是"怎样的爱啊"！

而接下来，在这河流静止的一瞬，诗又开始飞翔了——是骑着"西里尔字母"飞翔！曾有人因策兰的诗而联想到夏加尔的油画，的确，他们都是那种可以摆脱地心引力的人！"西里尔字母"为从希腊文演变出的几种古斯拉夫语言使用的字母。策兰受到这种语言的养育，他也曾把叶赛宁、勃洛克、曼德尔施塔姆的作品译成德语，使它们越过塞纳河、越过莱茵河。如果说德语使他痛苦（因为那虽然是他的母语，但它却同时又是杀害他母亲的凶手的语言），法语使他温柔（他的儿子小时候说出的第一个法文词即是"花"），罗马尼亚语带着一种乡愁味，希伯来语为他透出神圣的光，而曼德尔施塔姆和茨维塔耶娃的俄语

是的，正是爱，那满怀伤痛的爱，使奥卡河来到了米拉波桥下，并变得不流淌了。

则带着他飞翔，飞向那"乌有之乡和非时间"！

> 来自一封信，来自它。
>
> 来自一封信，东方来信。来自坚硬的，
>
> 细微的词丛，来自
>
> 这未装备的眼，它传送至
>
> 那三颗
>
> 猎户座腰带之星——雅各的
>
> 手杖，你
>
> 再次行走了起来！——
>
> 行走在
>
> 展开的天体海图上。

信，东方来信！也许是来自曼德尔施塔姆遗孀（她曾与策兰有通信联系），也许是来自其他俄国友人。但从更"确切"的意义上，是来自策兰曾从曼德尔施塔姆那里取来的"瓶中信"："它可能在某时某地被冲上陆地，也许是心灵的陆地。"（策兰不莱梅文学奖获奖致辞）而收信者，就是"分享这秘密的人"！因而星空再次展现，这次是明亮、威武、腰带上佩着闪闪明星的猎户星座了，而雅各的手杖——犹太民族神话中那爱和神迹的象征，也再次叩响，并行走在展开的天体海图上！

我想，这也是策兰不同于其他西方诗人的独异之处：他要穿过"后奥斯威辛"、后工业时代巨大的"泄洪闸"，"为了把盐河里的那个词/捞回，救出"（《泄洪闸》）。他要让神灵的力量重新运行在他的想象力和语言之中，"神说：'天下的水要聚在一处，使旱地露出来'。事就这样成了"（《旧约·创世记》）。策兰的诗，也就这样成了。

然而，这其间仍有一种限定，就在想象力展开、诗的宇宙因之而无限扩展之时，诗又落到了一个"实处"，它落到一件具体确凿的事物上："来自桌子，让这一切发生的桌子"。

这句诗单独自成一节，让我们不能轻易放过。显然，这不是一张一般的桌子。这是一张"诗人之桌"。它承担了"诗的见证"。它让这一切发生。这是一个只能从语言中产生的世界。

这是策兰的桌子，也是茨维塔耶娃的桌子。在茨维塔耶娃的诗中就不断出现桌子，她说她写不出诗的时候就咬桌子，结果是"桌子被爱了"，一首带着牙印的诗产生了！在后期，她还专门写过一组诗《书桌》（《茨维塔耶娃文集·诗歌卷》，汪剑钊主编，东方出版社），感激那遍布伤痕而又无比忠实的书桌，她一次次逃避而又不得不回来面对的书桌。她赞颂它"秘密的高度"，称它为苦行僧的宝座、旷野！

因为策兰这句诗，我还想起了恩岑斯贝尔格(1929—)1978 年创作的长篇叙事诗《蒂坦尼克号的覆灭》，诗的最后是："所有人都想得到拯救/也包括你"，但没有人"在救生艇里看见过/这两位先生，/没有人/再听见过他们的消息。/只有桌子，只有这张空桌子/始终在大西洋上飘荡"。恩岑斯贝尔格一直关注、赞赏策兰的创作，他是否也从策兰这首诗中受到无形的影响？

　　　　　来自一个词，词丛中的一个

　　　　　靠着它，桌子，

　　　　　成为了帆船板，从奥卡河

　　　　　从它的河水们。

　　　　　来自一个偏词，那

　　　　　船夫的嚓嚓回声，进入夏末的芦管

　　　　　他那灵敏的

　　　　　桨架之耳：

　　　　　Kolchis。

　　有了这张诗人之桌，有了茨维塔耶娃歌唱的奥卡河，也就有了那顺流而来的"帆船板"——诗让这一切发生！

但策兰独异于任何诗人的想象力和诗之思还是让我们为之惊异，比如这里的"偏词"（NebenWort），就像他所杜撰的"晚词"一样，就很耐人寻味。Neben（在旁边，附近的，紧靠着的）一旦和 Wort（词）组合在一起，不仅顿时将语言陌生化了，它也成为了策兰自己的一个"暗码"！

什么是"偏词"呢？策兰和茨维塔耶娃这样的诗人都使用过！布罗茨基在论述茨维塔耶娃时就曾这样说："她最终摆脱了俄国文学的主流终究是一件幸事。正如她所热爱的帕斯捷尔纳克所译的她热爱的里尔克的一首诗所写的，这颗星，有如'教区边沿上最后一所房舍'的窗户里透出的灯光，使教区居民观念中的教区范围大大地扩展了。"[1]策兰之于德语诗歌，也正如此。说到这里，"所有诗人都是犹太人"也就不难理解了，这到底是什么意思呢？策兰在这里给出了一个回答——"偏词"！

还有"桨架之耳"这样精彩绝伦的隐喻！"Dolle"本来是固定船桨的耳形座架，这里我们不能不佩服策兰那广博精细的知识以及他把它们转化为独到、新颖的诗歌隐喻的能力。当船夫的嚓嚓回声进入夏末的芦管，他收起了划动的双桨，以他那灵敏的"桨架之耳"屏息倾听——其实，这正是策兰所说的"换气"的一瞬（策兰在《子午线》中曾这样宣称："诗：也许可以意味着一种换气，一种我们呼吸的转换。谁知道，也许诗歌所走的路——艺术

① Joseph Brodsky，*Less Than One*，Farrar，Straus Giroux，1987.

之路——就是为了这种换气?")。那么，他听到什么呢？他听到的就是在诗最后出现的那个词：Kolchis!

一个词，一个神示的地名，一种神秘的回声！Kolchis，科尔喀斯，位于黑海之滨，这不是一般的地名，这是古希腊传说中的王国，忒萨利亚王子伊阿宋曾乘船到那里取金羊毛，途中历尽了艰辛。策兰早期诗曾引用过伊阿宋的神话。另外，Kolchis 这个地名和策兰所喜欢的、一再在他诗中出现的秋水仙花类（Kolchizin）的发音也很接近，"他那灵敏的/桨架之耳"一定从中听到了某种回音。这是一种什么回音呢？可以说，这就是当"神的灵运行在水面上"（《旧约·创世记》）时，在他那里产生的一个回声！而这，已不可解释了。

无独有偶，在策兰同年写出的献给曼德尔施塔姆的长诗《一切，和你我料想的》的最后，出现的也是一个地名：

> 一条河流，
> 你知道它的名字，河谷里
> 充满了日子，像这名字，
> 从你的手中，它溢出：
> Alba。

Alba，易北河的拉丁文拼法，在拉丁文里含有"白"

和东方"破晓"的含义。易北河贯穿捷克、德国，在汉堡入海。策兰的母亲一家早年在战乱中曾逃亡至易北河畔，那曾是她母亲的"三年之土地"，现在，则成了他自己与曼德尔施塔姆相会的东方破晓之地！

这就是策兰的"创伤之展翅"，它创造了一个诗的世界。它把我们带向 Alba，带向 Kolchis，它们都曾在历史和语言中存在，但它们又是神话的、"形而上"的。它们被赋予了诗的含义。说到底，它们属于一个诗人的"在的地形学"，或用策兰自己的诗句来说，它们属于"未来的北方"（《在这未来的北方河流里》）。Alba 与 Kolchis，这就是策兰的诗歌"对位法"，这就是为他最终升起的"双子星座"！

这就是策兰这首诗。它告诉了我们什么叫"创伤之展翅"，同时，它也昭示着一条穿越语言和文化边界、穿越现实与神话的艰难而伟大之途。德里达曾称策兰创造了一种"移居的语言"，策兰的诗，在他看来就是"我们这个充满移居、流亡、放逐的移居时代痛苦的范例"①。他还属于德语文学吗？属于。他属于德国文学中的"世界文学"——那种歌德意义上的"世界文学"（Weltliteratue）。

正因为如此，策兰的诗不仅是对"奥斯威辛"的一种反响。它还属于我们这个充满各种冲突、充满文化分裂和

① Jacques Derrida, *Sovereignties in Question*, *The Poetics of Paul Celan*, ed. by Thomas Dutoit and Outi Pasanen, New York, Fordham University Press, 2005.

身份焦虑的时代。它指向了一种诗的未来。

　　1970 年 4 月 20 日夜，正如我们已知道的结局——米拉波桥。这一次策兰不是用笔，竟是用他痛苦的肉身飞翔了。

　　就在这令人震惊的消息传来后，巴赫曼随即在她的小说《玛丽娜》手稿中添加道："我的生命已经到了尽头，因为他已经在强迫运送的途中淹死，他是我的生命。我爱他胜过爱我自己的生命。"

　　这里的"强迫运送"，指的是对犹太人的"最后解决"。在巴赫曼看来，策兰的自杀是纳粹对犹太人大屠杀的继续。著名作家加缪也视策兰之死为"社会谋杀"。他们都完全有理由这样认为。这里还有令人惊讶的一点：4 月 20 日，这恰好是一个人的出生日，而这个人就是希特勒！

◇巴赫曼、策兰通信集《心的岁月》封面

　　的确，策兰的纵身一跃可视为一种终极的抗议，是"在现实的墙上和抗辩上打开一个缺口"（策兰《埃德加·热内与梦中之梦》）。在他之前，已有不止一个"奥斯威辛"的幸存者这样做了。

　　但策兰之死远远不止于这种社会学上的意义。读了《带着来自塔露萨的书》，更多地了解了他的创作，我们就知道：他可以那样"展翅"了，他的全部创作已达到了语言所能承受的极限，或者说，他的创伤已变得羽翼丰满。他结束了自己，但也在更忠实也更令人惊叹的程度上完成了自己。

卡夫卡曾在他的日记中这样说道："从某一点开始不再返回。这个点是可以达到的。"

策兰以他一生痛苦的摸索，达到了这个点，通向了这个点。作为一个诗人，他的伟大，正在于他以生命喂养他的创伤，他让它孵化成诗。他成全了他的创伤，而他的创伤也造就了他：它携带着他在人类的痛苦中永生。

2010.3

在一颗名叫哈姆莱特的星下

柏林，柏林

也许，世界上没有任何一座城市像柏林那样集中体现了 20 世纪人类动荡的历史了：希特勒上台，排犹狂潮，第二次世界大战，战后东西方冷战，直到 1989 年柏林墙倒塌……

因此，面对或想到这座城市时，人们总是会情不自禁地发出这样的感叹：柏林！柏林！

柏林，柏林，这一次我对你又了解了许多！而这一次使我最难忘的，便是对柏林犹太博物馆的访问。

不用多说，这个博物馆的建立是为了展示犹太人的历史文化和命运，尤其是犹太人在德国的生活历程以及纳粹德国迫害和屠杀犹太人的历史。该博物馆的设计尤其有名，在我来之前就听说，它那多边、曲折的锯齿造型"像是建筑形式的匕首"，在这犹太人的葬身、逃难之地，重新打开了黑暗的时光隧道。

的确，这个建筑物本身就是一个纪念碑。从地铁里出来，第一眼望去，它已引起了我周身的一阵战栗。

它的设计师是出生于波兰、后来移居以色列的犹太裔建筑师丹尼尔·里柏斯金。里柏斯金早年弹钢琴，后来其音乐天才转向了建筑设计。这座造型独异、耗时七年完工的博物馆，被公认为他的登峰造极之作。在 2001 年 9 月 9 日正式开馆以前，就有超过 35 万人前来参观。当然，人们来到这里，不仅是为了一睹这座解构主义建筑的杰作，更是为了它所再现的黑暗历史，或者说，为了偿还他们良心上的债。

据说，激发里柏斯金构思的，是"一个非理性的原型"：一系列三角形。这不仅是他亲自考察了柏林犹太人的生活遗迹、驱逐地点及逃亡路线后在地图上描绘、连接后得出的几何图形，这种图形，也恰好是纳粹时期强迫犹太人佩带的大卫之星剖开后的图形！

他的另一灵感，则来源于音乐家勋伯格未完成的三幕歌剧《摩西与亚伦》，这部无调性音乐作品创作于 1931—1932 年间，叙述犹太人在摩西率领下出走埃及的历程。由于希特勒上台，作曲家未能完成创作，致使该作品第三乐

人们来到这里，不仅是为了一睹这座解构主义建筑的杰作，更是为了它所再现的黑暗历史，或者说，为了偿还他们良心上的债。

章只是重复和长时间的停顿。而这种"未完成"和"空缺",则给里柏斯金带来了更深邃的启示。

我们再来看博物馆本身,它其实为原柏林博物馆的扩建。因此它分为两部分:黄颜色的晚期巴洛克风格的老馆与外墙以银灰色镀锌铁皮构成的多边、曲折、游离的新建筑体。从外面看,这两部分并未连接,进入旧馆后,参观者沿着斜入地下室的深长通道得以进入新建筑内。这种巧妙的通道相连设计,人们称为"潜意识下的连接",它隐喻着德国人和犹太人命运的深刻关联。因此,在博物馆外面,望着这并置的黄颜色与银灰色两部分,我不禁想起了策兰《死亡赋格》一诗最后的两句:

> 你的金色头发玛格丽特
> 你的灰色头发苏拉米斯

两种颜色的头发,象征着两个民族的命运。更有意味的是它们的"并置"和相互映照!

里柏斯金的设计受到过策兰诗的影响吗?肯定是。在新馆外面不规则的角落里,就设有一处"保罗·策兰庭院"。那横躺着的几根被劈削的黑色石柱,砖地上嵌着的不规则的破碎几何图案,也许,就是策兰的诗?就是一个苦难民族的心灵密码?

　　而里柏斯金的这座建筑，就是一曲建筑学意义上的"死亡赋格"！尽管它不是以对称而是以解构的方式进行。这组沿着一个方向折叠、游散的新建筑体，从整体上看，就是六角的大卫之星剖开、切割后再重组的表现。它要表达的，首先就是放逐和灭绝，是痉挛、抽搐的生命本身！进入其内部，人们处处感到的，也是一种"死亡的几何学"——一个尖锐而紧张的内在空间，那里几乎找不到任何水平和垂直的结构，带锐角的房间、倾斜的墙面、不规则开口、迷宫似的通道，并且，也没有一般意义上的窗户——所谓窗户，无非就是在密封的墙体上划出的一道道带棱角的透光斜缝！

所谓窗户，无非就是在密封的墙体上划出的一道道带棱角的透光斜缝！

　　而参观路线的设计也有点让人不知所措。参观的起点为旧馆地下室入口，沿着那段陡峭、昏暗的甬道一级级向下，给人的感觉像是"下地狱"，而在地下一层，参观者还将在分岔口作出选择：三条走廊通往不同的场所（人们说这也隐喻着犹太人一直面临的选择：通往灭绝、逃亡或艰难共存）。这三条岔开并向上延伸、通向不同展览空间的走廊，就像是三条命运线，相互离散、游离，而又沟通。因此人们说这座建筑中潜伏着几条结构性的脉络，依据它们的关系，形成了贯穿这座博物馆整体的不连续空间，而那反复连续的锐角曲折，就像遭到极度压抑、扭曲，寻找出路的生命。人们说这是里柏斯金特有的"二律背反"建筑诗学的体现。在我看来，它也深深植根于德国人和犹太人的矛盾悖论关系中。

这样的建筑设计本身，即给人以极大的刺激和震撼。人一走进去，便不由自主地被卷入了一个极度乖张的"有意味的空间"。在其中穿行，在那些展品前驻足时，我们也只能无言。我想，阿多诺评价策兰诗歌的一句话，用在这里也正合适："在这些诗歌的密封结构中，可以重构出从恐怖到沉默的轨道。"

此外，这个博物馆还有几个经常为人们谈论的"景点"，一是里柏斯金为纪念受难者所设计的"大屠杀塔"（Holocaust Tower），三条走廊中的一条通向一个沉重的金属门，打开后是一个不规则的塔内里的基层。这与其说是塔，不如说是一个被掏空的具有无限深度的陡峭深井。这使每一个进去的人，都"内在于"这塔中，无不切身体会到大屠杀受害者的绝望无助与恐怖。这是一个绝对隔绝的、抽空的空间，但贴着塔壁，人们会听到隐隐传来的回声，那似乎是柏林大街上的车声、人声和笑声，但又似乎是从记忆深处传来的喧嚣声和哭喊声……

而在塔壁上方，里柏斯金还精心设计了一道悬挂的"通天梯"，只不过无人可以够着。它象征着什么？象征着上帝对人的弃绝？总之，它在给人希望的同时，又无限地加深了人们的绝望。

我深深为这个"大屠杀塔"所震撼了。那些蹑手蹑脚进来的人，无不神色凝重，他们或靠墙静默着，或仰头望着。这是一个绝对沉默的空间，连那沉重的铁门，也成为作品的一部分。只要谁不小心一推或是出门时一带，它都会发出"哐"的一声，令人浑身震动。这是谁来了？这一次"轮到"我们了吗？

而在一个由曲折的建筑体所包围的被称为"记忆之空缺"的狭窄的半露天空间中，还有一个由以色列艺术家马纳舍·卡迪希曼制作的叫作"落叶"（fallen leaves）的装置作品：约两米宽的沟槽里铺满的不是自然界的轻盈的落叶，而是一层层铁制的人脸面模——一万张铸铁做的人脸！那生满铁锈的每一张脸都有一副惊恐的表情，大张着嘴，好像在呼喊。这使人恍如来到一个恐怖的"万人坑"前。更使我受到震动的是，在我还没有进来时，就从远处听到似乎有人在上面走动，那"哐啷"、"哐啷"的踩踏金属的碰撞声，一阵阵刺耳地传来。但当我来到这里时，却又万籁俱静。我不禁疑惑，是什么从这些"落叶"上走动，是什么在践踏？我们究竟是处在一个什么样的星球上？

我不禁疑惑，是什么从这些"落叶"上走动，是什么在践踏？我们究竟是处在一个什么样的星球上？

最后一条走廊末端，通向里柏斯金设计的"放逐之园"（the garden of exile，或译为"流亡的花园"），但不巧的是，因为技术上的原因，我去的这天那里不开放，但透过铁栅栏，仍可看见外面的院子里，密密地立着七排四十九个高高的水泥方柱，有点像大屠杀纪念碑群，不同的是在每个方柱的顶端都种着橄榄树。这还是早春三月，上面一派枯枝败叶，但我想象得到，当春夏到来，那些橄榄树翠绿的枝叶一定会垂披下来的！也许，那些被放逐、驱赶的犹太人，就这样在逼仄的绝境中仰望着那些高不可及的橄榄树？它隐喻着流亡者在异乡生根的艰难？隐喻着新生的希望？我不由得想起了到这里之前在展厅看到的两位在集中营里搀扶远望的犹太妇女的照片：那近乎皮包骨的瘦削面容和肩胛，那不容摧折的生命尊严，那从眼神中透出的对未来不死的祈望……

就这样，在那"放逐之园"的铁栅栏门口，我的泪水几乎要涌出来了。

"靠近我们的七臂枝形烛台，靠近我们的七朵玫瑰"，这一次，我也更深地理解了为什么策兰在送给他妻子的书上写下这样的话了。也正是在这里，我看见了那七枝烛台。它原本是犹太教礼仪用品，七枝烛台中中间一枝略高，代表安息日，其余六枝代表上帝创世的六天。现在，它已成为以色列国徽的中心图案，成为耶路撒冷圣殿中的圣器。"靠近我们的七臂枝形烛台，靠近我们的……"，也许，在数千年漂泊的命运中，在最恐怖黑暗的时刻，甚至，在赴死之前，他们就这样在心中默念着他们神圣的

也许，在数千年漂泊的命运中，在最恐怖黑暗的时刻，甚至，在赴死之前，他们就这样在心中默念着他们神圣的誓语？

誓语？

　　不知不觉间，两个小时已过去，我该离去了。而参观者们仍络绎不绝地涌来，而他们大多是集体组织而来的中学生。这使我不仅对一个敢于面对自身黑暗历史的国家充满敬意，我也在想着那些年青一代：那些在中学课本上就读到"清晨的黑色牛奶我们傍晚喝"（《死亡赋格》）的德国学生，在看了这个展览后，是否会感到他们的舌头上也带上了这种味道？或者问，他们是否会思索牛奶是怎样变黑的？

　　一切正如里柏斯金所说："没有最后的空间来结束这段历史或告诉观众什么结论。"然而，正是这种"空缺"，这种"不完成"，将使一切"在他们的头脑中持续下去"。

2011.3，追记于北京

在一颗名叫哈姆莱特的星下

近半年的诗歌翻译，我本人看重的是《当代国际诗坛》第 3 辑推出的"东欧诗歌专辑"（作家出版社，2009）。多年来，众多俄苏及东欧诗人不仅以其优异的艺术个性，也以其特有的诗歌良知和精神力量吸引着中国的读者和诗人们。这一次，我们又欣喜地读到波兰诗人赫伯特、扎加耶夫斯基以及捷克、斯洛文尼亚、罗马尼亚、拉脱维亚一些诗人的诗及访谈和评论。

最早读到赫伯特的诗还是在 20 年前，一首由米沃什译成英文，再由绿原译成中文的《福廷布拉斯的挽歌》曾让我不能平静（我想，正是这样的诗伴随着我们走过了 90 年代那些难忘的年头）。福廷布拉斯本来为莎士比亚《哈

姆莱特》中的一个角色，在哈姆莱特决斗而死后，由他来
收拾残局：

现在你安息了哈姆莱特你完成了你要做的事

你安息了剩下来也不是沉默而是归我动手

你以漂亮的一刺选择了较容易的角色

可英勇的死亡又何足道如与永恒的守望相比

与窄椅上一个人手中的冷苹果相比

与蚁冢和钟面之类景物相比

再见王子我另有任务一套改建下水道的计划

和一道对付娼妓和乞丐的法令

我还须制定一个更好的监狱制度

既然你曾公正地说过丹麦是一座监狱

我去办事了今夜诞生了

一颗名叫哈姆莱特的星我们将永不相见

我的后事将不配写成悲剧

　　这仅仅是一首献给一个莎士比亚剧中人物的挽歌吗？
当然不是。赫伯特自己全部的人生和命运都在这里面。他
自 20 世纪 50 年代以来在艰难处境下的全部写作（他自称
为"为抽屉写作"），就处在这颗名叫哈姆莱特的星的照耀

下，那是他作为一个"欧洲诗人"，尤其是作为一个斯大林铁腕下的波兰诗人的命运。他无畏地迎向了这样的命运（这就是为什么波兰议会要将诗人逝世十周年的 2008 年定为赫伯特年，以此向诗人致敬）。他的诗中，充溢着为人的尊严而抗争的铮铮傲气，不过在诗人自己看来，"这并不要求很伟大的人格"。这是他作为一个诗人的"最低限度的道德"。赫伯特之所以为赫伯特，我认为，更在于他把一种哈姆莱特式的道德与形而上的冲动与福廷布拉斯式的反讽、见证与自省结合为一体。而这种反讽，正如在这首挽歌中所显示，和在我们这里流行的调侃是多么不一样，它不仅是一种智性的超越，它使悲剧更具有悲剧的性质了。

正因为如此，爱尔兰诗人希尼在论述曼德尔施塔姆时所说的话用在这里也完全合适："这些地质学上的事件已改变了我们转身回望时英语的外貌……我要说的是，我们对现代俄罗斯诗歌的命运和幅度的认识毫无疑问已经形成了一个法官席，以后的作品都要在这里为自己辩护。"（《翻译的影响》，黄灿然译）

◇ 离开丹麦西兰岛，身后的克伦堡宫即为"哈姆莱特城堡"

而这种"辩护"仍在进行，这期"东欧诗歌专辑"上李以亮译的扎加耶夫斯基的诗和访谈都让我感到了这一点。扎加耶夫斯基为继赫伯特、米沃什、席姆博尔斯卡之后又一杰出的、在当今世界卓有影响的波兰诗人。他本来为 20 世纪 70 年代"新浪潮"诗派的代表人物，后来离开"营房般阴沉"的波兰，移居法国，并经常在美国任教、朗诵，现在又定居于波兰的克拉科夫。我想，扎加耶夫斯基之所以受到中国诗人的特别关注，除了他诗中的优美、人性慰藉等因素外，也正在于在他那里所体现的当代诗人在道德承担与美学愉悦之间的矛盾困境及其张力。他在访谈中涉及的一些问题，让我更切实地感到了这一点。当采访者问他怎样看阿多诺"奥斯威辛之后不应再写诗"这个说法时，他这样回答："他的意思并不是说，根本不能写诗，而是说，在奥斯威辛之后，落笔之前需要再三思索。如果这样的理解是对的，那么他的说法就是一个非常有道理的指令。……奥斯威辛存在于我们的想象之中，对那些在离这个前集中营几公里的地方长大的人来说，尤其如此。这是我们自己的遗产的一部分。另一方面，诗歌同时也有其愉悦和游戏的成分，没有哪个奥斯威辛可以把它拿走。……阿多诺也不应该使诗的创造性麻痹，别的什么人也不能。"

这就是扎加耶夫斯基的回答。作为一个在"离前集中营几公里的地方长大"的诗人，他所致力于的，就是怎样在一个"后奥斯威辛"、后集权的时代重获一种诗的可能性，或者说，怎样将自身艰难、卑微的存在与一种诗的力量不断地结合在一起。他成功了，甚至太成功了。据说"9·11"事件后，很多美国人将他发在《纽约客》上的《试着赞美这遭损毁的世界》一诗贴在家里的冰箱上。他那带着"消散而又返回的/柔和之光"的诗给恐惧中的人们带来了如此的安慰！苏珊·桑塔格盛赞过他的诗。一位美国评论家还这样赞誉道："他将世界看作一个流亡的地方，也看到它奇异的美……他的谦逊隐含着他的伟大。我喜爱他诗里人性的感觉和优美的音符，像谈论神秘之物那样谈论新洗的亚麻布或新鲜的草莓。"

当然，质疑仍将存在。诗歌也将在这种对自身的质疑中重获批判和提问的力量。当代阿拉伯杰出诗人阿多尼斯在北京所作的中坤国际诗歌奖获奖致辞《诗歌的意义在于撄犯》（《中华读书报》，2009年11月22日），就提醒我们诗歌不仅仅是安慰："在当今，许多人都在谈论诗歌之死；然而……问题不是诗歌之死，而是在这个文化上只生产死亡的社会里，或是被死亡文化消费的社会里，我们如何写作？"他这样回答："在诗歌面前只有两条道路，要么是作为消费品而写，要么是作为撄犯者（transgression）而写。选择前者，诗歌一降生便已死亡；选择后者，诗歌一降生便被遗弃，沦为边缘。然而，一个真正的诗人别无选择，只有走上撄犯之路——去根本地、全面地撼动这个社会制度赖以建立的非诗歌的文化基础······因为仅仅改变制度并不能改变任何本质，这已被 20 世纪后半叶的阿拉伯政治实践所证实。因此，诗人应该超越政治的质疑，去作本体的质疑。"

感谢阿多尼斯的译者薛国庆，他从 "transgression" 的基本词义（"越界"、"侵越"、"违反"、"逆犯"等）出发，创造了 "撄犯" 这个生僻而又准确且让人难忘的词！

仍是扎加耶夫斯基，让我们来看 "东欧诗歌专辑" 选发的他的一首诗《钢琴家之死》：

> 其他人作战
>
> 或乞求和平，或躺在
>
> 医院或营房
>
> 的窄床上，一连数日
>
> 而他练习着贝多芬的奏鸣曲，
>
> 纤细的手指，像守财奴的，
>
> 触摸到那些不属于他的
>
> 巨大财富。

为什么这热爱和渴望获得了如此感人的力量？

诗最后表现的是对艺术的热爱和渴望。为什么这热爱和渴望获得了如此感人的力量？这有赖于上下文的反讽对照和"钢琴家之死"这一题目。如果脱离了其他人在泥里血里作战，或躺在医院或营房的床上乞求和平，每个人包括"钢琴家"自己都不免一死这一残酷的语境，这首诗就不会如此强烈地触动我们。诗的"潜文本"仍是生之短暂、荒谬与艺术之永恒和不可触及。

"我去办事了今夜诞生了/一颗名叫哈姆莱特的星我们将永不相见"，福廷布拉斯消逝了，赫伯特和米沃什也消逝了。纵然如此，那颗在后悲剧的时代看不见的星仍在照耀和祝福着它的诗人们。

2010.1

我的希腊行

一

7月26日下午6点半，从伊斯坦布尔转机到达雅典。走出机场大厅，便是那刀斧一样砍来的阳光！我想，这就是希腊了，那深湛的空气、暴蓝的天空、到傍晚时分仍如此强烈、炫目的太阳……也就是在那一刻我知道了，这将是我生命中一个永恒的夏天。这光，也许会像一声金钹一样，在我的生命中持久回响。

我是来参加希腊第二届提诺斯国际文学节的。坐上文学节秘书费里普的车驶上高速公路后，满山坡银灰色的橄榄树闪闪而过——这对中国人来说多少显得有些陌生甚至神秘的果实！而在经过一道山脉的隘口时，费里普告诉

我，建造巴特农神庙的巨石就是从这里开采的。啊，那些
伟大的石头！

不用说，来到希腊，我首先想看到的就是雅典卫城，
因此当晚一用完餐，在雅典的中国朋友杨少波就带我去夜
游。卫城在雅典城边的一处高地上，从雅典的任何角度都
可以看到它，或者说，它"就在那里"！无数个年代的雷
火闪电都熄灭在其内了，那些不朽的巨石，在白天一派洁
白，在夜里则发出令人惊异的金黄色亮光。由于卫城晚上
关闭，我想我第二天还要来的，就从山下攀援而上，向着
那"高远之物"，向着那支撑起人类尊严的一切，去体会
人类曾有的那种神秘的创造力，去体会那"伟大的荒凉"！

还需要再来吗？它在夜色中的屹立和闪耀，已给了
我一种如庞德所说的"在伟大作品面前突然成长的感
觉"。

而当我们攀上卫城下面当年圣保罗传道的小石山，迎
面便拂来了爱琴海上的一阵阵海风。希腊，酷热的白昼，
清凉的夜晚！当少波为我指点何处是古希腊露天剧场，何
处是当年人们在那里论辩的"德谟克拉西山"（民主山）
时，我则久久地坐在那里，任海风爱抚着脸、肩和小
腿……啊，这些无形的看不见的丝绸！在那样的时刻，我
体会着什么对我们人类来说是最珍贵的东西。我在这清凉
的海风中深深呼吸，是的，让我呼吸希腊……

还需要再来吗？它在夜色
中的屹立和闪耀，已给了
我一种如庞德所说的"在
伟大作品面前突然成长的
感觉"。

二

清晨，从雅典坐船到提诺斯岛。三个小时后，当它遥遥在望，迎向我们，我便有了这样一句：如果说爱琴海群岛是一支交响乐队，提诺斯就是它的首席小提琴手。

提诺斯国际文学节从去年开始举办，由雅典 Deketa 文学中心和提诺斯文化基金会主办，每届邀请一二十位来自世界各国的作家、诗人。在去年的册子上，我看到了我所喜爱的波兰诗人扎加耶夫斯基的照片。今年呢？

但是，首先让我着迷的是这海，爱琴海！那铺满钻石一样的波光闪烁的海面，那些在远方不时出现并与我们"相互凝视"的岛屿……的确，这是我从未见过的海！因为那古老的神话，它不禁让人遐想联翩，仿佛此时此刻维纳斯正在那里诞生，仿佛一阵风来，海面上就会掠过一阵阵竖琴的声音，并转瞬浮现出千万朵芬芳、清新的花瓣……

想到这里，我不禁要赞叹"爱琴海"这个中文译名。这是哪一位中国人译的呢？在这样的命名中，Aegean Sea 特有的美，它所深蕴的文明和人性的内涵，都得到了更茂盛的

◇ 钻石般的爱琴海（王家新摄）

"本质的绽放"!

而我们入住的提诺斯海滨饭店，正对着一片无比清澈、宜人的海湾。远处，一艘洁白的大海轮在无声移动。近处有一只蓝色小船，也许它曾响起喜悦的划桨声，但现在它静静地泊着，像一个在母亲胸怀上熟睡的婴儿……

那就像孩子一样投向这海吧。在饭店里一住下，我看到来自以色列的诗人阿米尔、克罗地亚的诗人托米柴就下海去游泳了。而我则久久站在通向阳台的门口，一任海风拂起窗帘，这也很美好啊。

三

文学节共有三场朗诵。第一场朗诵会兼开幕式在临靠海湾的提诺斯文化基金会的演讲厅里举行。那波光轻溅的金色黄昏，远处大海上醉人的朦胧。就在那个开幕式上，我还听到了头戴方巾的希腊东正教神父的神圣祝词。

我和另外三位诗人、作家则被安排在第二场朗诵。在爱琴海群岛中，提诺斯岛属于中等大小的岛屿，一道颇为雄浑、陡峭的山脊将全岛分为两半。我们的朗诵就在山顶上的 Volax 村里进行。Volax，在希腊语中是"石头"的意思，这里处处是当年火山喷发形成的景观，那全岛最高处的菱形巨石群，就像是雄踞山头的司芬克斯。

到了这个高山石头村，我才明白为什么要在这里朗诵了。那满山的蝉鸣，散落在累累巨石间的童话般的乡舍，那古朴的民风民俗，到处盛开和攀援的花卉、藤萝，还有那登高望远的开阔视野，使这里成为一个旅游点。子曰"知（智）者乐水，仁者乐山"；加缪也这样说："必须拥有未曾玷污的新鲜之感、清冽的幸福之泉"。这就是为什么人们要从喧闹的海滨来到这里，以获得一种高远和宁静。

让我欣喜的是，在这石头村的村头，居然还有一个可容纳两三百位听众的环形小剧场。露天环形剧场可谓希腊的一个伟大发明！我想，它的设计，很可能和古希腊城邦的民主传统也有关系。在这样的剧场，从任何角度面对的都是每一个单个的听众，而不是一大堆人。而希腊的听众也都有着他们特有的参与热情，在第一场朗诵中我就感受到了这一点，比如一位听众直接打断台上的一位希腊诗人，问他能不能朗诵一首他所喜欢的诗；还有，当托米柴用英文朗诵他的作品时，台下马上又有了反应，好几位听众要求这位克罗地亚诗人用他自己的母语来朗诵。这就是古希腊传统，德谟克拉西啊。

由此我还想到了近来世界所关注的希腊的罢工和示威活动。我来雅典的那个傍晚，就在市中心宪政广场遇上了出租司机工会组织的示威。其实，那也正是"民主一景"，没有什么大不了的。就在乱糟糟的示威人群的边上，议会大楼前每小时一次的卫兵交接仪式照常进行，大群欢快的鸽子照样从孩子们的手中啄食面包屑。我不由得对陪着我的少波感叹"这真是一个无政府主义的国家啊"，但"无政府"就是它的秩序。希腊人民活得好好的，最起码，那里的猪肉不会一涨价就涨到让他们目瞪口呆的程度。

话再回到这个高山石头村，我开始还怀疑究竟有多少人会来，没想到随着夜色的降临，竟来了一二百位听众，黑压压地，几乎把环形剧场坐满。他们是从哪里来的呢？我真是弄不懂。但不管怎么说，人一多就有了气氛。朗诵前，我用英文简单讲了几句，大意是我从遥远的中国来，我很高兴在希腊的这座高山上朗诵，因为我也曾是一个来自中国山区的孩子，我要朗诵的第一首诗《蝎子》即和我少年时代上山捉蝎子的经历有关：

◇ 孩子和鸽子，雅典宪政广场（王家新摄）

> 翻遍满山的石头
>
> 不见一只蝎子：这是小时候
>
> 哪一年、哪一天的事？
>
> 如今我回到这座山上

早年的松林已经粗大，就在

岩石的裂缝和红褐色中

一只蝎子翘起尾巴

向我走来

与蝎子对视

顷刻间我成为它脚下的石沙

◇ 在提诺斯的朗诵会上，
左一为希腊诗人安纳斯塔
西斯

我照例是用中文朗诵，我的译者、希腊诗人安纳斯塔西斯随后读他的译文，没想到他一读完，圆形剧场上下顿时响起了热烈的掌声，许多听众竟然都叫起来了！我在心里想：好，我的中国的蝎子在希腊语中翘起它的尾巴来了！

而接下来朗诵的是多年前我在经过河西走廊时所写的《风景》一诗，它同样又"击中"了这些希腊听众："旷野。散发着热气的石头/一棵树。马的鬃毛迎风拂起。/骑者孤单地躺到树下/夕阳在远山/仍无声地燃烧"，"一到夜里，满地的石头都将活动起来/比那树下的人/更具生命"。一读完，下面又是一阵热烈的掌声，并伴以"Wow"、"Wow"的叫好声！杨少波因为要给雅典的一家华文报纸做一个采访，也到那高山上去听了朗诵，事后他对我说："你看看，你这首诗完全把他们弄疯了，这里也是满山的大石头啊，他们睡不着觉了！"

除了以上两首，我还读了《柚子》、《晚来的献诗：给艾米莉·狄金森》等诗，在读关于狄金森的诗之前，我讲到狄金森就是"美国的萨福"，但她可能比萨福更孤独也更痛苦，我这样一讲，听众席中马上又有了反应，待一读完，剧场上下又是热烈的掌声！看得出，他们也被这样的诗打动了。我不得不在这掌声中站起来，从左到右，向这样的听众致谢！

是的，我要感谢这样的听众，他们或许是诗歌在这个世界上最好的听众！朗诵会后，许多听众尤其是女性听众，竟然围上来热情拥抱我（我在西方国家朗诵过很多次，这我可是第一次经历！），有些则询问在哪里可以读到我的更多的译成希腊语的诗。看着这些"理想国的居民"，我深受感动。是的，正因为他们，就在那黑暗的高山上，我听到了远方爱琴海上那一阵阵伟大的涛声！

四

那么，中国人最初是怎样知道希腊的呢？我只知道，"五四"前后，很多中国人是通过拜伦的《哀希腊》一诗才知道希腊的。关于这首名诗，"五四"前后曾有很多译本，对它的翻译成了那一代人向往一个光辉的国度、哀叹本民族之没落并寄期望于文艺之复兴的方式：

> 希腊群岛呵，美丽的希腊群岛！
>
> 火热的莎弗，在这里唱过恋歌；
>
> 在这里，战争与和平的艺术并兴，
>
> 狄洛斯崛起，阿波罗跃出海波！

以上为诗人穆旦的译文。我深感幸运，我不仅来到了希腊，而且居然来到了"阿波罗跃出海波"，即希腊神话中阿波罗诞生的狄洛斯小岛！我是在文学节空闲期间去的，用希腊人的话来说，我也当了一次"跳岛者"！

爱琴海上有两千多个岛屿。坐船出行就像其他国家的人乘坐长途大巴一样，成为一种生活方式。少波告诉我，希腊人称从一个岛到另一个岛旅行的人为"跳岛者"（island hoper）。他们在溅起的光中跳跃，让海风带着他们走。不过，从深处看，这里面是不是也有一种"灵魂的乡愁"呢？古希腊先哲赫拉克利特就这么说：

> 灵魂的边界你是找不出来的，就是你走尽了每一条大路也找不出；灵魂的根源是那么深。

因而旅行，也就成了认识世界和自己的一种方式。当

然，也可以说这是忘却或摆脱自己的方式——以这种方式
来认识！

　我和少波首先从提诺斯坐半个小时船到米克诺斯岛，
再从米岛改乘小船到附近的狄洛斯岛。米岛有着雪雕般的
白色教堂，布满曲折小巷、宛如迷宫的小镇，它还有着世
界上著名的同性恋天体海滩。这真是一个充满了奇思异想
的岛国。据说当年村上春树住在这里，写下了他的《人造
卫星情人》（因此每年都有大批的"村粉"来此岛寻访）。
但我们顾不上欣赏了，在临靠着海岸和古老风车群的"小
威尼斯"喝了一杯，便匆匆再次上路。

　从米岛到狄洛斯岛，是爱
琴海上一条最凶险的路，据说
当年正因为这里波涌浪急，而
推迟了苏格拉底的刑期。幸好
我们来的这天太阳当空（用诗
人帕斯的一句诗来说，"太阳在
海面下着金蛋"！），小轮船正常

◇ 爱琴海岛上雪雕般的小
教堂（王家新摄）

行驶。不过，这也使我更充分地体会到太阳的威力，并明
白了古希腊人为何对太阳神阿波罗顶礼膜拜了。在这里，
太阳无所谓升起，也无所谓落下，它一直就明晃晃地悬在
你的头顶！四下望去，除了少许幸存的树木是绿色的，满
山坡的草丛一片枯黄！一天十多个小时的强烈日照，把夏

天的草木都烧枯了（正因为如此，人们说在希腊冬天比夏天更绿）。希腊，希腊，我也被你灼伤！

震撼，还在于狄洛斯全岛的荒废遗址和神话本身。这里为公元前 1 000 多年前爱奥尼亚人的宗教中心，人们每年在这里举办各种祭祀和艺术体育活动，以把这座岛献给太阳神阿波罗。在古希腊人的心目中，这是一座圣岛，岛上至今有九只无声吼叫的神秘石狮（虽然它们的"真身"已被移进博物馆）守护着阿波罗诞生的圣湖。如今，圣湖已经干枯，只有一棵高大的棕榈树。为保护这片遗址和圣地，游客只能白天来这里，不可留下过夜。这真是一片神话中说的"无人诞生，无人死去"之地。穿行在这片石柱和祭坛林立、残破的古老陶罐随处可见的露天博物馆里，我们不禁连连感叹着文明的神秘兴衰。需要在这里"留个影"吗？不必了，一切都会过去，只有那神话的力量还在。就这样，最后我们来到了那面朝大海的公元前 300 年修建的环形剧场的废墟上。少波掂着他的照相机兴奋地跑到剧场的最上一层，喊着让我在下面"来一段"。不过，朗诵给谁听呢？

在这里，如果我们开口，我们听到的将是自己的回声，那是自己的但又不是自己的回声——反过来说也可。

我想，我们与他者、与另一种文明的奇特关联就在这里。本雅明在谈翻译时就这样认为：译作被呼唤但并不进

在这里，如果我们开口，我们听到的将是自己的回声，那是自己的但又不是自己的回声——反过来说也可。

入"语言密林的中心","它寻找的是一个独一无二的点，在那里，它能发出回声。"说得多好，又多么耐人寻味！的确，一切都在于怎样找到这样一个切入点。早年，一些中国现代作家向往古希腊文明，以使自己的作品成为一个"供奉人性的希腊小庙"（沈从文语）。我们在今天又如何呢？

这些，也正是这趟希腊行萦绕着我的问题。拜伦是幸运的，在这里他找到了他自己，他找到了他要以生命来捍卫的自由和文明，找到了他的哀愁，也找到了他要赞美的一切，"所有爱琴海的风，都为你的头发吹"，他写给一位雅典少女的诗句是多么美啊！希腊的美女们，你们可要在雅典的拜伦塑像前多献些花啊。

五

现在，我该谈谈我的朋友和译者、希腊诗人安纳斯塔西斯了。

我们是在两年前的青海国际诗歌节上认识的。那时他读了我的《变暗的镜子》、《田园诗》等诗的英译后非常赞赏，为此他与我的英译者、美国诗人乔直和史春波也建立了联系。我想，正是一种相互的诗歌认同使我们走到了一起。就在这次去希腊前，他还给我寄来了他刚出版的译成英文的诗集。

安纳斯塔西斯高大英俊（他在中国时有人称他为"多

明戈"!），天生一副诗人的傲骨。像很多希腊人一样，他有着水手式的古铜色肤色（火焰就在那皮肤下静静燃烧）。同样，像很多希腊人一样，他很讲究饮食，讲究生活的品味，从他家中的布设和请客时他所点的美味菜肴，我就感受到了这一点。让我佩服的还有他的善饮，只要坐在那里聊天，他就会一杯接一杯地喝着那种希腊特有的带茴香味的"乌佐酒"（Ouzo），我则不时地看着他手上的杯子，看那酒和冰水一混合就变成了奇异的乳白色！

生命如此美好，又为何忧郁呢？然而这就是生命。

但这次来，我不仅感受到了他的亲切、开朗和优雅，也感受到了他的忧郁——那种希腊式的忧郁。生命如此美好，又为何忧郁呢？然而这就是生命。也许，正是那种希腊式的明亮使他写出了《黑暗的夏天》，那在诗中反复出现的乐句是："在向西的门槛我们建造了城镇——/盲目的窗户，黑暗的鱼池"。

这种"希腊式的忧郁"，使我不由得想起了海神波塞冬。我们住的海滨饭店附近，就有一座祭祀波塞冬的古老神殿的废墟。我总是情不自禁地被它所吸引。在古希腊神话中，当初三兄弟抓阄划分天下，宙斯获得了天空，哈得斯屈尊地下，波塞冬只好潜行于大海。波塞冬虽然不得不尊重宙斯的主神地位，但是心里却很不平，据说地震和海啸都是他内心愤愤不平的表现。

不知怎的，我对这个海神波塞冬不仅有一种敬畏，也充满了"理解之同情",仿佛他手持的三叉戟——他那著名的标志,比任何事物都更能搅动我的血液。大海风平浪静了吗?不。

但这也只是联想而已。实际上,在安纳斯塔西斯的诗中不仅有忧郁、愤怒,也有着一种超越性的诗性观照和想象力。它那明亮中的深重阴影,不仅触及忧郁的根源所在,也产生了一种令人惊异的美:

你的头发生长

像后发星座那样。

海从你的嘴中流过。

你的嘴是

一座风的宫殿。

以风的弯曲

你挥舞着你的宽松外衣

现在我可以用它

擦拭灰烬

泥污

尘埃

和自大。

这同样是《黑暗的夏天》中的诗句。读着这样的诗，我竟然也产生了一种莫名的乡愁，是的，乡愁！记得米兰·昆德拉曾定义欧洲人是那种总是对"欧洲"怀有一种乡愁的人。这用来描述安纳斯塔西斯这样的诗人更合适！是的，他们总是怀有一种乡愁，但又不知走向何处。他们所能做的，是以语言为家，以诗为生命，是把历史变为个人的高贵而忧郁的神话……

这也就是为什么临别时安纳斯塔西斯会和我重重地拥抱。是的，诗人都属于同一个精神家族！

也正因为如此，这样一位诗人的目光和寻求会远远超越国界和语言的限制。他在美国生活过多年，甚至还翻译过李贺的诗。就在他家的露台上，他边喝着乌佐酒，边给我们讲他翻译李贺诗的"故事"：多年前他买回一本中国诗的英译本，他以为那是李白的诗，回家仔细一看，哦，原来不是李白，而是他从不知道的"李贺"！不过，这位"鬼才"的诗也深深地吸引了他，于是他从中转译了50首，出版了以《镜中之魔》为书名的译诗集。不过，书出版后，他发现他们竟把"李贺"两个汉字印倒了。说着，他回到屋子里找出了这本书，我一看，笑着说："没错啊，你的书不是叫'镜中之魔'吗？镜中映出的'李贺'，或许就是这个样子！"

我真的很难想象李贺的诗在希腊文中是个什么样子！

也许这是"误读的误读"吧。不过，这又有什么关系呢？只要它的译文是一首好诗！

正因此，我完全信任安纳斯塔西斯的翻译，因为他首先是一位优秀的诗人。从朗诵现场的反应来看，他的译文也有一种紧紧抓住听众的力量。通晓希腊文的少波也连说他译得好："他完全知道你在说什么。他的语调也正好传达了你诗中的那种调子！"

我不仅信任，也深深感谢这样的诗人译者。正因为他出色的翻译，我的这些诗在另一种语言中获得了一种直接进入人心的力量。而这是一般译者做不到的。也正因为安纳斯塔西斯的成功翻译和听众的热情反应，文学节结束后不几天，文学节组办者、雅典 Deketa 文学中心即决定请安纳斯塔西斯译出我的一本诗集，2013 年在希腊出版！

出版一本希腊文版的诗集，这可是我想都没有想到过的，虽然我已出过和将出数种外文版的诗集。重要的是，这给一个诗人带来在另一种语言中发现"知音"的喜悦。是的，喜悦。不仅和安纳斯塔西斯在一起时我时时感受到这一点，和他的妻子玛丽亚在一起时也是。玛丽亚本来很少谈诗，但有一次她像想起什么似的对我讲："家新，我还很喜欢你的《转变》那首诗，真好！"

一声"真好"，而且点到的是那样一首在国外很少被人认识到的诗，这使我一下子有了一种说不出的感动。就凭这一句话，我们可以"同呼吸共命运"了。

六

再见了，提诺斯！当回雅典的海轮启程，我们都迎风站在甲板上，久久地看着那徐徐离去的岛，看船尾搅起巨大的雪白的泡沫，漂流，消失在远方……

而这一次，我们乘坐的船居然为"依萨卡号"！依萨卡是荷马史诗中奥德修斯的家乡。奥德修斯在外漂泊多年最后回到依萨卡的故事，在西方已被解读为一种向外寻找，最后回归自我的"天路历程"。希腊诗人卡瓦菲斯就曾写过一首《依萨卡》，诗一开始就是祝愿，"但愿你的道路漫长，/充满奇迹，充满发现"，诗的最后也很耐人寻味：当你们历经一切，变得智慧，才知道"这些依萨卡意味着什么"！

是啊，这是一个永恒的谜底。不过，我已不去猜它。我已在我自己的人生中经历了那么多，不再指望我们会有一个荷马史诗那样的结尾。我只是愈来愈相信这一点，那就是："当你归来你将成为陌生人"。

那么，"依萨卡"究竟是否还存在？存在——它就在这艘以它命名的船上。它就是人类灵魂那艰辛的、永无休止的漫游和寻找本身！

就在那船上，当我同少波谈到这些时，他有些沉默了。这位我早就认识的、对诗极其敏感的朋友，原是国内

我已在我自己的人生中经历了那么多，不再指望我们会有一个荷马史诗那样的结尾。我只是愈来愈相信这一点，那就是："当你归来你将成为陌生人"。

一家报社的编辑，后来他抛开一切，到雅典大学攻读古希腊艺术博士学位。现在，他已在雅典生活了五年，并且和他的妻子在这里有了一个女儿。这又是一个"却把他乡当故乡"的故事。以后呢？

以后呢，"走着看吧"。是的，重要的是"走"本身。我们的生活如此，我们的创作也如此。就在那船上，我和少波感叹地谈到中国现在的诗歌已很不错了，也许它离真正的伟大"只差一步"。但这却是至关重要的，同时也是很难跨出去的一步。跨出了这一步，才能听到那召唤……

而那是一种什么召唤？为了承担那召唤，我们需要迈出怎样的一步？

而那是一种什么召唤？为了承担那召唤，我们需要迈出怎样的一步？

我们都沉默了。船在静静地行驶。我们临近的舷窗就像一个巨大的宽银幕，在上演着永恒的"爱琴海"。短促而又漫长的航程啊。我打了个盹，醒来时见少波仍埋头读我送给他的那本我的诗集《未完成的诗》。见我醒来，他这样若有所思地说了一句："你的读者还没有到来。"

是吗？我愣了一下。然后，我们再次沉默了。

又是金色的傍晚时分。再见，希腊，再见，希腊的朋友们！我从雅典机场起飞，前往伊斯坦布尔，再从那里转机回北京。机翼下，那宝石一样发蓝、带着点点白帆的海湾，那有着各种不同奇异形状的大小岛屿，那在飞机大幅度盘旋时看到的梦幻般的海岸线……

就在那向下俯瞰的一刻，我不由得再次想起了柏拉图的话："爱琴海是个大池塘，我们都是围着这个池塘的青蛙。"那些伟大、智慧的古希腊人，就这样把我们带入宇宙的无穷。

2011.8，追记于北京

他从梦中『往外跳伞』

——关于诗人特朗斯特罗姆

特朗斯特罗姆获奖了，我有一种惊喜，但又不惊讶。

我是在韩国釜山访问期间，从同行的作家阎连科的手机上首先得知这一消息的。随后，在面向海湾的一家沸沸扬扬的酒吧里（当晚正值釜山国际电影节开幕），国内两家报纸的采访电话接连打来，我走向海滨，边回答着提问，边望向远方，正好在那夜幕上，有一颗星像透亮的水晶一样，分外湿润而又晶莹。我在兴奋之余，深深地感动了。

第二天，同行的孙郁教授问我特朗斯特罗姆写了哪些诗，我随口念了一句"醒悟是梦中往外跳伞"。他听后略作沉吟，然后兴奋地直点头："好！好诗！这才是诗人！"

该诗是特朗斯特罗姆早年的成名作《十七首诗》（1954）序诗中的第一句。它不仅如梦初醒般地打开了一个伟大的瞬间，现在来看，它也决定了诗人一生创作的音质。单凭这一句，一个卓异不凡的诗人在瑞典语中出现了。

◇ 诗人特朗斯特罗姆，
2009 年 8 月于斯德哥尔摩
（王家新摄）

至于中国读者最初接触到特朗斯特罗姆的诗，还是在 20 世纪 80 年代中期，那时我认识了北外瑞典语系毕业、分配在《中国画报》工作的李笠。我从他那里不断读到特朗斯特罗姆，并深受吸引。正好那时我在《诗刊》做编辑，并负责外国诗，我经常向他约稿，我在我自己编选的《当代欧美诗选》中也选入了他译的特氏的四首诗。甚至，后来《特朗斯特罗姆诗全集》在中国的出版，也和我的这份"热爱"有关。我一再对李笠说，这么优秀的诗人，完全应该在中国出版一本诗全集啊。李笠听了我的建议（当然，这也正是他想做的一件大事），回瑞典后全面展开了他的翻译，我则在北京联系了外文局中国文学出版社的两位编辑（后来该译稿因故转到南海出版公司，他们则继续担任它的特约编辑）；书发稿前，李笠请我写文章，那时我在德国慕尼黑，很快写出了《取道斯德哥尔摩》一文，它被收在诗全集中，并很快在《读书》杂志（2001 年第 5 期）刊出。

那么，为什么特朗斯特罗姆会如此吸引我和其他众多的中国诗人呢？这里很难用几句话说清，但我想，只要一读他的诗，明眼人就会知道这是一位气象非凡、不同寻常的诗人：

> 突然，漫游者在此遇上年迈的
> 高大的橡树———像一头石化的
> 长着巨角的麋鹿，面对九月大海
> 　　　那墨绿的城堡
>
> 北方的风暴。正是楸树的果子
> 成熟的季节。在黑暗中醒着
> 能听见橡树上空的星宿
> 　　　在厩中跺脚①

① 文中所有引诗均引自李笠译：《特朗斯特罗姆诗全集》，海口，南海出版公司，2001。

这首题为《风暴》的诗，其意象大都取自北欧常见的自然事物，但却不像我们印象中的一些北欧诗那样阴沉干冷，而是充溢着一种新鲜、饱满的想象力。其诗思的涌现，呼应着一场神秘的风暴，并以其转换和停顿，一举完成了对"更高领域"的敞开。

这还是诗人在 20 岁出头时写的诗，呼唤着风暴，而又控制着风暴，其优异的诗歌天赋和高超的技艺都让人惊异。

对我来说，这又是一位始终扎根在个人存在深处的诗人。他的诗，充满了奇异的想象力，但用策兰的一句话讲，又都是"深海里听到的词"！也可以说，在艺术上他虽然受到超现实主义的很大启发，但他却拥有了许多超现实主义诗人所缺乏的深度和洞察力。正因此，我认同并信任这样的诗人。在我这里，"信任"是一个远远高于"喜欢"的词。

"我继承了一座黑色森林，但今天我走入了另一座：明亮的森林。"(《牧歌》)诗人一生所处的这两座森林已足够耐人寻味，但在他的创作中，他实际上已打破了这种象征对应，并真正进入一种诗的创化之中。对此，李笠有着很好的描述，他说特氏"总是通过精确的描写，让读者进入一个诗的境界。然后突然更换镜头，让细节放大，变成特写。飞逝的瞬息在那里获得旺盛的生命力，并散发'意义'，展露出一个全新的世界：远变成近，历史变成现在，表面变成深处"。

而诗人自己也曾这样谈过他的写作(实际上他是一位高度自觉的诗人)："我的诗是聚点。它试图在被常规语言分隔的现实的不同领域之间建立一种突然的联系：风景中的大小细节汇集，不同的人文相通，自然与工业交错，等

等，就像对立物揭示彼此的联系一样。"对此，我们来看
《1966 年——写于冰雪消融中》：

> 奔腾，奔腾的流水轰响古老的催眠
>
> 小河淹没了废车场，在面具背后
>
> 闪耀
>
> 我紧紧抓住桥栏
>
> 桥：一只驶过死亡的大铁鸟

　　诗人柏桦称它为一首"伟大小诗"，的确，它虽然只
有五行，却凝聚了诗人对生与死、自然与历史的强烈感
受，在各种元素的聚集和交错中，具有了启示录一样的诗
意效果。诗的第一句就不同寻常，冰雪消融不仅带来了喧
腾的流水，而且还轰响"古老的催眠"，它揭示了大自然
的那种神秘之力：它是催眠，但又是伟大的唤醒。当这河
水淹没了废车场（有人译为"汽车公墓"），生命复活的容
颜就在"面具"、在工业文明社会那些不堪一击的掩体背
后闪耀（它甚至就在那里看着我们！）。接下来的两句，更
具有力度和紧张感："我紧紧抓住桥栏"，它道出了"我"
在生与死的洪流中一瞬间的抵抗与挣扎、希望与恐惧；到
最后，则以"桥：一只驶过死亡的大铁鸟"这个惊人的意
象，使语言之弓达到了最大限度的饱满。

这就是特朗斯特罗姆。他所有的诗虽然大都是些抒情短诗，但却一点也不单调。在今天来看，它们中有许多依然耐读，甚至依然令人捉摸不透。这就是它们的生命力。我曾在《取道斯德哥尔摩》中谈到《黑色的山》，谈到它奇异的生成方式，谈到它怎样把多个层次压缩在一起而又透出一种语言的张力和亮光，现在我们来看另一首《七二年十二月晚》：

> 我来了，那隐形人，也许受雇于一个
>
> 伟大的记忆，为生活在现在。我走过
>
> 紧闭着的白色教堂——一个木制的圣人
>
> 站在里面，无奈地微笑着，好像有人拿走了他的眼镜
>
> 他是孤独的。其他都是现在，现在，现在。重量定律
>
> 白天压着我们工作，夜里压着我们睡觉。战争

这首诗同样具有"复调"（这是特氏另一首诗的题目，他一生都受到音乐很深的影响）性质：到来的"我"与"隐形人"，现实与记忆，在与不在，如此等等，一并在同

一架乐器上演奏，到最后把我们推向"战争"，推向与现实的"重量定律"的搏斗。因为"木制的圣人"已无法救我们，因为，用诗人另一首诗的题目来说："记忆看见我"！

我就被这样的诗所抓住。这些几十年前写下的诗，它好就好在对我们仍具有一种深切的"现实感"。由此我也想到，这不仅是一位"自然之子"（纵然北欧的大自然给予了他无穷的馈赠），还是一位"社会之子"和"文明之子"。他从他的梦中"往外跳伞"，没有飘浮在空中，而是进入现实的血肉之中。他的诗当然很纯粹，这体现了他对完美的追求，但他不是像有人所说的是一个什么"纯诗诗人"。他像阿甘本说的那样，"把自己的凝视紧紧保持在时代之上"，对人的当下生存和处境，对现代社会的政治、权力关系，等等，都有着深刻的洞察和尖锐的嘲讽。对此，我建议人们读读李笠新译出的诗人给他的美国译者、诗人勃莱的一封长信，它不仅会使我们更多地理解诗人写给一位生活在苏联铁幕下的朋友的名诗《给防线背后的朋友》，也会切实地感到一位诗人的脉搏在时代的作用下是怎样跳动的！

的确，"通过凝练、透彻的意象，他为我们提供了通向现实的新途径"（Through his condensed translucent images he gives us fresh access to reality）。诺贝尔文学奖的这个颁奖理由，道出了人们对特朗斯特罗姆诗的主要感受。

只不过这"现实"不仅是外在的，更是内在的；不仅是"物"的，也是语言的。它就是诗人一生所面对的"巨大的谜团"！

只不过这"现实"不仅是外在的，更是内在的；不仅是"物"的，也是语言的。

厌烦了所有带来词的人，词而不是语言

我走向白雪覆盖的岛屿

荒野没有词

空白之页向四方展开！

我触到雪地里鹿蹄的痕迹

是语言而不是词

——《自 1979 年 3 月》

正因为身处"常规语言分隔的现实"，诗人厌烦了所有带来词即带来陈词滥调的人，他与许多现代诗人一样，把发现、变革和刷新语言作为了自己的艺术目标。我想，这也正是特氏对现代诗歌及诗学的一个贡献。读他的诗，我每每惊异并叹服于他的语言，惊异于他那独特、新颖的诗歌隐喻能力。如诗人在《某人死后》中所展现的"惊愕"感：它像彗星乍现，留下一条惨淡的尾巴，它"占据我们"，使电视的图像变暗，最后一句则是"它像冰冷的水珠出现在空调管上"——这是多么独特、多么让人难忘的一个"现代意象"！

正是以这样的努力，他不仅"解放"了人们对"现实"的感知力，也给现代诗歌带来了一种"灼热的新质"。同时，我想他也在不断地深化他的言说方式。他后期的一首《像做孩子》，我读了便深受感动，诗一开始便是"像做孩子，一个巨大的羞辱/如麻袋套住脑袋"；什么"羞辱"？一种做诗人却"说不出"的羞辱。但当这样一只"麻袋"套住我们，我们不仅可以"从那里面向外张望"，我们也可以继续写诗了。

也许，更让一些中国读者感到亲切的是他的"化简诗学"（这里借用庞德的一个说法）。我不知特氏是否受过中国古典诗的启示（虽然在他家里挂着中国书法作品），但他显然受过日本俳句的影响。但我想，这都不单是一个风格的问题，这首先出自一种更深、更为本质的精神体悟，在一次访谈中他就曾这样说："诗人必须……敢于割爱、消减。如果必要，可放弃雄辩，做一个诗的禁欲者。"是的，"放弃雄辩"，让风格讲话，让那些最独到的、令人难忘的意象和隐喻讲话，这就是一个成熟诗人的全部秘密所在。

正因为勇于"放弃雄辩"，特朗斯特罗姆从来没有以大师或思想家自诩。他一直把自己限定在诗歌自身的范围内。他的作品也大都是一些抒情短诗。但诗的力量和价值并不在于其规模或篇幅。他的这些抒情诗不仅曾影响了世

"放弃雄辩"，让风格讲话，让那些最独到的、令人难忘的意象和隐喻讲话，这就是一个成熟诗人的全部秘密所在。

界上很多诗人，也经受住了时间的考验。在今天来看，他无愧是半个世纪以来欧洲最优秀的几位抒情诗人之一。所以他得奖，我一点也不惊讶。他即使不得奖，也会永远在我们心中占据一个崇高的位置。

这就是为什么前两年的夏天我到瑞典朗诵时，会和其他几位中国诗人一同去拜访这位我们所热爱的诗人。这要感谢李笠的安排和诗人的妻子莫妮卡。阳光明丽的上午，我们前往斯德哥尔摩南城斯提格贝里大街 32 号，这个处在河畔山坡上四层楼上的由国家免费提供的公寓，诗人自 1990 年中风后就住在这里，在夫人的照料下，眺望美丽的梅娜伦河和远处的芬兰湾，并接受四方诗人的朝拜。

现在，这位我们满怀敬意看着的诗人真的像他说的那样"放弃雄辩"了。由脑溢血引发的中风不仅使他右半身瘫痪，也使他失去了说话交流的能力。他只会微笑，或是简单地发出"哦""哦"的声音。他的"语言"，恐怕只有他的妻子能懂。但是在我们看来，他即使不说话也不能写诗了，也依然是个诗人，依然保持着作为一个诗人最好的那些东西，"中风后半瘫的大师/抒情诗人永恒的童年"，这是我在这次访问后写下的《特朗斯特罗姆》一诗的开头。他永远留在那个位置上了。

说到脑溢血，我多少感到有些神秘与恐惧。但对特朗斯特罗姆这样全身心投身于诗的诗人来说，他的脑溢血并非偶然（据说中风时他正在修改一首诗！），"写诗时，我感到自己是一件幸运或受难的乐器，不是我在找诗，而是诗在找我，逼我展现它"。好一个"逼我展现它"！语言之根已贪婪地深入到他血肉生命的最深处，或者说，当这件"幸运或受难的乐器"在演奏时，有一根琴弦突然绷断了——也许，命运就是如此。

然而，还有比这样一位诗人更"幸福"的吗？他已写出了他一生中最好的东西。现在，"在一位伟大女性的照料下／他坐在轮椅上／倒退着回到他的童年／并向人们／发出孩子似的微笑"（那微笑，怎么又像是嘲讽？）

这些，都是我在访问时的"内心涌动"。诗人本来就是一个内向的人，现在，他更沉静了，只是他的眼光依然清澈、锐利、有神，并透着智慧和些许的嘲讽。他要说什么？我们不知道。这是一个谜。也许，他什么都不需要说了。我们也如此。但当他起身挂着拐杖艰难移动时（他很自尊，坚持不要别人搀扶），"我不想只是满怀敬意地看着他／我想拉住他那有些抖颤的手"！

让我们深受感动的，还有诗人的妻子莫妮卡。这真是一位伟大的女性。房间光亮、洁净，布满鲜花（尤其是那窗台上盛开的奇丽的天竺葵！），半瘫的诗人穿戴整洁、面色红润（我注意到，莫妮卡还给其实已不需要时间的诗人戴上了手表！），这一切，都出自莫妮卡的精心操持。这已

现在，他更沉静了，只是他的眼光依然清澈、锐利、有神，并透着智慧和些许的嘲讽。

是近 20 年的相守与搀扶啊！

我们感谢莫妮卡，还因为她亲自为我们准备了丰盛的午餐：西瓜丁薄荷叶羊奶酪拌成的美味沙拉，热腾腾的奶酪牛肉卷和烤鱼。在那里，我第一次品尝到古老纯正的捷克啤酒（并从此喜欢上了它！），半瘫的大师则在莫妮卡的照料下，像个孩子一样系上餐巾乖乖地进食，并慢慢地喝着他一生钟爱的威士忌！

饭后，诗人还坚持用一只未瘫痪的左手为我们弹奏钢琴（据说那音乐是一位音乐家特意为他的左手而谱的曲）。一曲弹完，拄着拐杖回到沙发上后，则在莫妮卡的安排下为我们送书签名——也许，这是大师"待客"的最后一个仪式了。每位来访者都得到了一本他2004 年出版的诗集《巨大的谜团》，我还多得了一本他的作品多种译文的合集！看着诗人抖颤着左手签名，我心里真是难以平静，据说他中风后一般都只为读者签"T. T"（他的名和姓的第一个字母），但这一次他坚持签完全名。那抖颤的字体，怎么看都像是火焰在风中燃烧！

◇ 诗人在赠书上签名（王家新摄）

那么，现在，得奖后呢？据有的报道说特朗斯特罗姆本人的反应是很惊讶，但我不大相信这种说法。因为他已无所谓惊讶或不惊讶。接下来的 12 月 10 日，他会亲自去那廊柱前耸立有"奥尔菲斯在歌唱"青铜雕塑群的斯德哥尔摩音乐厅领奖吗？会的，他会坐在轮椅上出席，并由莫妮卡代为致辞（我想那获奖词，大概也会是由莫妮卡代为起草并念给他听的）。他已完全生活在另一个世界，这个世界上发生的一切对他还有意义吗？

　　这出自谁的意志
　　他在灰烬中幸存
　　像一只供人参观的已绝迹的恐龙

　　这是我那首关于特朗斯特罗姆的诗的最后几句。诺贝尔文学奖宏大的颁奖仪式，也许会使更多的人感受到这一点。

2011.10

『盗窃来的空气』

——关于策兰、诗歌翻译及其他

王东东：很多人受到你翻译的策兰作品的"感召"。我们就从这里谈起吧。多多对你翻译的策兰就很看重，一直很认真地阅读。还记得在你家，蓝蓝开玩笑说你和墙上策兰的照片很像。我个人感觉，你的严肃、冷静的气质的确适合策兰。

王家新：仅仅在气质上接近还不足以翻译策兰，虽然这也很重要。要翻译这样一位其实"拒斥翻译"的诗人，首先需要我们努力进入其内在本源，这就像雪莱谈翻译时早就说过的："植物必须从种子里重新抽芽，不然就不会开花。"

王东东：你最早接触策兰是在什么时候？是什么让你如此投入地译解策兰？

王家新：1991 年秋。那时我请沈睿从她工作的社科院外文所借来了许多外文诗集，我们曾一起翻译过默温、斯特兰德等人的诗。那时我本来想翻译米沃什的诗，但策兰一下子吸引了我。我读到的是刚出版不久的企鹅版策兰诗选，英译者为英籍德裔诗人、翻译家米歇尔·汉伯格。我译出的第一首诗是《那是一个》（选自《光之逼迫》，1970）：

那是一个
把我们抛掷在一起
使我们相互惊恐的

巨石世界，太阳般遥远
哼着。

我深感惊异，仿佛受了重重一击，而又不知道冲击力在何处。从此，策兰的诗日里夜里都在我的头脑里"哼着"，有时甚至半夜了我又爬起来去读、去译。我就那样译出了《带上一把可变的钥匙》、《我仍可以看你》等二三十首诗。"而我谈论的多余：/堆积出小小的/水晶，在你沉默的服饰里"（《在下面》），当这样的诗句被译出时，我也完全明白了：我在一个更深也更内在的层面上，与一位我终生要读的诗人相遇了。

这种相遇，看似偶然，但又并不偶然。你回想一下那一两年的"历史情境"吧。我想，正是在那时我们在历史的震撼中所经历的一切，把我推向了策兰。不然，他也不可能来找我。

当然，内在动因可能会更多也更深，比如说，为什么我会对策兰的"晚词"有所感应？就在接触到策兰前，在1991年春北大的一个座谈会上，我就谈到了文学中的"晚年"问题。这也就是为什么我一开始就集中在策兰的中晚期诗上。的确，对我来说，"阅读之站台，在晚词里"——恰如策兰的一句诗所说。

至于为什么会一直持续到今天，那是因为策兰是一个"无底洞"，那里有足够多的黑暗、谜团和资源吸引我们，同时，我也想通过这种翻译为我们自己的诗歌和语言带来一些东西。对此，我想明眼人都会看得很清楚。哈金最近在一则评论中就这样说到我的翻译："我想他一直通过翻译来做两件事：一是力图跟自己心爱的伟大诗人保持相近的精神纬度，二是探测汉语的容度的深度。"

这些且不说，从个人的意义上，这也首先是我进入自身存在的一种方式。我曾在许多地方说过，我无意于当一个"翻译家"，我只是一个存在意义上的写作者。一句话，

策兰是一个"无底洞"，那里有足够多的黑暗、谜团和资源吸引我们，同时，我也想通过这种翻译为我们自己的诗歌和语言带来一些东西。

无论创作、翻译或从事研究，它都立足于我自身的存在。有人说我这些年"转向"了翻译，其实"吾道一以贯之"，这不过是我为诗歌工作的一种方式。甚至，也可以说这是我对这个时代既拉开距离，又同它对话的一种特殊方式。说来也是，恰恰是通过翻译策兰，我才有可能像阿甘本说的那样，"把自己的凝视紧紧保持在时代之上"。

王东东：看来已整整 20 年了。你能否总结——钱春绮先生也翻译过策兰，当然是在你之前——策兰对汉语诗歌具有怎样的意义，是否存在着一个或众多汉语中的策兰？就像臧棣写的那篇文章《汉语中的里尔克》。

◇"雪的款待"：策兰诗歌讲座招贴

王家新：我当然很尊重钱春绮先生，但我并不是读了他翻译的策兰才去译策兰或对策兰感兴趣的。在 80 年代后期，钱先生译有《死亡赋格曲》、《数数扁桃》两首诗，淹没在一本德国诗选中（而且也译得不理想，不是他最好的译作，例如《死亡赋格曲》的原诗通篇本来是"不断句"的，但他却把它刻意隔开并加上了标点符号，这就完全改变了原诗的语感和那种音乐般的冲击力。《数数扁桃》也属明显的错译，让人读了不知所云，其实应译为《数数杏仁》）。策兰愈来愈受到中国诗人和读者的关注，我想这应是 90 年代以后的事情。

策兰对汉语诗歌当然具有重要、深远的意义。但我想，这种意义不仅在于已产生的影响，这种意义还在于"不产生影响"。现在很多人对策兰感兴趣，但我就曾告诫数位年轻诗人不要学策兰，因为他们学不了。他们可以学特朗斯特罗姆，但他们真的学不了策兰。只有少数像多多那样的诗人，才能对策兰产生深刻的感应。

这就是说，策兰已进入到汉语中来了，但他会依然是一个他者。这恰恰是他的"意义"所在。我多次讲过，策兰的诗"指向一种诗的未来"。换一个另外的角度看，策兰在中国已有很多读者了，但在更根本的意义上，他的读者"尚未到来"。

至于是否存在着一个"汉语中的策兰"，从字面上看，翻译过来的都是，那就让人们去辨别其各种化身好了。从创作的角度看，多多的近作也可以说就是一个"汉语中的策兰"，纵然他本人不会认同这种说法。我想，像多多这样的诗人，在读到策兰之前就是某种意义上的策兰了。

王东东：在你看来，策兰和里尔克的宗教、语言态度有什么不同？我初步感觉，也许里尔克觉得"神圣"还有可能，至少是不可能中的可能，而对于策兰来说这一切已经关闭。两个人能否代表 20 世纪上下半叶的德语诗歌？

王家新：用穆齐尔的话来说，里尔克"第一次让德语诗歌臻至完美"，而策兰，他了不起的地方，就在于他彻底打破了这种完美。实际上，自"奥斯威辛"和盟军大轰炸之后，德国语言文化就破产了，它也不得不在一种自我哀悼和清算中重新开始。

至于你说的对里尔克"神圣"还有可能，而对策兰来说这一切已经关闭，我想我们并不能仅仅停留在表面上作这样的比较。不错，在里尔克诗中更多一些确认和赞美，在策兰那里则充满了对立、断裂和悖论，甚至他的某些诗还带有"渎神"的意味（其实它折射出犹太人在大屠杀后的深重创伤和质疑）。原东德笃信基督教的杰出诗人勃布罗夫斯基曾是策兰的朋友，他就是因为这个问题和策兰疏远了。但是，只要我们读读像《以歌的桅杆驶向大地》这样的诗，就可以想象一个"奥斯威辛"的幸存者，他的内心所经历的一切是多么艰难！

　　以歌的桅杆驶向大地
　　天国的残骸航行。

　　进入这支木头歌里
　　你用牙齿紧紧咬住。

　　你是那系牢歌声的
　　三角旗。

正如伽达默尔所解读的那样，这首诗一开始就转变成另外一种事故：所有希望的粉碎！然而，天国的桅杆却因此发出了歌声："这里，再一次，在诗人和人类存在之间没有什么区分，人类存在，是一种要以每一阵最后的力气把握住希望的存在。"

"系牢歌声的三角旗"，这就是策兰对他自己作为一个诗人的认定。读了这样的诗，那些关于信与怀疑、神圣或非神圣的简单划分还有什么意义吗？策兰，对我来说之所以值得信赖，就在于他的一生，正如他的犹太祖先，是一个雅各与天使搏斗的故事！就在于他从不给我们以廉价的承诺，而是一直深入到现代人最深重的内在危机中来。这就是他的勇气所在。

至于"神圣"是否还有可能的问题，你读读《中西诗歌》今年第一期上我译的一组策兰的"最后的诗"，就会得出肯定性的回答，纵然那是诗歌本身所显现的一个瞬间。然而在实际生活中，"神圣"能救一个诗人的命吗？我怀疑。正如我们看到的，那酷烈的无休止的海风，终会将一只只猎猎有声的"三角旗"一点点地吞噬掉——用瓦雷里的一句话来讲，作为"对虚无的献礼"！

然而在实际生活中，"神圣"能救一个诗人的命吗？我怀疑。

至于说这两个诗人能否分别代表 20 世纪上下半叶的德语诗歌，也很难说。说里尔克代表了上半叶的德语诗歌，那是缩减了他的意义。我们更不能说策兰代表了其下半叶。实际上，策兰在德语诗歌中完全是个"另类"，如他自己在献给茨维塔耶娃的长诗《带着来自塔露萨的书》中所隐喻的，他"来自一个偏词"（"来自一个偏词，/那船夫的嚓嚓回声，进入夏末的芦管/他那灵敏的/桨架之耳"）。他谁也不能代表，当然，他也不想代表。他要做的，实际上是"清算"德语诗歌。他也一直与德国语言文化主流保持着一种紧张的充满了敌意的关系。所以，我们只能说他是一位用德语（而且用的是一种对德国人来说很怪异的德语）来写诗的伟大诗人。在很多意义上，我们都不能仅仅把他放在德语诗歌的范围内来讨论，而是要把他放在整个欧洲现代诗歌的范围内来看。的确，在很多意义上，策兰都是欧洲诗歌、"欧洲问题"的一个聚焦点。这就是为什么有那么多欧洲不同国家的诗人和思想家都关注他。

王东东：最近我也听你盛赞意大利思想家阿甘本对诗歌的理解，并说会翻译一下他的作品，能否具体谈一谈？我个人感觉，阿甘本可能是继巴丢之后下一个在中国大陆流行的理论家。在哲学家们对策兰的理解中，你觉得他们各自的意志和诗歌的意志有何异同？

王家新：我通过朋友从美国带回了一本阿甘本诗学文集的英译本《诗歌的结束》（*The End of the Poem*），这几个月一有空闲就在读。我也想把其中"诗歌的结束"等篇章译出来。当然，对"诗歌的终结"这个诗学命题感兴趣并不意味着我们不再写诗，或是诗歌已到尽头，而是意味着我们已来到了一个把对诗歌如何结束的关切包含在自身写作之内的诗的时代。在某种意义上，也可以说这是诗歌自身的"向死而生"吧。

的确，开始都是容易的，困难之处就在于如何结束。对我们现在来说更困难的，作为一种诗歌，怎样使它在其终结之处再次成为诗歌？怎样在它"麻木的肩胛骨"里"砸进长长的钢钉"？（这是我从蓝蓝那里读到的一句诗），怎样进入那一种语言的奇异的境地，并使它发出那"嚓嚓回声"？这就是我对阿甘本感兴趣的原因，纵然他不一定能完全满足我。

我想，这就是你已提到的哲学家与诗人的区别了。哲学与诗同源，这是欧洲的一个传统。海德格尔就深刻阐述过诗、思、在、言的同一性。这就是为什么欧洲的思想家们都读诗。他们从哲人的眼光来读诗，具有他们独特的角度和启示性。而策兰似乎也正是一个为哲学家、思想家们所准备的诗人，因为在他那里集中了战后人们最关注的一些历史、伦理、哲学和诗学的问题。我们知道海德格尔、伽达默尔、阿多诺、斯丛迪、哈贝马斯、波格勒、列维纳斯、德里达、布朗肖、阿甘本、拉巴尔特等都很关注策兰。伽达默尔解读了策兰《换气》中的 21 首诗，我已译出了一半多的解读。但是，我也有一些不满足。主要的不

满足是这些哲学家们不能更多更深入地进入到一种写作的
内部来阐释。他们大多是从思想、伦理、哲学的层面来谈
论策兰，比如拉巴尔特关于策兰的系列讲演集《作为经验
的诗》，主要谈的就是策兰与海德格尔对话的那首诗，策
兰作为一个诗人对诗歌本身的诗学意义并没有被充分揭示
出来。阿多诺说"哲学就是还原我们在动物眼里看到的东
西"。他们"还原出"了吗？不过，我们还能怎样要求呢？
他们也只能从他们的角度与策兰相遇。阿甘本在《奥斯威
辛的残余》中谈到了策兰和"见证"的问题，在《诗歌的
结束》中主要谈了但丁和瓦雷里的诗，但是，他是否注意
到策兰还有这样一类诗：

> 灵魂盲目，在灰烬后面，
> 在神圣而无意义的词中，
> 去韵之诗大步走来，
> 大脑皮层轻轻裹住双肩。
>
> 耳道被辐照
> 以编织的元音，
> 他分解视紫，
> 又重组。
>
> ——《灵魂盲目》

且不说这类诗如何令人惊异，它本身正好可以用来回应"诗歌的终结"那个问题。我想，没有谁比策兰对这个问题更具有诗学敏感，也更具有深远的历史意识了。所以他要以他的"去韵之诗"从内部来瓦解传统诗歌（我想这也包括了在瓦雷里那里达到一个高峰的现代诗歌），并由此进入他的"晚词"之中。在这方面，他的敏感、勇气和能力，都几乎无人可以相比。

不管怎么说，一个曾写出《死亡赋格》的诗人在后来写出了这样的诗，这本身就是一个不容忽视的诗学事件。这需要我们进入一种诗歌意识的内部去考察和探讨。

王东东：语言错乱和（诗人的）疯狂——策兰亲近的荷尔德林——是一种巨大的启示。德里达曾将策兰的"示播列"视为"一种语言内部的巴别塔"，"标志着作为意义条件的一种语言内部的多样性和无意义差别"，只有与一个"地方"比如边境、国家和门槛联系起来它才能获得意义。这成为对共同体、生命政治和人之历史的隐喻。但是策兰的"示播列"，他的"语言密封"是不是也在抵抗着这个巴别塔？能否说策兰最终也陷入了错乱和疯狂？

王家新：关于荷尔德林的"疯狂"我在《一个诗人怎样步入世界》中已谈过一些，但我想迄今为止我们都是在"猜测"。我们进入不了那个谜团，进入了也很难言说。策兰最终当然也陷入了错乱和疯狂，你想想他这一生所忍受的！他已经是非常非常克制的了。令我惊异的只有一点：即使在陷入错乱和疯狂的情形下，策兰写的诗仍是"准确无误"的！这说明了什么？这说明诗性本身自有一种抵抗或者说穿透巴别塔混乱的力量？这出自一种怎样的意志？最近我读到一位芬兰女诗人的诗，说她荡秋千时天地翻转过来，"树干如下雨"。好一个"树干如下雨"，语言在这里"现身"了！这使我一下子想到了策兰那个以头立地行走而天空变为深渊的隐喻。也许我联想到的太多了，我想说的是，也许正是策兰所忍受的错乱和疯狂，使他更紧密地和某种特殊的视力，和"痛苦的精确性"以及语言的穿透力结合为了一体。我想，事情很可能就是这样吧。

也许正是策兰所忍受的错乱和疯狂，使他更紧密地和某种特殊的视力，和"痛苦的精确性"以及语言的穿透力结合为了一体。

王东东：策兰好像不只是用德语写作，但运用这门"刽子手的语言"意味着什么？这是否让语言从内部发生变异？他的德语，据说连德国人也感到陌生（德里达说策兰制造了个人的习语），能否举例来谈一下？

王家新：犹太人对待德语的心态本来就很复杂，觉得那是一门不是自己的（卡夫卡就说过犹太人的德语是"窃"来的），但又必须比德国人学得更好的语言。到了策兰这里，情形就变得更痛苦了。作为一个一开始就用德语写诗的诗人，在大屠杀后，他不得不继续使用这种语言。他已别无选择。而这恰恰造就了他的特异性。可以说，他一生都在朝德语奋力撞击，其在语言内部造成的"变异"

和擦出的炫目火花，真是令人惊异。你不是要我举个例子吗？这里是现成的一个：在那首写到被德国民族主义分子枪杀并抛尸于护城河的犹太女革命家罗莎·卢森堡的诗中，策兰就运用了一个很刺人的意象："那女人/母猪，不得不在水中挣扎，/为她自己，不为任何人，为每一个人——"。"母猪"这个词，就直接来自一个刽子手在法庭上邪恶而得意的供词："那个老母猪已经在河里游了！"

你看看，仅仅"母猪"一词的运用，就体现了一种多大的艺术勇气！产生了多么沉痛的力量！这大概就是人们所说的"以毒攻毒"了。

至于把"todes"与"fuge"这两个看上去不相关的词硬拼起来而产生的"死亡赋格"，更像是一道永久的、带着人肉烧焦味的语言烙印，德国人是抹不掉了。想想吧，从巴赫到奥斯威辛，仅仅这样一个"生造"的词，就是一个对德国语言文化的"深度撞击"。

而在诗学的意义上，我想策兰不仅"制造了个人的习语"。如果把他的中晚期诗一路读下来就知道，犹如一场来自地心深处的造山运动，他完全改变了诗歌语言的构成和地貌。这真是很罕见。作为一个诗人，我最"服气"的也就是这一点。

王东东： 在策兰身上似乎存在着一种顽固的"犹太性"——我这样的说法绝无恶意——这是否是他无法在海

德格尔面前完全打开自己的原因？还是有其他原因？两个人只能进行一场"未完成的对话"？

王家新：他为什么要在海德格尔面前打开自己呢？沉默本身会说得更多。

王东东：在和江克平的对谈中，你提到你的得意之（译）笔，是在《安息日》中，将诗最后的"在荣耀/尊敬之中"改写成了"在屈身之中"，我也觉得很好，像这样的神来之笔还有哪些？

王家新：我不敢说我有什么"得意之笔"。翻译策兰是件很艰苦的工作。我首先要求自己的是"确切"，是词语和发音的"到位"。策兰的诗其实是"神秘而又精确"的。这样，在翻译时就必须首先找准其内在的发音，借用德里达用过的那个隐喻，绝不能把"示播列"说成"西播列"，不能"走调"，要深刻无误地确立其语感、呼吸的节奏和气息。

而在语言的表现上，再打个比喻，绝不能把"巴山夜雨涨秋池"翻译成"巴山夜雨飘秋池"之类，这个"涨"字一定要再现出来。甚至，如有可能，还要把"巴山夜雨飘秋池"译成"巴山夜雨涨秋池"，这样，才有可能使原作的本质在我们的译文中得到"新的更茂盛的绽放"。

我最初翻译策兰时还比较拘谨，现在则更"大胆"一些，比如我曾谈过的策兰晚期重要诗作《你躺在》的开头

"你躺在巨大的耳廓中，/被灌木围绕，被雪"，如按原诗应译为"你躺在巨大的倾听中"。而《你要扔掉》的结尾"来吧，和我将那门石滚到/没有绷紧的帐篷前"，最后一句如按原诗其实为"未被征服的帐篷前"。译成"没有绷紧"，我想这不仅包含了原诗的意思，也更具有语言的质地和张力了。说实话，这样的翻译才让我兴奋。

我想，这就接近于本雅明所说的对"纯语言"的发掘了。这样的例证很多，它体现在很多很多语言的细节上，如《波城，更晚》的最后一节：

> 而巴鲁赫，那永不
>
> 哭泣者
>
> 或许已磨好了镜片
>
> 那所有围绕你的
>
> 玻璃棱角，
>
> 那不可理喻的，直视的
>
> 泪水。

最后两句如按原诗应译为"那不可理解的，观看的/泪水"。我琢磨再三，译为"直视"，并为此深感兴奋，因为这样才展现出泪水中的那逼人的人性的力量。有的读者说我前后期的翻译有一种"质的飞跃"。我想，是有那么一点吧。

也可以说，最初我还受制于"忠实"的要求，但现在我更着重于忠实与创造性之间的张力。只不过这种"创造性"是有前提的，那就是对原作的深刻理解。在本雅明看来，原作是靠译作完成自身的生命的。但是，离开了一种"深刻的创造性"，就不会有原作的"来世"（afterlife），我们看到的只不过是些可怜的赝品。

王东东：你最近对策兰的后期诗歌用力较多，但据我观察，你也对《保罗·策兰诗文选》中的作品进行了修订，依你看，策兰前后期的诗歌有什么不同？策兰一生的诗歌有哪些重大的变化？

王家新：你注意到的修订，也可以称之为"回火"，因为翻译是一种无休止的语言的锻造。这也类似于摄影的"聚焦"，不断调整镜头以获取更精确的影像。所以本雅明才说翻译是一个创作不可取代的"纯语言"的发掘之地。至于策兰前后期的变化，我已在一些文章中探讨过，这里很难用几句话说清楚。我只想说，我本人更倾心于翻译策兰的"晚词"。

王东东：在翻译策兰时，你创造了不少名词，诸如"晚嘴"、"晚词"、"疯碗"，的确给汉语带来了新鲜感，这样来看，韦努蒂的"异化翻译"，不过是为诗人的敏感辩护？"译者的隐形"意味着什么？

王家新："异化翻译"主要是指那种力求存异甚至有意求异的翻译，这种翻译的目的是让翻译本身成为一种异质性的话语实践。这当然是我一开始就力求实现的。我从事翻译，除了精神对话外，主要就是为了给我们的语言带来一种异质性和陌生化的力量。而策兰的诗正好能满足我的这种需求。我这个人似乎天生就不喜欢"通顺"，在翻译时会多搬来一些石头扔进溪流里，让它变得不通顺，或者说，让它变得有"阻力"、有"难度"。我以此抗拒着"通顺"，也抗拒着本土主流语言文化对我们的"同化"。

至于"译者的隐形"，在韦努蒂看来，也正是以"通顺"和"透明"为旨归的翻译造成了这一点。这实质上是对译者的取消。翻译不再是一种独立的有个性的有着自身独特价值的文学样式，而不过是一种"归化"的工具。这类翻译，实际上多少年来一直在我们这里占据了主流位置。

但是，"译作应能同原作平起平坐，它本身是无可重复的"（帕斯捷尔纳克语）。一个真正优秀的译者不是"翻译机器"，他的译文必得带着其独具的理解力和创造力，带着他自己脉搏的跳动和生命印记，带着原著与译文之间那种"必要的张力"。同时，他还要拒绝做任何迎合，甚至要有勇气像策兰那样"自绝于读者"。也只有这样，我们才能使翻译获得它自身的尊严。有的读者说我的译文不太"好懂"，有的读者则说我的译文好就好在不用一个"熟词"，有一种生生的让他们感到疼痛的语言力量。他们的感觉都对。翻译是为了"交流"而存在的吗？本雅明在他的《译者的使命》一开始就否定了这一点。"来，带着你的阅读微光/这是一道/路障"（策兰《越过超便桶的呼唤》），可以说，这也愈来愈是我的语言取向了。我在文章中也谈到过，穆旦的《英国现代诗选》之所以译得好，原因之一就在于他在那时已没有了读者可以"照顾"。如果说有，他的读者就是语言本身，就是他翻译的对象本身，所以他才抵达了那样的语言境界。"高度/旋转出/它自己，甚至比你们/更凶猛"（《谁站在你这边》），策兰的这首诗在同谁讲话？——在同每一个读到这首诗的人讲话！好一个"凶猛"！（顺带说一下，这个"凶猛"与原文也有偏差，如按原诗应译为"猛烈"）

王东东： 我觉得你不仅为中国的诗人，更为学者做出了一个很好的榜样，就是一边翻译一边研究，属于那种研究式翻译，至于你的翻译，我想以后也会有人研究的。目前，你有什么翻译心得？或者能够形成什么样的"翻译诗学"？你最心仪的翻译者是谁，或者说你更喜欢哪些翻译？你对我国翻译的总体状况怎么看？

王家新： "翻译心得"我已说过一些，以后还会慢慢道来，"翻译诗学"还说不上，纵然这一切当然也可以上升到诗学的层面来探讨。李建春在他的文章中也看出了这一点："王家新似乎是在通过翻译建构他自己的诗学，以译学作为诗学的转喻？"

我"最心仪的翻译者"，我想你已知道一些，在中国有戴望舒、冯至、穆旦、卞之琳、王佐良等。戴望舒对洛尔迦的翻译直抵声音的奥秘（如把他译的《海水谣》的第一节"在远方/大海笑盈盈。/浪是牙齿，/天是嘴唇"与其他译者的"在远方/大海在微笑……"相对照，便可立即感受到这一点）。冯至对里尔克的翻译并不多，但却抓住了里尔克的内在精神及语感，达到了一种很深的默契。穆旦晚期对奥登、叶芝的翻译，我都对照过原文，可以说穆旦的译文并不完美，甚至有不少硬伤，但他"高超"和"优异"的地方，却无人可以企及。在那些出神入化的时刻，他已同语言的神秘力量结合为了一体。他在翻译时的"补偿"策略，对我也有很大的启发。更重要的是，在我看来，他晚年在那样艰辛、无望的环境下所做的翻译，如用本雅明的话来讲，只能说是源于呼唤，源于语言的乡愁，源于"上帝的记忆"。我甚至认为即使在今天，像他那样能听到语言呼唤的人也并不多。

至于卞先生，我虽然并不认同他的翻译观念及方法，但当他摆脱和超越这一切时，他的语言功力，他真正了不起的地方就呈现出来了，如他晚年对叶芝《在学童中间》

的翻译。到这时，可以说是卞先生一生的"辛劳本身"到了"开花、舞蹈"的时候了。王佐良则堪称译诗大家，如他译的洛厄尔的《渔网》的开头"任何明净的东西使我们惊讶得目眩，/你的静默的远航和明亮的捕捞"，我曾专门对照原文讨论过。如此优异的翻译，本身就使我"惊讶得目眩"。

至于国外的诗人翻译家，如庞德、策兰的翻译，如美国诗人雷克思洛斯对杜甫的翻译，等等，我都非常感兴趣，几天前我邀请香港浸会大学的钟玲教授到我们的研究生班上，专门讲了雷克思洛斯对杜甫《对雪》的翻译。杜甫的原诗为：

战哭多新鬼，愁吟独老翁。

乱云低薄暮，急雪舞回风。

瓢弃樽无绿，炉存火似红。

数州消息断，愁坐正书空。

以下为雷氏的英译：

Tumult, weeping, many new ghosts.

Heartbroken, aging, alone, I sing

To myself. Ragged mist settles

In the spreading dusk. Snow skurries

In the coiling wind. The wineglass

Is spilled. The bottle is empty.

The fire has gone out in the stove.

Everywhere men speak in whispers.

I brood on the uselessness of letters.

战乱，哭泣，许多新鬼。

心碎，衰老，孤独，我独自

吟唱。乱云沉淀

在这漫延的黄昏中。雪疾飞

在旋转的风中。杯中酒

已洒了。酒樽空了。

炉中火已熄灭。

各地人人压低声音说话。

我思考文学多么无用。

　　这里的中文译文为钟玲的译文。我想，雷克思洛斯真是与杜甫的一颗诗心达到了很深的契合，所以他才敢于那样翻译结尾两句。这样翻译可以说创造出了另一首诗，但是，却又正好与杜诗的精神相通！或者说，如果杜甫活在今天，我想这也正是他想说而未能说出的话！

你看看，这些优秀的诗人翻译家，不仅给我们留下了丰富的遗产，积累了宝贵的经验，重要的是，他们在翻译中为我们创造了一种奇异的"语言的回声"。他们把语言带入了一条无限延展的自我革新之途。正因为他们，我们再次听到了语言对我们的呼唤。这也就是为什么我一再鼓动你和其他一些年轻诗人去从事一些翻译，的确，这是一门值得我们为之献身的艺术。

王东东：在《翻译与中国新诗的语言问题》一文中，你说："在'五四'前后，翻译对一种新的诗歌语言曾起到'接生'作用，在此后新诗的发展中，翻译尤其是那种'异化的翻译'已成为新诗'现代性'艺术实践的一部分，成为推动语言不断变革和成熟的不可替代的力量。'文革'后期，正是'翻译体'的影响带动了一种被压抑的语言力量的复苏……"并且断定："在今天的语言创造中，我们依然需要一个他者，需要某种自我更新和超越的力量。"对此，我深深赞同。比如你翻译的策兰，就构成了这样一个他者，有不少年轻的诗人受到影响。请你谈一谈"自我更新和超越的力量"，尤其是，翻译策兰诗歌给你带来了什么变化？

王家新：我提出那个问题，是那篇长文一个逻辑的结果，当然也和我近些年来对我们的语言文化和创作状况的感受有关。我看到愈来愈多的人顺从于世俗生活的力量，

319

在一颗名叫
哈姆莱特的星下

对日常语言不去提炼、发掘、提升，不是保持其写作的难度和异质性，而是相反，愈来愈"形而下之"了。他们作为一个诗人，不是保持与现实和语言的紧张关系，而是在他们误以为的"太平盛世"中完全松懈下来，从肉体到心灵都与现状"和谐"了。他们忘了，诗人其实天生就是与生活有点"格格不入"的一类人。诗歌即使在今天，我想，也依然是曼德尔施塔姆所说的"盗窃来的空气"！（说到这里，我要谢谢陈超，我是从他那里第一次听到了曼氏的这句话）

我这样讲，主要是基于一种自我反省。近些年来我一直在想，我们这一两代人到底能走多远？走多深？我们是不是太容易满足了？我们是否还能听到语言对我们的召唤？我们的内在动力和资源是不是差不多也快耗尽了？我想，只有意识到这些问题，策兰对我们的意义才会更多地显现出来。

王东东：除了一种尖锐、沉重、悲怆至极的神秘，我觉得策兰还有另一层神秘，可以说成是"温情"、爱情甚至色情的神秘，这也可能是策兰如此迷人的原因之一，是不是这样？

王家新：策兰当然有着他丰富的一面，或者说有他出乎意料的一面，借用本雅明的话来说，他会不时地用"左手"（一般人们是用"右手"）来"打击"我们一下子。至于说到"性"，其实很早就在他的诗中出现，到后来则写得更大胆、惊人，或者说更"色情"。但是这些，我想都出于他对存在本源的进入，对经验层面的拓展。你说在他那里有一种"色情的神秘"，这种感觉很对。即使是关于性爱经验他也会这样写——"我们交换黑暗的词"（见他写给巴赫曼的那首《花冠》），而在《我们，就像喜沙草》这首"最后的情诗"中他还这样写道："当心，这夜，在沙的/支配下，/它会对我们俩/百般索取"。这真是耐人寻味。夜的索取、沙的索取、性爱的百般索取在此已合为一体，它最终会使"我们俩"回到"沙"里。这也说明，策兰并不仅仅是一个"奥斯威辛"的见证者，他是一个存在意义上的诗人。

王东东：在不少批评者眼里，你是 90 年代最能代表"知识分子写作精神"的诗人，这让你在当代诗的场域中获得了一个崇高的位置，然而随着时间的推移，也许是由于更年轻的诗人推动写作的需要，我也听到了另一种声音，即质疑这种写作的"知识分子面具"，转而强调一种更为注重自我、技艺和语言的写作，对此你怎么看？尤其是对于认为你的作品不重技艺的质疑。我很想听听你的正面回答。我个人的理解是，你在"接受"这种——在中国读者和批评家眼里看来是最高的——道德批评的同时，也逐渐生长出了一种相对幽微的精神性的语言光辉，后者甚至超过前者成为你最新的诗学。这可能意味着，几十年的诗学反抗和文化偏离，可能真会留下一些东西。

王家新：我的写作包括一些诗学探讨在不同时期可能有不同的侧重和关注点，我也在不断地反省、修正或者说深化自己，但"灵魂都是同一个"。我不可能像有的诗人说的那样，有"一大堆灵魂"。说到现在我对"精神"和"语言"的关注，包括你说的通过翻译策兰生长出的"新的诗学"，其实你只要重读一下我多年前的诗片断系列《词语》就会感到，这一切在那里面早就有了。即使是那首人们仅从"个人史诗"角度来解读的长诗《回答》，那里面的一切，到最后也被转化为了一种"精神性的语言"。如果它不能够通过深入苦难现实而达成一种对"更高领域"的敞开，我不会去写的，写了也白写。我自己珍重那首长诗，不是因为它有多么"完美"，而是因为在其写作过程中，我一再地感到——如用蓝蓝的一个说法，已被语言的真实抽搐所找到。但是这一切，都被那些标签化的批评所遮蔽了。至于说到"技艺"，我想没有诗人不关注技艺，但我更相信这是一种语言的艰苦锻造，或者像叶芝所提示的那样，这是"舞者与舞蹈融为一体"，而非在那里摆弄一些小杂耍。

王东东：建春在文章中称你为"我们时代的诗歌教师"，这是个饶有趣味的说法，从教师到大师只是一字之差，而从大师到学徒则是一个自然的转接——大师都是学徒——我这样说，并不意味着我没有注意到建春说这个话时的严肃。诗歌教师的说法也是一种确认：诗歌是一种工作。当我看到你以巨大的热情译解策兰的"每一首诗"，我不得不再次承认这一点。对于诗人来说，写作、翻译和评论也许是"一体"的工作，对此你怎样看？是不是通过这种方式，我们就可以重建现代诗人翻译和写作"合一"的良好传统？

王家新： 其实你的问题本身就包含了我的回答，还需要我多说什么吗？我只补充一点，在 1996 年我写的《卡夫卡的工作》那篇文章中，我就比较深入地提出了"工作"的概念。与世俗的虚荣和这个权力的世界拉开距离，"与语言独处"，为它工作，甚至为它献身——对我来说这就是一切。也只有这样，我想我们才对得起我们那"被赋予的生命"。

王东东： 你已经出过一本与策兰有关的《雪的款待》，听你说你会再出一本专门解读策兰的书，能否"预告"一下这本书的内容？

王家新： 我只能说，这部研究性专著有 20 多万字，目前已写完一大半内容。本来应该今年出版，但实在是太忙，要做的事情很多。另外更重要的是，这是一位需要我用一生来读的诗人。就让我慢慢来吧。

2011.10

在忍受了一个干燥、多风沙的冬天后，我又呼吸到雪的冷冽而清新的气息了。当然，这不是在我所生活的那个城市，而是在阿尔卑斯的雪山下。

我是应邀来参加奥地利第 42 届劳瑞舍文学节（Rauriser Literaturtage）的。该文学节每年 3 月下旬在位于萨尔茨堡几十公里外的滑雪和旅游胜地劳瑞舍举办，是奥地利最重要的文学盛会，每届邀请 20 位来自德语国家和作品被译成德文的其他语种的作家、诗人参加。我有幸成为第一位受到邀请的中国作家。

"劳瑞舍"，这是我根据"Rauris"的发音，也根据荷尔德林"人充满劳绩，但仍诗意地栖居在大地上"的诗句给它起的名字。我真喜欢这个名字。无论别人怎样叫它，也无论它的原意是什么（我问了问顾彬，他也不知道），我就这样称呼它了！

◆奥地利劳瑞舍的雪山
（王家新摄）

　　这是一个海拔八九百米高的山间小村镇，围绕着它的是带尖顶的洁白教堂和小广场，四周散落着古老纯朴的石头屋、木头屋、商铺、旅馆、书店和咖啡店。现在，它近处的山上积雪已融化许多，露出墨绿的森林和青灰色的嶙峋岩石，而山谷远处的雪峰——据说有两千多米高——仍披着炫目的皑皑白雪。不用问，这一带属于阿尔卑斯山脉，它的山峰角峰锐利，峻峭挺拔，披上雪后更显得寒气逼人。据说，离这里不远还有着欧洲最大的溶洞，多少万年前的造山运动过后，洞内含石灰的水被冻结成千姿百态奇异的水晶体，每年都有大量游客前去观赏。

但现在，我是在伴着淙淙的雪溪声散步。远处那带着深蓝大气和积雪的雪山在阳光中闪耀，犹如"灵魂中的风景"为我呈现，我不禁深感喜悦，同时，我也佩服文学节的创办者们发现和选择了这样一个地方。人们告诉我，如果在维也纳举办一场朗诵会，可能只有 20 个人去听（这是大实话，去年我在柏林著名的"文学车间"朗诵时，还不到 20 人呢，主持人笑着告诉我，赫塔·米勒获诺贝尔文学奖前在那里朗诵时"也是这么多人"!），而在这里，可能有上千人！人们从瑞士、奥地利、德国远道而来，是啊，如此美好、引人入胜的"文学旅游"，为什么不呢?!

而对我来说，这则是一次如策兰所说的"换气"。我也需要这种呼吸的转换。因此，当两位大学生在小广场请我签名，并要我写一句话时，我写下了策兰的这样一句诗："你可以满怀信心地/以雪来款待我"。

这次我之所以受到邀请，主要是因为我的德文诗集《哥特兰的黄昏》。它在去年 3 月由奥地利林茨的 Thanhäuser 出版社出版并在莱比锡书展上展出后，受到关注和好评，瑞士《新苏黎世日报》今年 2 月 21 日曾刊出书评《在站台之间：王家新》，认为我的这些诗充满"冬日的精神"，与世界文学对话而又有着一种"独特的力量"，其思想"在词语与意象之间显现，充满张力"，并带有一种微妙的"过渡音调艺术"。我知道《新苏黎世日报》很有名，是德语世界最有影响的大报之一。该书评还评论了顾彬的翻译，称赞他把一位中国诗人的诗翻译成了"美妙耐读的德文"。说实话，这篇书评中让我最看重的，就是这句话了！作品被翻译，但这并不是一切。重要的是还要看翻译本身。中国文学，尤其是中国诗歌现在已很不错了，但我想只有优秀、可靠的翻译才能使它真正"走向世界"。

使我高兴的是，就在这次去奥地利前，萨尔茨堡主要的文学杂志《Salz》还以显著篇幅发表了顾彬新翻译的我的长诗《少年》（它未收入《哥特兰的黄昏》，在德语国家版权很严格，在版权范围内，出版社出版了，杂志就不能发表，反之亦然）。这首长诗以"文革"的经历为主要背景，它写下了那个年代在一个少年的心中留下的深重创伤和刻痕。文学节期间，当我看到许多听众都购买了该期杂志，我不禁在想这些德语读者是怎样来看待这个作品，重要的是，这样的诗是否也唤起了他们自己的历史记忆？我知道奥地利著名女诗人巴赫曼（1926—1973），她说她从小就对纳粹历史怀着一种本能的厌恶和恐惧："就是那样一个确定的时刻，它毁灭了我的童年。希特勒的军队挺进克拉根福特，一切是那样地恐怖。从这一天起，我的记忆就开始了……那无与伦比的残忍……那疯狂的号叫、颂扬的歌声和行进的步伐——我第一次感到了死亡的恐惧。"

当然，在"文革"刚开始时，我并没有这样的厌恶和恐惧。在那个年代，谁不向往革命或"要求进步"呢。我所有的，是因为父母出身问题而未能当上"红小兵"的痛苦。现在看来，我真得感谢少年时代的痛苦、压抑和屈辱了，因为正是它造就了我，也赋予了我作为一个作家的责任和看历史的眼光。

朗诵和访谈将在 24 日晚进行。下午，萨尔茨堡大学文学教授莎拜因找到我和顾彬，她将担任我们的主持人。莎拜因女士很认真，除了德文资料，她还从网上找了一些关于我的英文资料及作品英译。在会谈中，她说她很喜欢我的一些诗片断，如《反向》、《变暗的镜子》等，说在她的印象中德语里还没有这样的诗，但《变暗的镜子》尚未译成德文，顾彬就建议我朗诵长诗《少年》。莎拜因女士还喜欢《瓦雷金诺叙事曲》一诗，但顾彬说这首诗我已在德国朗诵过。最后，确定下朗诵《蝎子》、《和儿子一起喝酒》、《桔子》、《田园诗》以及长诗《少年》的片断。

晚上 6 点开始的闭幕式及朗诵会是文学节的"高潮"，奥地利国家电视台全程转播。待我们进入人声鼎沸的主会场时（文学节还设有分场，可通过电视观看），发现奥地利文化部长 Claudia 女士已坐在那里，并对我们微笑。她看上去就像任何一个当地的普通妇女一样，虽然她曾代表奥地利文化部在白天宴请过我们。和她一起的，还有奥地利前科技部长、奥地利驻香港前总领事，都是女性，她们坐在一起笑眯眯的，好像一拨"闺蜜"在那里拉家常呢。

在闭幕式上致辞的，是萨尔茨堡大学校长、奥地利大学校长联谊会主席 Heinrich Schmidinger 先生。接着的朗诵会分为三部分：我和顾彬的朗诵和访谈，奥地利作家 Christoph Ransmayr 的朗诵，乌克兰诗人 Juri Andruchowytsch 和斯洛文尼亚诗人 Ales Steger 的朗诵和表演。我的朗诵和访谈由莎拜因女士主持，顾彬担任翻译。在朗诵的间隙，我回答了莎拜因女士关于"诗歌与历史"、"诗歌与真实"、"中国当代诗歌与西方诗歌"等方面的提问。对前两个问题，结合到我朗诵的诗，我是这样回答的：对我们每个人来讲，历史都可能是一个巨大的谜团。我所能做的，是将历史"个人化"，是找到个人最独特的视角，是通过诗的方式写出历史对于我们个人影响最深的那些东西。比如《少年》中写到的红卫兵抬尸游行，我着重描述的是那堆放在尸体四周的膨胀的、炫目的方冰，是它对一个少年的持久刺激。而全诗到最后，当我遥望"一个人的少年"，它居然再次出现了："就这样，一九六六/一九六七相继回到我这里/像巨大的冰山/从深海中突然涌现/使临海的居民嘴巴张开/双腿麻木/一个神话般的谜啊。"

实话说，"冰山"到最后的出现，是我写这首诗之初未曾想到的。但它就这样出现了。诗中的种种元素最后合成为这个意象，揭示了一直隐现在这首诗中也隐现在那个时代中的某种巨大的、谜一样的东西。也只有这样写，才能表达我们对那个时代的惊异之感，才能写出一种永恒的宿命。这首长诗的最后两句是："一切都消失了/只有那冰山，仍在为一个孩子升起"。

这就是"诗之真实"，它不同于对历史的记录。当我这样回答时，莎拜因女士频频点头表示赞同。但怎样来书写历史，我想我做的，只是初步的尝试。说实话，比起一些德语作家、知识分子对历史的反思，我们中国作家是欠了巨大的债的。我们有着太多的话语禁忌，或者说，我们还缺乏足够的勇气和洞察力。当我这样说时，我发现顾彬也在点头。是啊，他很了解这一点。

因为是在萨尔茨堡附近，我在访谈中还回顾了数年前在萨尔茨堡访问特拉克尔故居的经历。诗人故居距莫扎特故居仅几百米，但却鲜有人至。当莎拜因女士问我为什么要来访问特拉克尔故居时，我回答："因为他在等着我。"我这样一回答，台下的听众都笑了，还有一些人鼓起掌来。是啊，我还能怎样回答？如果我没有感到他在那里"等着我"，我是不会去的，更不会与墙上那一双深邃、神秘，充满了某种悲剧性力量的眼睛久久地对视。我想，这就是我要对听众讲的话：中国诗歌与西方诗歌虽然有着语言、文化、表达方式上的差异，但说到底，天下的诗人都出自"同一个灵魂"。莎拜因女士通过顾彬还知道了我为翻译策兰做了大量工作，她问我为什么对这位德语犹太诗人如此感兴趣时，我这样回答："策兰经历了'奥斯威辛'，我们经历了'文化大革命'。比起特拉克尔和里尔克，我感到策兰更是一个'我们这个时代的诗人'；或者说，我要通过翻译把他变为一个'我们这个时代的诗人'。"

听众对这样的访谈报以热烈的掌声。看来这种朗诵与访谈交叉进行的方式，也的确有助于交流和互动。我的"节目"的最后，是朗诵《田园诗》，它描述的是我在京郊的乡村路上目睹一辆运羊车在风雪中远去的情景，莎拜因女士说她读了很感动，"这里的雪山下也有很多羊，你最后就读这首吧。"我照例是用中文朗诵，顾彬读德文译文，当他朗诵时，我也被他那深沉而又充满劲道的声音吸引住了，尤其是当他用手推了推从鼻梁上滑落的眼镜、抬头凝望远方时，我不禁又回到了这首诗里的情景，因此当他朗诵完后，我忍不住这样讲了一句："有人说这首诗是写对动物的同情，但我想它也是在写'奥斯威辛'！"

还需要多说什么吗？不需要了。仅这一句，可能对台下的一些德语听众就是一种提示，或者说会促使他们重新来看这首诗。那在风雪中消失的运羊车，会不会让人联想到当年纳粹对犹太人的押送以及"最后解决"呢？如果人们能这样联想，并由此反思我们生活中仍存在的某种"程序"，我这首诗就不会在这里白念了！

现在想想，除了在路上和在维也纳逗留外，在劳瑞舍，我其实只待了两天（文学节 21 日开幕，因家中有事，我是 23 日才到的）。但是这两天，就足以让我好好"消化"了。在那里，我不仅受到了"雪的款待"，和与会的一些作家也有了难忘的交流。

Ludwig Hartinger，一位萨尔茨堡的作家和批评家，一见面就抓住我的手说"我们终于见面了"，原来他是出版社为我的德文诗集聘请的审稿人！然后他就对我谈起了他对"中国"的迷恋，并结结巴巴地说出了类似于"顺乎自然"、"逍遥游"这样的话，当我终于弄明白他说的"中文"后，我笑了："对，对，我就是'逍遥游'游到这里来的！"当我谈到我对此地风景的喜爱后，他则谈起他游中国黄山的经历，说那天他准备爬黄山，一早起来，糟了，碰上了大雾天！他想他什么也不会看到了，但没想到路上遇到的中国人个个却是那样兴奋，待他上山后他才明白了这一切：一阵风来，云消雾散，黄山神奇的美尽在眼前！这就是"中国美学"？他问。看来，他领悟得够深啊。

奥地利著名作家 Christoph，也是让我深感亲切的一位。在我朗诵完后的休息间隙，他过来和我紧紧握手，说了许多让我不好意思的赞扬话。攀谈中，他说他去过中国四次，还写过关于西藏的小说，不过都没有译成中文。第二场即是他的朗诵，他也很"特别"，上去后什么也不说，坐下后就读他的作品，一口气读了一个小时！待他一读完，我身边的顾彬一下子站了起来："太好了！不是一般的伟大，是特别伟大！真的，莫言、余华没法和他比！"我知道顾彬对中国的这些大作家"有所保留"，我也很难说服他，便问维也纳大学东亚系教授李夏德（Richard Trappl）怎么看，他也连连说"非常棒"，"他写得特别细，听了就难忘"。李教授还告诉我，奥地利目前没有特别好的诗人，但对于这么好的作家，"你们真应该把他的作品译成中文！"

那么，中国的出版人，赶快联系吧，说不准哪一天他会得诺贝尔文学奖呢。想到这里，我问起了李教授前几年获得诺贝尔文学奖的奥地利女作家耶利内克，他说她很"那个"，她只领了奖金，但拒绝到斯德哥尔摩出席授奖仪式。她几乎拒绝任何社交活动，但对社会很关心，经常写文章"从左的角度来批判奥地利社会的右，很厉害啊"。

让我感动的，还有李教授本人，多年前他曾请我去维也纳大学朗诵，这次听顾彬讲我要到劳瑞舍，他专门坐四个多小时的火车赶来。朗诵会次日上午，顾彬因事提前离开，他和我一起在村子里散步。望着四周美丽安谧的一处处乡舍，听着小木桥下淙淙的雪溪声，我仿佛仍在梦中，感叹地说："十个中国人来到这里，有九个会流泪啊。"他听后连连点头说"我知道"。是啊，同顾彬一样，他也非常了解现在的中国。

最后，我要讲讲文学节主任布里塔，在收到她的邀请及随后的通信中，我还以为是一位先生，见面后才知道是位精干、热情的女士！我忽然意识到她在通信中嘱我多带些衣服，因为劳瑞舍位于雪山下这样的细节，真是女性的细致啊。在文学节 40 周年的大型纪念册上，我看到多张她和赫塔·米勒的合影。她们都属于那种特别有个性的、精灵般的女性！她 50 岁？40 岁？我真说不准。但我知道，劳瑞舍文学节之所以能成功举办至今，之所以有这么大影响，作家、诗人们来到这里之所以能马上变得"亲如一家"，就因为有这样的人物存在！就在我写这篇文章前，我还收到布里塔女士的电邮，询问我是否平安到家，感谢我的参加，甚至询问我的妻子是否已康复出院，希望我们能再次在劳瑞舍和萨尔茨堡相会，等等。因为这样的信，我再次感动了，那远方的劳瑞舍的雪山也再次出现在我的视野中，它冰冷吗？一点也不。它会为我永远闪耀诗性的光芒。

2012.4.1，于北京

图书在版编目（CIP）数据

在一颗名叫哈姆莱特的星下/王家新著．—北京：中国人民大学出版社，2012.8
（明德书系·文化慢光丛书）
ISBN 978-7-300-16165-5

Ⅰ.①在… Ⅱ.①王… Ⅲ.①诗集-中国-当代②随笔-作品集-中国-当代
Ⅳ.①I217.2

中国版本图书馆 CIP 数据核字（2012）第 173929 号

明德书系·文化慢光丛书
在一颗名叫哈姆莱特的星下
王家新　著
Zai Yike Mingjiao Hamulaite de Xing Xia

出版发行	中国人民大学出版社		
社　　址	北京中关村大街 31 号	邮政编码	100080
电　　话	010 - 62511242（总编室）	010 - 62511398（质管部）	
	010 - 82501766（邮购部）	010 - 62514148（门市部）	
	010 - 62515195（发行公司）	010 - 62515275（盗版举报）	
网　　址	http://www.crup.com.cn		
	http://www.ttrnet.com（人大教研网）		
经　　销	新华书店		
印　　刷	涿州市星河印刷有限公司		
规　　格	148 mm×210 mm　32 开本	版　　次	2012 年 9 月第 1 版
印　　张	10.625 插页 1	印　　次	2012 年 9 月第 1 次印刷
字　　数	179 000	定　　价	35.00 元